FUSION FANTASTIC STORY

고고33 장편소설

세무사

차현호

세무사 차현호 5

고고33 장편소설

초판 1쇄 찍은 날 § 2016년 4월 21일
초판 1쇄 펴낸 날 § 2016년 4월 27일

지은이 § 고고33
펴낸이 § 서경석

편집책임 § 이지연

펴낸곳 § 도서출판 청어람
등록번호 § 제387-1999-000006호
등록일자 § 1999. 5. 31
어람번호 § 제1-2412호

주소 § 경기도 부천시 원미구 부일로 483번길 40 서경B/D 3F (우) 14640
전화 § 032-656-4452 팩스 § 032-656-4453
http://www.chungeoram.com
E-mail § chungeorambook@daum.net

ⓒ 고고33, 2016

ISBN 979-11-04-90771-5 04810
ISBN 979-11-04-90613-8 (세트)

FUSION FANTASTIC STORY

고고33 장편소설

세무사

차현호

5

청어람

세무사
차현호

목차

25장 단역배우   7

26장 폭탄   73

27장 선택의 결과   125

28장 론다 론다   161

29장 노 브레이크   241

25장

단역배우

"야, 멍충아! 밥 먹어!"

아침부터 무차별적인 언어폭력이 방 안을 훑고 지나갔다.

침대에 엎어져 있던 현호의 눈이 슬며시 떠졌다.

"저 미친년."

혼잣말을 중얼거린 현호는 자세를 바로 잡고 기지개를 켰다. 그러자 기다렸다는 듯이 머리가 지끈거렸다.

"아우, 머리야."

현호는 눈을 깜빡이며 지난밤의 술자리를 떠올렸다.

어제부로 세무법인 창과 금진은행에 대한 특무부 세무조사가 끝이 났다. 그래서 장충도를 비롯한 3인방과 함께 술을 마셨다.

장충도와 최 조사관은 중간에 뻗었지만, 현호와 성 조사관은 새벽까지 대작을 했다.

'성시원, 그 양반 보통이 아니네.'

현호는 이마를 꾹 누르며 방에서 나왔다. 어머니와 미숙이는 이미 식탁에 둘러앉아 있었다.

드르륵.

현호는 식탁 가장자리에 앉으며 여동생을 향해 물었다.

"너, 학교 안 갔냐?"

"방학이거든, 멍충아."

"보충수업 없어?"

"보충수업 끝났거든."

"네 머리에 끝이 어디 있어?"

"야!"

현호의 몇 마디에 미숙이가 발끈해 소리를 질렀다. 그 바람에 그녀의 입안에서 튀어나온 밥알이 현호의 얼굴에 날아들었다.

"아……."

현호는 얼굴에 묻은 밥알을 떼고, 참을 인(忍)을 가슴에 새기며 어머니를 돌아봤다.

"아버지는 벌써 출근하셨어요?"

"오늘 현장에도 나가봐야 하고 은행도 가야 한다네."

"은행……."

말꼬리를 흐린 현호의 얼굴에 걱정이 물들었다. 괜스레 건조해진 입술을 벌려 수저를 입에 물었다.

'큰일이네.'

최근 아버지의 사업이 본격적으로 궤도에 오르려 하고 있었다. 회사의 성장은 좋은 일이지만 문제는 아무런 투자 없이 성장

할 수는 없다는 점이었다.

분명 상당히 많은 자금이 들어갈 테고 은행 대출도 그중 하나일 것이다.

"근데 불법 대출이 뭐야?"

미숙이가 밥을 깨작거리다 말고 현호에게 물었다.

최근 금진은행 사건이 연일 뉴스에 오르니 이제와 궁금해진 모양이었다.

"서류를 조작해서 불법 대출을 해주는 거야. 흔히 담보물의 가치를 과대평가해서 대출해 주는 거지."

"그럼 오히려 좋은 거 아니야? 돈을 많이 받잖아?"

"대출 받은 개인이야 좋지. 불법 대출을 중계한 이들에게 수수료를 떼어줘도 충분히 이득이니까. 진짜 문제는 대출금이 회수가 안 됐을 때야. 너 같으면 네가 은행에 맡긴 돈이 공중분해 되면 좋겠냐? 까닥 잘못해 은행이 망하면 네 돈은 어디서 받을 건데?"

현호는 미숙이의 수준을 고려해 간단하게 설명을 했다.

불법 대출로 인해서 은행의 돈이 사라지면 그 피해는 죄 없는 개인에 돌아간다. 그나마 다행이라면 예금자 보호법이 작년, 그러니까 1995년 12월 29일에 제정됐다는 점이다.

아무튼 이번 일로 금진은행은 다행히 부도는 면한 듯했지만, 문제는 역시 훗날이다.

현호가 우려했던 대로 정부는 부실 은행 전수조사를 실시하지 않았다. 그로 인한 결과는 좀 더 훗날에야 알 수 있을 것이다.

이전 삶에서 벌어졌던 저축은행 사태가 이번에도 반복될지, 아니면 이번 일이 경종이 돼 은행들이 몸을 사릴지.

"근데 웬일로 네가 그런 걸 묻냐?"

현호가 의구심을 가지고 묻자 미숙이가 어깨를 으쓱거렸다.

"우리 반 반장 할머니가 이번에 금진은행에서 불법 대출을 받았대. 그래서 반장이 할머니 모시고 검찰청에 가야 한다고 하더라고."

"그래?"

"하, 아침마다 반장 할머니가 싸준 김밥 먹는 게 낙이었는데."

대수롭지 않게 반찬에 젓가락을 가져가던 현호는 미숙이가 내뱉은 단어에 고개를 치켜들었다.

"김밥?"

현호는 바로 김밥 할머니를 떠올렸다. 하긴, 그녀도 장선자의 알선으로 금진은행에서 불법 대출을 받았었다.

"혹시 너희 반장 할머니 김밥 장사하셔?"

"어떻게 알았어?"

미숙이가 눈을 동그랗게 뜨자, 현호는 그 눈을 바라보며 김밥 할머니를 떠올렸다.

'하… 특이하네.'

이것도 인연이라면 인연인가.

김밥 할머니에게 손녀가 있다는 것은 현호도 알고 있었다. 단지 그 아이가 미숙이의 같은 반 친구라는 사실을 알지 못했을 뿐이었다.

"잘 먹었습니다."

현호는 아침 식사를 끝내고 자리에서 일어났다. 방으로 돌아온 그는 침대에 걸터앉아 다시 생각을 정리했다.

'할머니를 어떻게 해야 할까.'

결론을 내는데 그렇게 긴 시간은 필요치 않았다.

'어쩔 수 없는 일이지.'

비록 장선자가 주도했다지만 선택은 할머니가 했고 불법 대출로 이익을 받은 것도 할머니다. 그러니 금진은행 사건에서 김밥 할머니는 피해자가 아닌 피의자 신분이 될 것이다.

검찰에서는 금진은행에서 불법 대출을 받은 이들을 사건의 공조자로 보고 수사를 진행한다고 했다. 물론 처벌의 강도는 그렇게 높지 않을 것이다. 이미 받은 대출금의 회수와 벌금형 정도가 전부라고 추측해 볼 수 있었다.

할머니야 억울할 수 있겠지만, 금진은행을 믿고 예금을 했던 서민들이 더 억울할 것이다. 그러니 현호는 그녀에게 도움을 줄 필요가 없었다.

'젠장.'

하지만 이 같은 간단한 결론과 달리 현호는 눈을 찌푸리고 입술을 괴롭혔다.

지난날 현호가 그녀의 언 손과 언 발을 녹이기 위해 빵집에 모시고 갔던 일은 그저 측은함에 이어진 행동일 뿐, 이번 일과는 관계가 없다.

그러니 상식적으로 김밥 할머니를 외면하는 게 맞다. 그녀를 도울 이유도 없거니와 그럴 만한 인연도 없으니까.

'차라리 할머니가 피해자였다면……'

잠시 그 같은 생각을 했지만, 현호는 고개를 가로저었다.

설사 할머니가 피의자가 아닌 피해자라 하더라도 현호가 도울 이유는 없다. 만약 그녀를 도와주려 나선다면 이는 지금까지 그가 가졌던 생각과 앞으로의 행동에 영향을 미칠 게 분명했다.

'그래도 미숙이 친구라니까.'

현호는 지금 스스로를 억지로 납득시키려 하고 있었다.

'하… 차현호 많이 변했네.'

현호는 이런 일로 고민에 빠진 자신의 모습에 헛웃음이 흘렀다.

그동안 조심히 행동하느라고 자신을 억눌러 온 결과, 냉정한 판단에 금이 간 모양이었다.

점심 무렵 현호가 외출 준비를 끝내고 자신의 방을 나왔다.

미숙이의 방문을 여니 그녀가 벌떡 일어나 베개를 움켜쥐었다.

"이 멍충아! 노크하라고!"

살쾡이가 사냥감을 노릴 때도 아마 저 눈빛보다는 고울 것이다.

"노크했거든?"

현호는 한심한 시선으로 동생을 쳐다봤다. 좀 전까지 미숙이는 침대에 누워 귀에 이어폰을 꽂고 노래를 듣고 있었다.

"뭐라는 거야?"

그리고 미숙이는 여전히 귀에 꽂은 이어폰으로 인해 현호의 말을 듣지 못했다.

"어휴……."

현호는 얼굴을 한껏 찌푸리고 있는 미숙이에게 다가가 그녀의 귀에서 이어폰을 빼버렸다. 그런 뒤에 소리를 꽥 질렀다.

"노크 했다고, 멍충아!"

그제야 미숙이는 눈동자를 또르르 굴리다가 다시금 눈썹을 추켜세웠다.

"왜! 왜 방해하는데?"

"어휴, 이걸 그냥."

현호는 고개를 절레절레 흔들며 미숙이의 책상에서 의자를 빼 앉았다. 그리고 그녀를 마주 보고 물었다.

"너, 반장이랑 친해?"

"그건 왜?"

"친하냐고."

재차 묻자 미숙이가 입맛을 쩝 다시더니 자세를 바로 앉고 말했다.

"뭐, 그다지."

"그래? 그럼 됐다."

현호가 미련 없이 자리에서 일어났다. 그러자 그녀가 재빠르게 다시 물었다.

"왜?"

"그냥… 친하면 도와주려고 그랬지."

그 말에 미숙이가 침대에서 벗어나 껑충 일어났다.

"진짜? 오빠가 반장 할머니 도와줄 수 있어?"

"단, 조건이 있어."

"조건?"

현호의 말에 미숙이가 눈을 찌푸렸다. 그녀를 바라보는 현호의 입가에 미소가 떠올랐다.

　　　　*　　　　　*　　　　　*

"검사님, 죄송합니다. 제가 큰 잘못을 저질렀습니다."

노쇠한 여인이 허리를 한껏 숙였다.

윤선기 검사는 그 모습을 잠시 바라보다가 짧은 한숨부터 내쉬었다.

'후······.'

여인의 주름진 얼굴에는 걱정과 두려움이 가득했다.

윤선기 검사는 그녀에게서 눈을 떼고 책상에 놓인 서류를 살폈다.

금진은행 불법 대출 목록에 그녀의 이름이 선명히 적혀 있었다. 그러니 원칙대로라면 대출금 회수 및 죄목에 맞는 구형을 내려야 한다.

하지만.

"방옥자 씨."

"예?"

그녀가 고개를 들었다.

"가서도 좋습니다."

그 말에 그녀가 영문을 몰라 눈을 깜빡이자, 윤선기 검사는 선심 쓰듯 미소를 보이고 다시 한 번 말했다.

"가서도 좋다고요."

"나중에 오라는 말씀이신가요?"

"아니요. 이제 안 오셔도 됩니다."

"그, 그게······."

그녀는 여전히 이해하지 못하고 있었다.

"안 오셔도 된다고요. 다 끝났으니까 방옥자 씨는 이제 오지 않으셔도 되고, 책임을 질 일도 없습니다."

"그, 그럼 대출금은……."

"대출금을 갚는 건 본인이 알아서 하시면 됩니다. 다만 이 일로 법적 책임을 질 일은 없다고 말씀드리는 겁니다."

끝내 이해하지 못하는 그녀의 모습에 윤선기 검사는 고개를 돌려 사무장을 불렀다.

"사무장님, 방옥자 씨 좀 안내해 주세요."

그녀는 사무장과 함께 사무실을 나서면서 몇 번이나 고맙다는 말을 하며 머리가 바닥에 닿을 정도로 허리를 숙였다.

그 모습을 본 윤선기 검사가 그녀에게 동정심을 느끼는 건 아니었다. 그녀가 무지했다 한들 법의 심판에서 벗어날 만큼 죄가 없는 건 아니었다.

하지만 그럼에도 불구하고 윤선기 검사는 그녀를 보내줬다. 이유는 하나.

'차현호…….'

녀석에게 전화가 왔고 부탁을 받았다. 그뿐이었다.

생각을 뒤로하고 윤선기 검사는 서류들을 챙겨 지검장실로 향했다.

지검장실에 도착하니 마침 문이 열리고 지검장이 밖으로 모습을 나타냈다. 한데 그는 혼자가 아니었다. 낯익은 얼굴의 남자가 곁에 있었다.

'박태환?'

강남 큰손, 일명 박거성이라 불리는 박태환이었다. 서로가 친분이 있는 건 아니었지만, 윤선기 검사는 그가 누구인지 알고 있었다.

"허허, 그럼 지검장님, 나중에 또 뵙겠습니다."

"예. 살펴가십시오."

윤선기 검사의 시선이 지검장과 인사를 나누는 박거성을 훑었다. 박거성이 팔자걸음으로 지검장실 앞을 떠날 때까지도 그 시선이 달라붙었다.

"자네는 무슨 일이야?"

그제야 윤선기 검사는 고개를 돌려 지검장과 시선을 마주했다.

"아, 금진은행 건 보고 드리려고요. 근데 저 사람 박태환 아닙니까?"

"자네, 박거성을 알아?"

"왜 모르겠습니까."

"하긴 저 양반이 유명하긴 하지. 들어가자고."

지검장이 윤선기 검사의 팔뚝을 툭 건드렸다. 하지만 지검장실에 들어갈 때까지도 윤선기 검사의 시선은 미련처럼 복도를 향해 있었다.

*　　　　*　　　　*

"승국아?"

현호는 밖으로 나오던 중에 집 앞에서 기다리고 있던 송승국과 마주쳤다.

미리 약속이 있던 게 아니었기에, 갑작스러운 친구의 등장에 반가움보다는 놀라움이 큰 현호였다.

"너 무슨 일 있어?"

말이 끝나기 무섭게 송승국이 현호를 껴안으며 울먹였다.

"고맙다, 정말 고맙다."

잠시 당황했지만 현호는 곧 피식 웃었다.

'아, 말하지 말라니까.'

현호는 성 조사관에게 지난번 부탁했던 일을 비밀로 해달라고 했었다. 그런데 송승국이 여기에 온 것을 보니 비밀은 없어진 모양이었다.

"나 진짜 죽는 줄 알았는데……."

현호의 품에서 떨어진 송승국이 붉게 달아오른 얼굴을 쓸어내리며 말했다. 걱정으로 인해 썩어가던 가슴을 들썩이며 오랜만에 속 편한 한숨을 내쉬었다.

"다음부터는 조심해라. 내가 또 도와줄 거라곤 생각하지 말고."

"당연하지, 인마. 나도 염치가 있지… 고맙다, 진짜 고맙다."

"훗… 근데 너 오늘 스케줄 없어?"

"있는데 너랑 같이 밥이나 먹으려고 왔지. 내가 쏠게. 근데 너야말로 약속 있는 거 아냐?"

"없어. 그냥 바람이나 쐬려고 나왔어."

현호는 어제부로 강남세무서와 작별했다. 이제 5월까지는 사실상 휴가였다.

그래서 오늘은 미술관이나 가볼 생각이었다. 시간이 나면 하릴없이 길도 걷고.

당분간은 이주헌 청장을 만날 생각도, 박한원 의원을 만날 생각도 없었다.

그리고 아무래도 박거성은 현호의 제안을 받아들이지 않을 모양이었다. 물론 실망할 일은 아니었다.

현호는 이제부터 직접 움직일 생각이었다. 지금까지 조심해 왔지만, 그의 행보가 어차피 타인의 시야에 들어간 이상 머뭇거리는 것도 쓸데없는 시간 소모였다.

"그럼 나하고 같이 가자."

송승국이 말했다.

"어딜, 인마."

"방송국."

"뭐?"

현호는 미간을 찌푸렸다. 방송국이라니.

"나 오늘 딱 한 씬만 촬영이야. 그거 끝나면 자유야."

"거길 어디라고 가."

"나 매니저도 없어. 오늘도 직접 운전하고 왔잖아."

현호는 송승국이 가리킨 검지를 따라 검은색 차를 바라봤다.

사실상 J 프로덕션은 이제 폐업 수순을 밟고 있었는데, 그 때문에 현재 송승국은 소속사가 없는 상태였다. 어떻게 보면 현호라는 존재로 인해서 벌어진 나비효과의 결과였다.

"제발, 가자."

송승국이 간절한 시선으로 현호를 바라봤다.

                        *   *   *

"야, 이 개새끼야! 운전 똑바로 못 해!"

옆 차선에서 험상궂은 인상의 남자가 송승국을 향해 삿대질을 해댔다. 그도 그럴 것이 좀 전에 송승국이 깜빡이도 안 켜고 끼어들었기 때문이다.

"안 되겠다."

현호의 표정이 착 가라앉았다. 송승국의 거북이 운전을 지켜보고 있었더니 인내심이 한계에 다다랐다.

"차 세워."

"어?"

"차 세우라고, 인마."

현호가 눈을 부릅뜨고 쳐다보자 그제야 송승국이 갓길에 차를 세웠다. 차를 세우는 과정 역시도 살얼음판이었다.

"너 면허 언제 땄냐?"

현호는 자리를 바꿔 운전석에 앉으며 조수석에 탄 송승국을 바라봤다. 녀석이 헤, 하고 미소를 보이며 머리를 긁적였다.

"엊그제 땄지."

"미친 새끼."

빠르게 속삭인 현호는 엑셀을 힘껏 밟았다. 차가 튀어나가자 송승국의 몸이 의자에 바싹 쏠렸다.

"이야… 너 운전 끝내준다."

"인마, 이 정도는 해야 필드에 나오는 거야."

현호가 타박 어린 말투로 나무라자 송승국이 고개를 절레절

단역배우 21

레 흔들었다.

"대단하네. 대체 너는 면허를 언제 딴 거야? 학교에, 일에, 이 것저것 바빴을 텐데……"

"작년에."

현호에게 있어 면허를 취득하는 일은 조족지혈, 즉 새 발의 피였다.

그러고 보니 송승국은 오늘 mbs 방송국에서 촬영이 있다고 했다.

'설마 그 양반들 만날 일은 없겠지?'

현호는 mbs의 최복규 기자와 윤아리 기자를 떠올렸다.

지난번 최복규 기자는 현호를 찾아와서 금진은행에 대해 언급했다. 하지만 현호는 자신이 나설 일이 아니라며 한발 물러섰다.

그런데 어떻게 됐는가.

결과는 현호로 인해 금진은행이 수면에 드러나게 됐다.

무엇보다 윤아리 기자는 현호가 특무부로 이동하는 것까지도 알고 있던 데다, 찬대미를 언급하며 그녀 자신도 찬대미와 뜻을 함께하고 싶다는 얘길 했었다.

한마디로 지금 현호에게 있어서 mbs의 최복규 기자와 윤아리 기자는 제일 성가신 존재들이었다.

"야, 그러고 보니까 네 친구들 아직도 연락하냐?"

송승국의 질문에 현호는 고개를 살짝 돌려 조수석을 향해 되물었다.

"상식이하고 순태?"

조상식, 일명 쭉정이. 권순태, 일명 태권도.

"그래, 궁금하네… 뭐 하고 사는지."

"뭐, 다들 대학생이지."

이른 나이에 사회에 나온 두 사람과 달리 태권도와 쭉정이는 여전히 학생이었다.

서로가 친구라는 고리로 연결돼 있을지는 모르지만, 각자의 환경에서 느끼고 바라보는 것은 큰 격차가 있을 수밖에 없었다.

"자식들 좋겠네. 맨날 미팅할 거 아니야?"

송승국의 넋두리에 현호가 피식 웃었다.

"언제 한번 애들 볼래?"

"그럴까?"

"그놈들, 너 보면 좋아할 거다."

연예인 친구를 뒀다는 것은 그들에겐 재밌는 사건일 것이다. 은근히 자랑거리기도 할 테고.

"근데 걔는 뭐 하고 지내?"

멀리 mbs 건물이 보일쯤에 송승국이 조심스럽게 입을 열며 물었다. 현호가 힐끗 쳐다보자 그는 괜스레 차창으로 고개를 돌리고 있었다.

"걔라니? 걔가 누구야?"

"이름이 진숙이던가?"

"박진숙?"

현호는 송승국의 입에서 생각지도 못한 이름이 나오자 당황스러웠다.

"너랑 같은 반이었잖아? 그냥 뭐 하고 지내나 싶어서."

"너 걔한테 관심 있냐?"

"관심은 무슨……. 그런 건 아니고 그냥이라니까."

현호는 주차장에 차를 세웠다. 뒤이어 차에서 내리는 송승국을 향해 툭 던지듯 말했다.

"진숙이 남자친구 있다."

"그래?"

좀 전에는 그냥이라더니 송승국의 얼굴이 내심 아쉬워하고 있었다. 현호는 미소와 함께 녀석의 팔을 툭 치고 mbs 사옥으로 향했다.

방송국 내 촬영장에 가까워지자 송승국을 알아본 사람들이 너도나도 인사를 해왔다.

"승국 씨, 오늘 촬영이야?"

"예."

"승국 씨, 어제 방송 재밌더라."

"예."

"승국 씨, 나 싸인 좀 이따 챙겨줘."

"예."

인사를 해오는 이들은 주로 여자였다.

다들 송승국에게 한마디를 건네려고 안달이 난 듯했다.

송승국은 이런 일이 하루 이틀이 아닌지 건성건성 대답하면서도 미소를 잃지 않았다.

하지만 묘한 것도 있었다. 송승국에게 닿았던 여자들의 시선이 그 옆의 현호를 꼭 한 번 거치면서 멀어졌다.

촬영 현장에 도착하니 여기저기 스태프들이 분주히 뛰어다니고 있었다.

"정신없네……. 나는 여기서 기다리면 되지?"

괜스레 송승국에게 누가 될까 봐 현호는 걸음을 멈췄다. 아예 카메라가 몰려 있는 곳에는 가지 않을 생각이었지만, 송승국은 아랑곳하지 않고 그의 팔을 붙잡아 당겼다.

"인마, 이리로 와."

"왜?"

오라고 하니 일단은 계속 따라갔다.

송승국은 모자를 푹 눌러쓴 중년의 남성 앞에 현호를 데려갔다. 한눈에 봐도 얼굴에 '나 여기 피디요'라고 쓰여 있는 남자였다.

"감독님, 제 친구입니다."

감독은 잠시 아무 말도 하지 않고 현호를 위아래로 훑어봤다.

그 시선이 기분이 나빠서 현호가 이마를 찌푸리려는데 감독이 벌떡 일어나더니,

"오케이!"

갑자기 괴성을 외쳤다.

현호가 떨떠름한 시선으로 있자 감독이 함박웃음과 함께 현호의 손을 붙잡았다.

"오늘 단역배우 한 사람이 펑크 났거든."

"그래서요?"

현호는 감독이 붙잡고 있는 손을 슬그머니 빼고 물었다.

설마 그건 아니겠지,라고 생각했지만 언제 예상이 틀린 적이 있던가.

"자네야, 딱 자네야. 이거 하늘이 내린 계시야! 승국 씨, 오늘 대박인데?"

"하하, 현호야, 너 촬영하게 생겼다? 송 감독님이 무척 까다로운 분인데. 잘됐다."

잘되긴 뭐가 잘됐다는 건지. 현호는 고개를 가로저었다.

"저는 생각이 없는데요."

그가 바로 거절을 했지만 감독은 귀가 먹었는지 곧장 스태프를 향해 외쳤다.

"조연출! 대본 가져와!"

현호는 기가 막혀서 송승국을 쳐다봤다. 송승국은 어쩌겠냐는 듯이 어깨를 들썩였다.

'이것 참.'

못 할 것은 없지만 방송 출연이라니.

현호는 지금까지 그랬듯, 앞으로도 TV에 얼굴을 비치고 싶은 마음은 없었다.

중학교 연합고사 만점, 대입학력고사 만점, 국립세무대학 졸업, 창원세무서 연수, 강남세무서를 거쳐, 특무부 입성까지.

이미 그는 박한원 의원이나 이주헌 청장 같은 대한민국의 상류층과 마주했다. 그리고 이는 시작이나 다름없었다.

최연소 특무부 입성으로 인해 그는 앞으로도 더 많은 주목을 받게 될 것이 자명했다.

그러니 행동 하나에 있어도 조심을 해야 하며, 특히 TV 출연 같이 통제할 수 없는 노출은 신중에 신중을 거듭해야 했다.

"대본 가져왔습니다."

두툼한 대본을 가져온 조연출이 감독에게 내밀었다. 감독은 흡족한 미소와 함께 대본을 펼쳐 들었다. 그런 뒤 현호가 해야 할 부분을 볼펜으로 착착 체크했다.

"자, 여기 보면 말이야."

감독이 대본을 건네면서 설명을 붙이려는데, 좀 전의 조연출이 다시 다가왔다.

"감독님, 그 배역을 맡은 배우 왔다는데요?"

"뭐?"

감독의 얼굴이 찌푸려졌다.

"아프다더니만… 가라 그래."

조연출은 난처해서 이마를 긁적였지만, 감독의 말을 거역할 수는 없었다.

"알겠습니다."

"저기요."

뒤돌아 가려는 조연출을 현호가 불렀다. 걸음을 멈춘 조연출과 감독이 현호를 쳐다봤다.

"전 안 하겠습니다."

"아니, 왜 그래?"

감독이 눈을 찌푸리고 현호를 바라봤다.

"저분 아프다지 않습니까."

"그래서 그쪽에게 부탁하는 거 아니야."

"아픈 사람이 여기까지 왔습니다. 왜 왔겠습니까?"

현호의 반문에 감독이 입맛을 쩝 다셨다.

"전 남의 밥그릇 빼앗을 생각이 없습니다."

적당한 핑계를 댄 현호는 송승국을 쳐다보고 말했다.

"한 씬이라고 그랬지? 나 방송국 좀 구경하고 있을게."

"어? 어, 그래라."

현호는 송승국의 어깨를 툭 두드리고 촬영장을 벗어났다.

복도를 가로지르던 중에 문득 손에 대본을 쥐고 있음을 깨달았다.

'흠……'

잠시 대본을 보던 현호는 입꼬리를 올렸다. 그런 뒤 이마를 찌푸리고 기억력을 3단계로 끌어 올렸다. 일종의 유흥이었다.

'크크, 차미숙이 열 받아 죽으려 하겠지?'

미숙이가 드라마를 볼 때, 현호는 그 옆에서 TV 속 배우보다 한발 앞서 대사를 읊을 생각이었다.

죽 한번 대본을 훑자, 순식간에 머릿속에 들어왔다.

현호는 복도의 빈 의자에 대본을 툭 던져두고 주머니에 손을 꽂은 채로 방송국을 돌아보기 시작했다.

'어? 정유미 아니야?'

여자 연예인 하나가 현호의 앞을 스윽 지나갔다. 이전 삶에서는 나이 든 연기파 배우로 활약하는 그녀가 지금은 이마에 주름살 하나 없이 파릇파릇한 미소를 띠고 있었다.

'와, 진짜 예쁘네.'

그러다가 문득 현호는 정유미 옆에 서 있는 미숙이를 상상했다.

'크크, 꼴뚜기도 그런 꼴뚜기가 없겠지.'

현호는 웃음을 흘리며 천천히 걸음을 내디뎠다.

1분 1초를 다투는 방송국이니만큼 사람들로 북적거렸다. 코디로 보이는 이들도 있었고, 매니저로 보이는 이들도 있었다. 이따금 살이 닿을 만큼의 거리에서 연예인이 지나가기도 했다.

그렇게 촬영 현장 주변을 얼추 돌아보고, 다시 아까의 장소로 돌아올 때였다.

현호에게 대본을 가져다줬었던 조연출이 한 여자 앞에서 곤란한 얼굴을 하고 있었다.

"대본이 바뀌었으면 얘기를 해줬어야죠?"

"그게… 갑자기 쪽대본이 나와서……."

"저는 무조건 리허설을 하고 들어가겠다고 말했잖아요. 대사를 뚝딱 외우고 들어가는 건 싫다니까요."

현호는 조연출을 곤란하게 하는 여자가 누구인지 알아볼 수 있었다.

배우 조세은.

그녀가 최근 아파트 광고를 찍었는데, 얼마 전 식탁에서 미숙이가 그 광고를 언급하면서 아파트는 살기 편하다던데,로 운을 뗀 적이 있었다. 그 때문에 현호도 조세은이라는 배우를 알게 됐다.

"하… 미치겠네."

조세은이 한숨을 내쉬었다. 예쁜 얼굴이 가득 찌푸려져 있으니 보기에 좋지가 않았다.

그녀 앞에서 조연출이 눈치를 살피다가 멀리 서 있던 현호와 눈이 마주쳤다.

"아!"

그가 갑자기 알은척하며 현호에게 다가왔다.

"저기, 저 좀 살려주실래요?"

종종걸음으로 낮게 속삭여 오는 그의 모습에 현호가 피식 웃으며 고개를 끄덕였다.

"승국이는 아직 안 끝났나요?"

둘이 함께 그 자리를 피하며 현호가 물었다.

"촬영이 좀 딜레이 되네요. 오늘 씬이 중요한 거라서."

"근데 아까 조세은 씨 왜 그래요?"

"조세은 아세요?"

"뭐, 배우 아니에요?"

"아, 맞아요."

현호의 무심한 말투에 조연출은 자신의 질문이 실없었다고 생각했는지 피식 웃으며 고개를 끄덕였다. 하지만 이내 한숨을 한참 내쉬었다.

"사실 조세은 씨 말이 맞아요. 대본이 바뀌면 안 되죠. 특히 조세은 씨는 연기 중독자거든요."

"중독자요?"

현호가 이마를 기울이며 물었다.

"우리끼리 하는 얘기예요. 나이는 어린데 연기에 대한 열정이 보통이 아네요. 그래서 감독도 죽으려고 그래요. 컷을 외쳐도 툭 하면 마음에 안 든다고 다시 찍자고 조른다니까요."

"오, 특이하네요."

"아, 이제 된 것 같아요. 고맙습니다. 승국 씨는 한 30분 정도면 끝날 거예요."

활짝 웃으며 조연출이 물러나자 현호는 마른 한숨을 쉬며 주변을 살폈다. 그때 멀리서 조세은이 씩씩 화를 내며 오는 게 보였다.

한데 그녀의 발걸음이 현호를 향해 일직선으로 오는 게 아닌가.

"저기요!"

"저요?"

"그쪽, 대사 외웠어요?"

갑자기 무슨 소리람.

물론 현호가 대본을 머리에 넣은 것은 사실이었다. 아까 죽봤으니까.

"왜요?"

"왜긴요. 나하고 대사 좀 맞춰요."

"대사요?"

"그래요, 대사!"

조세은이 다짜고짜 현호의 손목을 붙잡고 빈 대기실로 잡아끌었다.

*   *   *

"그러니까 당신은 그때 항상 자기 자신만 생각했어. 하다못해 식탁에 수저를 놓아도 두 개를 놔야지, 당신은 꼭 한 개만 놓았잖아!"

조세은이 이마를 가득 찌푸리고 열을 토했다.

정말 답답해 미치겠다는 듯 가슴을 두드리는 조세은의 모습에 현호는 잠시 머뭇거렸다. 그러자 그녀의 표정이 언제 그랬냐는 듯 싹 가시고 싸늘하게 변했다.

"지금 뭐 하세요?"

"나보고 진짜 대사를 하라고요?"

"그럼 진짜죠. 연기라고 생각하지 말고, 진짜라고 생각하시라고요."

　현호가 이 상황을 어떻게 받아들여야 되나 생각하는 사이, 그녀가 답답한 얼굴로 다시 얘기를 꺼냈다.

"그쪽과 나는 지금 헤어진 연인이에요. 서로 소원한 상태로 헤어졌고, 오늘 우연히 만난 거죠. 여자는 지금 굉장히 스트레스가 쌓인 상황에서 남자를 보자 그 스트레스를 풀려고 남자에게 다가가 그때의 울분을 토하고 있는 거예요."

"아……"

　한 마디로 미친년이란 소리였다.

　헤어진 남자친구를 우연히 마주치자, 그에게 울분을 토하는 여자.

　하지만 뭐, 감정의 기복이라는 게 있을 수 있다. 사람은 그럴 때가 있으니까.

"이해돼요?"

　조세은이 현호의 무표정한 얼굴을 보며 답답한 얼굴로 물었다. 그제야 현호도 이 상황을 체념하고 받아들였다.

"그러니까 지금 여자는 과거의 남자가 문제가 아니라, 결국 자신의 문제 때문에 답답한 거잖아요? 그 남자를 보면서 과거의 자신을 투영했고, 하등 변하지 않은 것 같은 현실에 막막해서 그래서 더 화가 나고, 남자에게 화를 내는 것은 남자가 받아줄 거라고 믿으니까. 실은 두 사람, 그 정도로 사랑했던 건가요?"

현호가 차분히 대본을 해석했다. 맞을 수도 있고 틀릴 수도 있었다.

작가의 의도를 정확히는 몰라도 대충 그런 감정인 것 같았다.

"맞아요."

조세은의 얼굴 표정이 좀 전과 달라졌다.

가라앉은 목소리로 대답한 그녀가 눈을 감고 크게 심호흡했다.

현호가 그 모습을 담담히 보고 있자, 다시 그녀가 눈을 뜨고 현호를 바라봤다.

"그러니까 당신은 그때 항상 자기 자신만 생각했어. 하다못해 식탁에 수저를 놓아도 두 개를 놔야지, 당신은 꼭 한 개만 놓았잖아!"

화를 씩씩 냈다. 눈에는 눈물이 고였다. 한 여자의 스트레스가 조세은이라는 배우를 통해서 우러나오고 있었다.

다음 순간 현호가 천천히 미소를 짓고 조세은을 바라봤다.

"오늘은 또 뭐가 문제였어?"

그 순간 조세은의 눈에서 눈물이 넘쳤다.

현호는 당황하지 않고 여전한 미소로 조세은의 이어진 대사를 귀담아들었다.

"문제없거든? 오히려 문제는 당신이랑 헤어졌더니 너무 행복한 거야. 아, 생각해 보니까 당신이 내 빚 가져갔더라?"

여자는 할 말이 없어 억지로 기억을 짜내고 있었다.

"그랬나?"

"그랬나? 거 봐, 이런 다니까. 늘 대충 대충이지. 하……."

여자가 고개를 돌렸다. 눈물을 삼키며 잠시 먼 곳을 보고 한숨을 내쉬었다. 그 옆모습을 바라보며 남자가 말했다.

"넌 젓가락밖에 안 쓰니까, 그래서 수저 하나만 놨던 거 아닌가? 그랬던 것 같은데."

"뭐?"

여자가 황당한 시선으로 남자를 마주 봤다. 그러자 남자가 픽 웃었다. 그는 자신의 코끝을 스윽 쓸어내고 말했다.

"그거 생각난다."

"뭐?"

"언제였더라. 네가 라면 끓여가지고 방에 들어올 때, 김치 통 엎어가지고 엉망이 됐잖아. 그때 너 갑자기 주저앉아서 서럽게 울었던 거, 기억나?"

"뭔 뚱딴지같은 소리야?"

여자의 반문에 남자가 입술을 꾹 한 번 다물었다가 떼며 말했다.

"나, 그때보다는 잘 살아. 듣자 하니 너도 그때보다는 잘 산다고 그러더라. 그거면 충분하지 않아?"

여자는 침묵했고, 남자는 미소가 사라진 얼굴로 그녀를 눈에 담았다.

"너 잘 살고 있잖아… 그거면 됐지. 훗, 이만 갈게."

남자가 뒤돌았다. 발걸음은 가볍게 뒤돌았지만 마음은 무거웠다.

그때 여자의 목소리가 그의 등 뒤에서 들렸다.

"오늘 미안했어."

그 말을 듣고 남자는 한 발 내밀었다.

그러다 다시 멈췄다. 그리고 나직이 말했다.

"그 빗… 내가 산 거야."

마지막 대사를 끝으로 현호는 몇 걸음을 내디딘 뒤에 멈췄다. 잠시 후, 등 뒤에서 조세은의 긴 한숨이 들려왔다.

"수고하셨어요. 잘하시네요."

하지만 현호는 여전히 돌아보지 않았다.

조세은이 고개를 갸우뚱하며 그의 곁으로 다가왔다. 그리고 볼 수 있었다.

현호의 볼을 타고 흐르는 눈물 한 줄기를.

현호는 서둘러 눈물을 훔쳐냈다. 얼굴을 쓸어내린 그가 미소를 띠고 조세은을 돌아봤다.

"이 남자, 진짜 당신 사랑했나 봐요. 다 기억하고 있네."

그 말에 조세은이 현호를 빤히 쳐다봤다. 그때 똑똑, 하는 소리와 함께 조연출이 문을 열고 고개를 들이밀었다.

"조세은 씨 여기 계셨네. 한참 찾았잖아요."

"아, 미안해요."

"지금 바로 들어간다니까 빨리 오세요. 상대 배우는 벌써 기다리고 있어요."

"예?"

그 말에 조세은이 고개를 돌려 현호를 다시 쳐다봤다. 지금까지 그가 상대 단역배우인 줄 알았는데.

"그럼 그쪽은 누구세요?"

그녀가 당황한 얼굴로 물었다. 그러자 현호는 아무렇지도 않게 대답했다.

"공무원인데요."

*　　　　*　　　　*

촬영이 끝났다.

겨우 한 씬이었지만 촬영 시간의 변동은 늘 있는 일이었다.

"수고하셨습니다."

송승국은 감독과 스태프들에게 깍듯이 인사를 하고서 촬영장에서 물러났다.

주차장에서 기다리고 있을 현호에게 향하면서 송승국은 자신의 트레이드 마크이자 유난히 짙은 눈썹을 찌푸렸다.

'현호를 어떻게 꼬신담.'

사실 오늘 송승국이 현호를 현장에 데려온 목적은 방송국 구경을 시켜주는 게 아니었다.

실은 오늘 저녁에 연회가 있는데, 송승국은 그곳에 참석 일정이 잡혀 있었다. 소속사가 없는 지금, 외부에 얼굴을 비쳐야 아직은 그가 죽지 않았음을 보일 수 있었다.

하지만 아무리 급해도 아무나 데리고 갈 수는 없는 법.

자리에 어울릴 수 있는 사람이어야 했으며, 그의 가치를 높여 줄 수 있는 사람이어야 했다. 그리고 친구를 보면 그 사람을 알 수 있다고 하지 않는가.

'뭐, 현호한테도 나쁜 건 아니니까.'

오늘 연회는 전경련(전국경제인연합회) 정기 모임의 뒤풀이였다. 뿐만 아니라 그 모임에 대통령이 잠깐 들른다고 했기에 기업 총수들이 상당수 참여할 게 확실했다.

물론 송승국은 뒤풀이에만 얼굴을 비추기 때문에 대통령을 만날 수는 없었다. 그런 것은 원치도 않았지만.

"저기요."

현호에게 어떻게 말을 해야 하나 고민하던 송승국이 걸음을 멈췄다. 자신을 부른 소리에 뒤돌아보니 조세은이 다가오는 게 보였다.

긴 머리카락에 바람을 싣고 오는 그녀의 모습을 보니 역시 예쁘다는 생각이 들 수밖에 없었다.

'아, 또 뭐야.'

하지만 송승국의 시선은 그 미모를 감상하는 게 아니었다.

'설마 또 트집 잡으려고 하는 거야?'

사실 송승국에게 있어 조세은은 불편한 존재였다. 그녀가 연기파 배우이기 때문이다. 그리고 송승국의 연기를 지적하는 것을 꺼리지 않았다.

한 번은 서로가 언성까지 높인 적이 있었기에 감독이나 작가도 극 중 송승국과 조세은을 가능한 한 붙이지 않았다.

뛰어오던 그녀가 몇 미터를 남겨놓고 힘든 발걸음을 하듯 송승국에게 다가왔다.

"왜요, 세은 씨?"

송승국은 가짜 미소를 짓고 자신을 불러 세운 이유를 물었다.

"저기……."

조세은이 말을 꺼내기를 주저했다. 무슨 이유에서인지 그녀의 가는 목이 긴장으로 바짝 수축해 있었다.

'뭐야? 얘 왜 이래?'

무슨 어려운 말을 꺼내려고 이러는 걸까 싶었다.

우물쭈물한 끝에 붉은 입술만 깨물고 있던 그녀가 고개를 들었다.

"승국 씨 친구 분이요."

"예?"

송승국은 바로 현호를 떠올렸다.

"걔는 왜요?"

"정말 공무원 맞아요?"

"예, 맞아요. 세무 공무원."

송승국이 입가에 이채를 띠고 말했다.

자신의 친구 차현호가 누구인가.

그저 이력 몇 개만 읊어도 백이면 백, 사람들이 입을 쩍 벌리고 마는 인물이다.

그러니 그런 친구를 뒀다는 게 자랑스러울 수밖에 없는 송승국이었다.

"아, 그렇구나… 진짜였네요."

조세은이 제 오른손 검지를 깨물고는 뭔가를 골똘히 생각하며 혼잣말을 속삭였다.

반면 송승국은 지금 그녀의 모습과 이 상황에 생경함을 느끼고 있었다.

'뭐야, 얘?'

평소 조세은과 촬영 외적인 부분으로 대화를 나눠본 적이 없었다. 한데 지금 그녀는 촬영장에서의 드센 모습이 아닌 천생 여자였고, 완전히 무방비 상태였다.

"저기……."

"왜요? 얘기하세요."

조세은이 붉은 입술에서 손가락을 떼고 다시 망설이자, 송승국이 그녀를 재촉했다.

마침 그때 복도를 가로질러 뛰어오는 조연출이 보였다. 숨을 헐떡이며 달려온 그는 조세은 앞에서 숨을 고르고 말했다.

"후… 세은 씨, 촬영 들어가야 돼요."

"알았어요."

조세은이 조연출에게 대답하고 송승국을 돌아봤다. 그러고는 빠르게 입을 열었다.

"저, 그 친구 분 연락처 좀 알려주세요. 직접 가서 물어보고 싶은데 상황이 이러네요."

"무슨 일 때문에 그래요?"

"세무 공무원이라면서요? 세금 문제 좀 여쭤보게요."

"아… 일단 친구한테 물어보고 알려 드릴게요. 저도 한동안 소식이 뜸했던 친구라, 그 친구 전화번호를 모르거든요."

"그래요?"

"예. 다음에 알려 드릴게요."

못내 아쉬워하던 그녀는 송승국의 확답을 듣고서야 빠르게 촬영 현장으로 되돌아갔다.

하지만 송승국은 멀어지는 그 뒷모습을 눈에 담으면서 코웃음을 쳤다.

'내가 미쳤냐.'

조세은을 현호에게 소개시켜 주는 것은 어려운 일이 아니다.

정말 그녀가 세금 문제로 궁금한 게 있을 수도 있는 거고, 어쩌면 그녀가 현호를 마음에 들어서 물어본 걸 수도 있었다. 문제는 그녀에 대한 소문이었다.

'화안기업 스폰이나 받으면서 어딜 현호를 넘봐.'

이미 촬영장에서 알 만한 사람은 다 알고 있었다.

그녀가 얼마 전에 촬영장에 외제차를 타고 왔는데, 그 안에 화안기업 막내아들 김승연이 있었다는 목격담이 마치 담배 연기처럼 촬영 스태프들 사이에 스멀스멀 퍼졌다.

'안 되지, 안 돼. 현호가 어떤 녀석인데.'

*　　　　　*　　　　　*

"오랜만이네요. 이런 곳에서 또 만나네요?"

"그러게요. 여기서 만나네요."

현호는 윤아리의 얄궂은 미소 앞에서 체념 어린 한숨을 내뱉었다. 괜스레 앞머리를 쓸어 올리는 그의 모습을 바라보며 윤아리가 다시 물었다.

"여긴 어떻게 오신 거예요? 누구 기다리시는 것 같은데."

"뭐, 일이 있어서요. 근데 지나가던 길은 아니신 것 같은데."

현호의 시선에 윤아리는 대답 대신 미소를 더 끌어 올렸다. 실은 보도국 사무실에서 창밖을 보던 중에 우연히 주차장에 익숙한 얼굴이 서 있는 것을 보고 부리나케 뛰어 내려온 것이었다.

차현호라는 존재는 엮이면 엮일수록 좋은 의미로서 그녀의 호기심을 채워줄 남자였다.

"아, 맞다. 특무부 인사이동 축하드려요."

"고맙습니다."

현호는 억지로 미소를 띠고 고개를 끄덕였다.

그런 뒤 어서 빨리 송승국이 오기를 기다리며 아무 얘기나 꺼냈다. 윤아리의 입에서 찬대미가 나오면 곤란했기 때문이다.

"이제 겨울도 금방 가겠네요."

"그러게요. 5월에 발령이시죠?"

천연덕스럽게 반문하는 그녀의 모습에 현호는 미소를 유지한 채 고개를 끄덕였다.

'그건 또 어떻게 알았어?'

아무래도 정보에 있어서는 그녀가 기자라는 사실을 간과할 수 없었다.

현호는 이제 그녀의 업무로 질문을 돌렸다.

"정치부에 있다고 하셨죠?"

"예. 별로 재미없는 부서예요."

그녀가 대답을 하고 현호를 뚫어지게 바라봤다. 현호가 그녀의 시선을 피하자,

"아, 그보다 생각은 해보셨어요? 찬……."

윤아리의 입에서 찬대미가 나오려는 찰나였다.

현호는 멀리서 다가오고 있는 송승국을 향해 손을 흔들었다. 그리고 바로 윤아리를 돌아보며 물었다.

"송승국 아시죠?"

"알죠. 요즘 얼마나 인기 있는데… 개인적인 친분이 있으신가 봐요?"

"국민학교 동창입니다, 하하하."

현호는 가까이 온 송승국의 어깨를 서둘러 끌어와 윤아리 앞에 세웠다.

"승국아, 이쪽은 mbs 윤아리 기자님."

"아, 처음 뵙겠습니다."

송승국은 얼떨결에 손을 뻗어 윤아리와 악수를 나눴다. 기자라고 보기에는 미모가 보통이 아닌 여자였다.

그런데 윤아리가 생각난 게 있다는 듯이 눈을 기울이고 물었다.

"혹시, 오늘 전경련 정기 모임 뒤풀이에 참석하시지 않으세요?"

"어? 그걸 어떻게 아셨어요?"

"초대 명단을 봤거든요. 그리고 저도 참석하고."

"아, 잘됐네요."

송승국은 윤아리가 마침 그 얘기를 꺼내자 반가운 마음에 과할 정도로 호응했다.

반면 현호는 가볍게 인사만 하고 자리를 벗어나려 했던 계획이 틀어져 한숨을 내쉴 뿐이었다.

"혹시 거기에 차현호 씨도 가나요?"

"예."

송승국이 미소와 함께 고개를 끄덕였다. 그러자 현호가 고개를 돌려 그를 쳐다봤다.

"그게 무슨 소리야?"

*　　　*　　　*

창밖이 어두컴컴했다. 현호는 손에 쥔 샴페인 잔을 흔들며 사람들에 둘러싸여 있는 송승국을 지켜봤다.

처음 송승국이 모임에 가자고 제안했을 때 현호는 당연히 거절했다.

"나 집에 간다."

단 일 초의 망설임도 없이 등을 돌렸다.

전경련 뒤풀이에 참석할 이유도 없거니와, 관심도 없었으니까.

하지만 송승국은 현호의 몸을 꽉 끌어안고 발버둥을 쳤다.

'제발, 제발'을 외치며, 끌어안은 채 딱 버티고 있는 송승국 때문에 현호는 하늘을 향해 연거푸 한숨만 내쉬었다.

거기다 송승국은 현재 자신의 사정을 현호에게 토로했다. 소속사도 없으니 이번이 기회라고, 같이 가줄 사람이 아무도 없다고.

윤아리가 옆에서 보조를 맞추듯이 송승국의 얘기에 추임새를 넣었다.

"어휴, 이럴 때 친구가 도와줘야죠."

"참 냉정하다, 냉정해."

"그래도 현호 씨가 말은 저렇게 해도 도와줄걸요?"

그렇게까지 바람을 잡으니 결국 미술관 관람을 포기할 수밖에 없었다.

송승국은 현호의 집 앞에서 기다릴 때부터 작정을 한 것 같았다. 양복점에서 현호의 양복까지 미리 대여해 놓고, 미용실까지 예약해 둔 상태였다.

'자식, 뭔가 있을 것 같긴 하더니만.'

갑자기 찾아와 방송국에 가자고 할 때부터 꺼림칙했지만, 이왕 이곳까지 온 거 지난 일을 생각해 봤자 의미는 없었다.

현호는 손에 쥔 샴페인을 단숨에 마셨다.

손가락 사이로 빈 잔을 문지르며 송승국이 아닌 다른 방향으로 시선을 돌렸다.

그곳에 서 있는 이는 배우 조세은이었다.

현호는 오늘 잠시였지만 난생처음 연기라는 것을 해봤고, 그 상대가 조세은이었다.

정확히 말하면 연기라기보다는 실제 대본 속 인물에 빠져들었다.

그 때문에 아주 순간이지만 그녀와 사랑을 나눴던 헤어진 남자 친구가 될 수 있었다.

그래서일까, 왠지 그녀에게 시선이 갔다.

'미쳤구나, 미쳤어… 선무당이 사람 잡는다더니.'

연기 한 번 했다고 그녀에게 호감이 생겼다.

현호가 조세은에게서 시선을 떼고 뒤돌았다. 그러자 이번에는 조세은이 그의 뒷모습을 좇았다.

홀로 연회장의 한 공간을 차지한 채 샴페인을 마시고 있는 남자. 그 뒷모습이 연회장 안의 그 어떤 사람들보다도 존재감이 있었다.

사실 연회장 안의 꽤 많은 여자가 그의 뒷모습을 보고 있는 중이었다.

"뭐야?"

불만에 찬 목소리가 들리자 조세은이 현호에게서 시선을 떼고 등을 돌렸다.

"아니야, 아무것도."

툭툭 끊긴 그녀의 대답에 남자가 이마를 찌푸렸다. 그는 화안기업 막내아들 김승연이었다.

"아는 사람이야?"

김승연이 재차 물었지만, 그녀는 입술을 꾹 다문 채 콧바람을 내쉬고는 고개를 가로저었다.

"아니라고 그랬잖아."

"너 미쳤냐? 어디서 그딴 표정을."

김승연의 얼굴이 싸늘하게 식었다. 조세은을 바라보는 시선이 흉흉했다.

차가운 목소리는 무거운 돌덩이처럼 그녀에게 던져졌다. 그제야 그녀는 억지로 미소를 띠었다.

"미안해. 진짜 모르는 사람이야."

하지만 김승연의 얼굴은 이미 돌이킬 수 없었다.

"그 입 다물어."

김승연이 이를 악문 채 읊조렸다. 그 바람에 조세은의 목선이 자르르 흔들렸다.

김승연은 샴페인 잔을 새것으로 바꾼 후 현호를 향해 발걸음을 틀었다. 조세은이 막으려 했지만 그가 이미 움직였다.

타박, 타박, 타박.

그의 걸음은 마치 사냥감을 확인하러 가는 짐승처럼 긴장과 여유가 공존해 있었다.

"저, 실례합니다."

입에 문 샴페인 잔을 기울이던 현호가 고개를 돌렸다. 조세은과 함께 있던 남자가 자신을 보고 있었다.

"왜 그러시죠?"

현호는 남자를 향해 물었다. 그 질문에는 아무런 감정도 담겨 있지 않았다. 그런데 남자는 이유 없이 불쾌한 표정을 지으며 기분 나쁜 미소를 띠었다.

"아, 처음 뵌 분이 보이길래 누구신가 해서요."

말과는 달리 남자의 말투는 계속 비아냥거리고 있었다.

'이거 뭐야?'

이쯤 되니 현호도 얼굴이 달라졌다. 표정은 사라지고 입가는 딱딱하게 굳었다.

"어디에서 오셨어요? 유성? 삼현? 아니면 신전?"

남자가 뱉은 마지막 단어에 현호의 얼굴이 찌푸려졌다. 눈썹이 구겨지는 게 여지없이 드러나자 남자가 픽 웃음을 뱉었다.

"이상하네? 신전 후계자는 죽었는데, 절벽에서 떨어져서. 쾅!"

남자는 두 손을 활짝 피며 자동차 폭발을 흉내 냈다. 그러자 곁에 다가온 그의 일행이 키득키득 웃기 시작했다.

"아, 그럼 신전 직원인가 보네. 그럼 이 자리에 있으면 안 되지. 우리랑 격이 다른데. 그런 거 안 배웠어요?"

현호는 지금 화가 나고 있었다. 성질 같아서는 남자의 멱살 좀 붙잡고 몇 대 두드려 주고 싶었다.

한데 녀석의 행태가 의외로 재밌었다.

이런 자리에서, 이런 식의 병신 짓거리를 할 수 있는 인성을 가진 놈이 대체 어디 있다가 갑자기 눈앞에 나타난 건지 궁금했다.

"뭐, 그런 거 가르쳐 주는 사람은 없더라고요. 한데 그러는 그쪽은 누구십니까?"

그 말에 남자가 웃음을 터뜨렸다.

"하하, 이 아저씨 신입인가 보네. 뭐, 여기 동태 살피라고 그쪽 회장님이 보낸 거야? 아니지, 나를 모르는 것 보니까 이거 운전기사인가?"

"홋."

현호는 피식 웃었다. 남자가 목을 쭉 빼고 비아냥대는 모습이 마치 한 마리 거위처럼 보였기 때문이다.

"웃어?"

가까이 다가온 남자는 험악하게 인상을 쓰고 현호를 쏘아붙였다. 현호는 그 시선을 피하지 않고 손사래를 쳤다.

"아, 미안해요. 오랜만에 봐서요."

"뭘 오랜만에 봐?"

"진짜 오랜만에 보네… 이런 병신 같은 놈은."

그 말에 찌푸려진 남자의 눈.

그 눈을 바라보는 현호의 얼굴에 서서히 미소가 피어올랐다.

"뭐?"

김승연의 얼굴이 일그러졌다. 지금 순간 심장이 쿵 하고 뛰어올랐다. 주먹이 절로 쥐어지고 이가 절로 악물어졌다.

"이 버러지 같은 새끼가!"

김승연은 참지 못하고 고함을 질렀다. 한 발을 성큼 내디디려는데, 누군가 그의 팔을 붙잡았다. 해동운수 큰아들 한상태였다.

"이거 안 놔?"

김승연이 엄포를 놓았다. 아무리 한상태라고 해도 지금은 감히 자신의 팔을 잡아서는 안 되는 타이밍이었다. 그만큼 열 받았다는 얘기다.

그런데 한상태는 여전히 그의 팔을 붙잡은 채 가까이 다가와 속삭였다.

'어른들 보고 계신다.'

그제야 정신이 번쩍 든 김승연이 주변을 살폈다.

이 자리가 어떤 자리인가.

전경련 정기 모임 뒤풀이 자리다.

기업 총수들이야 정기 모임이 끝나고 서둘러 제 갈 길들 갔다지만, 그래도 각각의 기업을 대표하는 임원진은 뒤풀이 장소에 얼굴을 비추는 게 정석이었다.

물론 그래 봤자 김승연 자신은 오너 일가로서 임원들의 눈치를 볼 위치는 아니었다. 단지, 자신의 행동이 아버지나 형들의 귀에 들어갈 가능성을 떠올렸을 뿐이었다.

"하… 하하."

김승연이 웃기 시작했다. 어깨를 들썩이며 얼굴을 숙인 그가 고개를 흔들었다. 마치 시계추처럼.

그리고 다시 고개를 들었을 때, 그의 눈과 턱이 바르르 떨렸다. 분노를 억제하기가 힘든 듯했다.

"너, 지금 감히 누굴 건드린 건지 알아?"

김승연은 눈앞의 녀석을 향해 가까이 다가가 아무도 듣지 못할 만큼 아주 낮고 짙은 목소리로 을렀다.

만약, 정말 만에 하나 녀석이 당장에라도 무릎을 꿇고 용서를 빈다면 뭐, 아주 약한 형벌로 끝낼 의향도 있었다.

"지금이라도 사과하는 게 어떨까? 자신의 무지에 대해서 말이지."

"무지?"

현호는 지금 자신이 뭔가를 잘못 들었나 싶었다.

하지만 곧 어이가 없어서 웃음이 피식 새어 나왔다. 그러자 남자의 얼굴이 또 찌푸려졌다.

"너, 기다리고 있어라. 내가 곧 찾아낼게."

남자는 분명히 경고를 하고 뒤돌아섰다.

현호는 멀어져 가는 그 뒷모습을 지켜만 봤다.

달려가서 녀석을 박살 내는 건 일도 아니었지만 그렇게 해서 자신에게 돌아오는 게 없다는 것은 굳이 따져보지 않아도 알 수 있었다.

'화안기업이라.'

좀 전의 대치 상황에서 군중 사이로 누군가 속삭이는 것이 들렸다.

화안기업의 김승연이 또 미친 짓을 하고 있다고.

*   *   *

"허……."

현호는 차를 빼려고 주차장에 내려오던 중이었다. 그런데 눈앞에 김승연이 알짱대는 게 아닌가.

현호는 이 보잘것없는 하루살이를 다시 만나게 되는 것은 좀 더 시간이 흐른 뒤에 라고 생각했었다.

김승연에 대해서 알아보고, 화안기업에 대해서도 알아봐야 했으니까.

그런 뒤에 직접 김승연에게 예절 교육을 시키고, 화안기업에는 자식 교육을 잘못 시킨 책임을 물으려고 했다.

물론 현호는 앞으로도 눈에 띄는 움직임은 자제할 생각이었지만, 그 외의 부분에서는 차츰 행동반경을 넓힐 계획이었다.

찬대미의 성장은 더디지만 현호의 성장은 매우 빨랐다.

그러니 언제까지고 찬대미의 속도에만 맞출 수는 없었다. 움직일 부분에서는 이제 움직여야 했으며, 거기에 지금 그는 특무부에서의 활약을 앞두고 있다.

그 첫 번째 활약을 위해 화안기업이 타깃이 되지 못하리라는 법은 없었다.

그래서 다가올 5월에나 이 썩을 놈을 다시 볼 생각이었는데…….

"와, 이거 내가 운이 좋은 거야? 네가 운이 없는 거야?"

김승연이 두 팔을 활짝 펴 들고 현호에게 다가왔다.

녀석의 입가에 미소가 만연히 꽃피웠다.

연회장에서와 달리 김승연의 곁에는 경호원으로 보이는 이가 여럿 함께하고 있었다.

물론 녀석의 친구들과 조세은도 함께였다.

그리고 조세은의 불그스름한 한쪽 볼이 현호의 눈에 거슬렸다.

"글쎄."

현호는 손목시계를 살폈다. 연회가 끝이 났으니 송승국을 집에 데려다주고 방호식을 잠깐 볼 생각이었다. 여기서 소비할 시간이 없다는 얘기다.

"현호야."

마침 화장실에 들렀다가 주차장에 내려온 송승국이 현호를 향해 다가오고 있었다.

"무슨 일이야?"

송승국은 현호와 김승연을 번갈아 보며 물었지만, 상황이 심상치 않다는 것을 바로 눈치챘다. 뿐만 아니라 그를 본 김승연의 얼굴 표정도 바뀌었다.

"송승국 씨… 아는 사람인가요?"

김승연이 여태와 달리 부드러운 표정으로 송승국에게 물었다. 비록 서로 신분의 차이가 있지만, 송승국이라는 연예인은 예외로 둘 수 있다.

요즘 한창 인기가 있으니 데리고 다닐 만한 들러리로서는 훌

륭한 존재였기 때문이다.

"아, 화안기업 김승연 씨죠? 반갑습니다."

송승국이 반가운 척 손을 내밀었다. 지금 상황에서 트러블을 무마시킬 수 있는 사람은 자신밖에 없을 것 같으니 적당히 연기할 생각이었다.

그때였다.

현호의 손이 송승국의 어깨를 붙잡아 앞으로 가려는 그를 멈춰 세웠다.

"왜……."

송승국이 고개를 돌려 물었다. 그렇지만 현호의 얼굴이 싸늘하게 변한 걸 보자 말문이 막혀 입맛만 다셨다.

"뒤로 가 있어."

"어."

송승국이 얼떨결에 물러나자 현호가 이번엔 조세은을 불렀다.

"조세은 씨."

김승연의 곁에 서 있던 그녀의 어깨가 흠칫했다.

"이리로 와요."

"이 새끼 지금 뭐 하는 거냐?"

김승연이 친구들을 돌아보고 물었다. 이 상황이 기가 막혀 어깨를 으쓱거렸다.

지금 김승연은 자신과 친구들의 경호원들에게 둘러싸여 있었다. 반면 눈앞의 버러지는 달랑 둘.

송승국을 손대기는 뭐 하지만 당장 무릎을 꿇고 빌어도 시원찮을 판이다. 그런데 조세은을 보고,

"이리로 와요? 풋하하."

"어이, 그냥 잘못했다고 빌어. 혹시 알아? 승연이가 한번 참아 줄지? 안 그래?"

김승연의 친구가 능청스럽게 웃으며 말했다.

그럼에도 현호는 여전히 싸늘한 시선으로 주춤하고 있는 조세 은을 바라보고 있었다. 그리고 다시 말했다.

"이리로 와요. 다치고 싶지 않으면."

조세은은 당황하고 있었다. 지금 어떻게 해야 할지 몰라서 주 저하고 있었다. 그러자 현호가 재차 말했다.

"어서."

조세은은 알 수 있었다. 이게 마지막 제안이라는 것을.

주춤.

그녀의 발이 앞으로 움직였다. 그 모습에 김승연이 황당해서 헛웃음을 터뜨렸다.

"허, 병신 같은 년. 니들 지금 쌍으로 미친 거냐?"

하지만 이미 한 발짝 걸음을 뗀 조세은의 발은 멈추지 않았 다. 그녀는 현호에게 다가갔고, 현호는 그녀와 반대로 김승연에 게 다가갔다.

두 남자의 눈이 바싹 붙자, 김승연의 경호원들이 천천히 움직 였다.

"가만히 있어."

김승연의 말에 경호원들이 멈췄다. 마치 성난 애완견이 주인 의 한 마디에 꼬리를 내린 모양새였다.

"너, 아까처럼 좋게 넘어갈 거라고 착각하는 거냐?"

김승연이 으르렁거렸다. 그 모습을 보며 현호는 나직이 말했다.

"제안 하나 하지."

"제안?"

"답답하게 얘기만 지껄이는 거 싫은데, 오늘은 내가 바빠서 말이야. 지금이라도… 사과하면 넘어가 주마."

"이 새끼가!"

더 이상 참지 못하고 김승연이 주먹을 뻗었다.

퍽.

주먹은 현호의 얼굴에 꽂혔다. 정확히는 현호가 빠르게 들어 올린 손 안에 잡혔다.

바로 다음 순간, 김승연은 손뼈가 아스러지는 통증을 느껴야 했다.

"으… 으아!"

현호는 김승연의 주먹을 힘껏 움켜쥐었다.

지금까지 운동을 해오며 그는 악력과 하체의 발달을 가장 중요시했다. 악력은 모든 운동의 기본이며, 하체는 그 몸을 받치는 귀중한 자산이다. 그리고 그 두 가지가 링 위에서 현란한 무빙과 강한 펀치를 만들어 준다.

"손목을, 부러뜨려 줄까?"

자신 쪽으로 성큼 다가오려는 경호원을 보며 현호는 눈을 부릅뜨고 경고했다.

"으윽!"

김승연의 신음에 경호원들은 주춤하고 물러섰다.

"뭐해! 와서 이 새끼 죽여!"

김승연이 소리를 고래고래 질렀다. 그런데도 경호원들은 섣불리 움직이지 못했다.

이미 현호의 손이 김승연이 내지른 주먹을 잡는 모습을 똑똑히 봤다. 그 짧은 동작 하나에도 경호원들은 이미 그 역량을 충분히 눈치채고 있었다.

그러니 지금 발을 내밀면 김승연의 팔은 부러진다.

"사람들이 네놈 발바닥의 굳은살로 보이지?"

현호는 고통 때문에 주저앉은 김승연을 향해 말문을 열었다.

"으… 으……"

"계층이라는 거… 무시할 수 없는 거지. 그런데 말이야, 네가 그렇게 태어난 것은 행운이지, 네가 이룬 게 아니잖아. 사람을 우습게 보는 것도 좋은데 네가 뭔가를 이루고 나서 그런 쓰레기 짓을 해야 이치에 맞지. 안 그래?"

현호는 얘기를 멈추고 다시 고개를 들었다. 순간, 시선이 마주친 경호원들이 머뭇거렸다.

"움직이지 말라니까."

현호는 경고와 함께 김승연의 주먹을 감싸 쥔 손에 한 번 더 힘을 주었다.

"으아!"

지금 현호는 열기를 활활 뿜어내고 있었다. 그는 경호원들의 움직임이 완전히 멈춘 것을 확인하고서야 다시 김승연을 바라봤다.

"이러면 어떨까? 상대를 대하는 법을 배우는 거지. 물론 그전에 먼저 사과를 하는 거야. 미안하다고……. 말했잖아, 지금이라도 사과하면 넘어가 준다고."

"씨발… 뭐 하는… 거야. 당장 이 새끼 조져! 으아아!"

*　　　　*　　　　*

김승연의 친구들은 다들 멀찍이 물러나 있었다.

이미 경호원들은 죄다 바닥을 구르고 있었다.

김승연은 쓰러진 경호원들 옆에서 무릎을 꿇은 채로 볼이 벌게져 있었다. 현호가 김승연의 볼을 계속 때리고 있었기 때문이다.

짝! 짝!

"아파?"

짝! 짝!

조세은은 자신의 볼을 쓸어내리며 그 모습을 지켜보고 있었다.

그녀의 뺨을 붉게 만든 이가 김승연이었다.

우연히 차현호라는 사람을 알게 되었고, 그를 쳐다봤다는 이유 하나 때문에 김승연은 그녀의 뺨을 때렸다. 그의 친구들과 경호원들이 모두 있는 앞에서도 거리낌 없었다.

그 순간의 고통과 소리가 오늘 밤 그녀를 잠들지 못하게 할 것이 자명했다.

한데 지금 김승연이 똑같이, 아니, 아까의 그녀보다 훨씬 더 많이 맞고 있었다.

매우 일방적으로 그녀가 느낀 굴욕을 그대로 겪고 있었다. 어떤 이에게는 통쾌하겠지만, 어떤 이에게는 공포로 다가올 장면이었다.

'제, 젠장.'

해동운수 한상태를 비롯한 김승연의 친구들은 자신도 모르게 어금니를 다닥다닥 부딪쳐야 했다.

짝! 짝!

김승연의 볼이 붉게 물들었다.

열 대를 맞으니 입이 터졌다.

현호 본래의 힘이었으면 이가 몽땅 부러졌을 테지만, 지금은 최소한의 힘만으로도 굴욕감을 주기에 충분했다.

"허… 허… 허……."

김승연이 입술을 바들바들 떨었다.

그나마 자존심으로 버티는 중이었지만, 자신의 볼에 손도 가져가지 못하고 기도하는 자세를 유지했다.

"아!"

현호가 손을 꿈틀댔을 뿐인데, 김승연이 짧은 비명과 함께 상체를 바싹 움츠렸다.

그 모습에 현호는 손을 거두고 조세은을 돌아봤다.

"몇 대 맞았어요?"

"예?"

"몇 대 맞았냐고요?"

"그… 그게."

"당신 차례예요."

"그게 무슨……."

현호는 대답 대신에 김승연을 가리켰다.

굳이 설명할 필요가 있을까. 맞은 만큼 돌려주라는 얘기였다.

"여전히 이 녀석이 무섭습니까? 아니면, 그러지 못할 이유라도 있습니까?"

그 말에 조세은이 입술을 꽉 깨물고 읊조렸다.

"못 할 이유… 없어요."

그녀가 결심한 듯 김승연에게 다가와 무릎 꿇고 있는 그의 뺨을 갈겼다.

짝!

나중에 어떻게 되든 상관없었다.

지금은 명치끝에서 날뛰는 그동안의 설움과 울분을 다스려야 했다.

"개새끼."

조세은은 김승연을 단 한 대만 때리고 욕을 내뱉었다. 손이 떨리고, 심장이 미친 듯 두근거렸다.

"너… 너 같은 건 때릴 가치도 없어."

그녀의 떨리는 목소리에 김승연이 순간 눈을 부라렸다. 하지만 현호가 눈썹을 추켜세우자 서둘러 고개를 숙였다.

현호는 녀석의 정수리를 눈에 담으며 다시 입을 열었다.

"분명 여기서 끝나지 않겠지. 네 녀석 아버지한테 얘기할 테고, 너는 어떻게든 이 모멸의 순간을 회복하려 하겠지. 그래, 경찰에 신고해도 좋고, 윗선에 압력을 넣어도 좋아. 아마… 니들이 나보다는 지금 순간 힘의 우위에 있을 테니까."

맞는 얘기다.

이들의 부모는 지금 사회의 정점에 있다.

재벌가를 건드리기에는 현호의 신분과 힘이 아직까지는 불완전했다.

그럼에도 현호는 억누를 수가 없었다. 참아야 했는데 참을 수 없었다.

그건 조세은의 붉어진 볼을 본 순간부터였다.

견딜 수 없는 분노가 치솟았다. 그 붉어진 볼과 젖은 눈망울을 보는 순간, 딸 아영이의 얼굴이 눈앞을 스쳐갔기 때문이다.

'어쩐지… 왠지 신경이 쓰인다고 했더니……'

가만 보니 조세은의 얼굴이 아영이를 많이 닮았다.

현호는 한숨을 내쉬었다. 이미 벌어진 판, 이번만은 그도 명확한 답이 떠오르지 않았다.

"화안기업 김승연……"

현호는 녀석의 볼을 툭툭 두드렸다. 그리고 마지막으로 한 마디를 하고 뒤돌아섰다.

"곧 다시 보자."

*　　　　*　　　　*

"넌 택시 타고 가."

"뭐어?"

얼떨결에 차에서 내린 송승국을 뒤로하고 현호는 홀로 차에 올라탔다.

"야, 나 차비도 없어!"

송승국이 눈썹을 껑충 올리고 차창을 두드리자 운전석 창문이 스르륵 열렸다.

"옛다."

현호는 송승국에게 오천 원짜리 지폐를 한 장 던지고 출발했다.

백미러에는 바람에 휘날리는 오천 원을 줍기 위해 껑충껑충 뛰고 있는 송승국이 비쳤다.

"훗."

현호가 피식 웃으며 운전에 집중하자 조수석에 앉은 조세은이 그를 쳐다봤다.

"왜요?"

자신의 옆모습을 빤히 바라보고 있으니 현호도 그녀를 한 번 쳐다보고 물었다.

그녀의 눈에는 두려움과 떨림, 알 수 없는 감정들이 가라앉아 있었다.

"그쪽… 참 특이한 사람이네요."

그 말을 하고서 그녀는 숨을 파르르 내쉬었다.

"특이하다는 얘기는 뭐, 자주 들어서."

월연을 처리하기 위해 연기를 했을 때도, 양아치 흉내를 내는 동안에도 그런 얘기는 사람들에게 수없이 들었다.

'그러고 보니 내가 연기를 하긴 했었구나.'

현호는 또다시 피식 웃었다. 그러자 조세은이 기막히다는 듯 헛숨을 뱉고 물었다.

"무섭지 않아요?"

"뭐가요?"

"그 사람, 가만 안 있을 거예요."

"그래서 무서워요?"

"그건……."

그녀는 잠시 아무 말도 하지 못했다. 그렇지만 이내 현호처럼 피식 웃었다.

"처음 봤어요. 그 개자식이 그렇게 덜덜 떠는 모습은, 후훗."

급기야 그녀는 까르르 웃음을 터뜨렸다.

한참 만에야 그녀는 웃음을 멈췄다. 눈가에 고인 눈물이 웃음 때문인지, 아픔 때문인지는 알 수 없었다.

어찌 됐든 그녀는 한층 속이 후련해진 얼굴이었다.

"제안을 받았어요."

얼굴을 쓸어내리며 그녀가 말했다. 현호가 고개를 돌리며 물었다.

"제안이요?"

"선배님인데… 누구라고 말은 못 하겠고, 재벌가 쪽 사람들하고 신인 배우들… 뭐, 서로 소개해 주는 선배님이 계세요."

그녀는 쓴웃음을 지으며 말했다.

현호도 얼추 이 바닥 돌아가는 상황을 알고 있기에 무슨 얘기인지 충분히 알아들을 수 있었다.

이전 삶에서 현호의 선배 하나가 연예계 쪽과 연이 있었다.

선배는 그쪽과 관련된 세무 일을 하면서 그들의 더러운 꼴을 꽤 많이 보았고, 그걸 현호에게 언뜻언뜻 얘기해 주곤 했었다.

그랬기에 현호는 결코 연예계 쪽에는 고개를 돌리지 않을 생각이었다.

그들은 화려함 뒤에 숨은 광대였고, 누군가의 광대가 되길 스스로 선택한 이들이니까.

'하긴, 중년 여배우가 여자 연예인을 소개해 주면서 몰래 돈을 챙기다가 기업 회장에게 재떨이로 얻어맞았다는 얘기가 있었지……'

일종의 비화였지만 그런 얘기가 심심찮게 도는 곳이 연예계다.

"홋… 그때 만났어요, 그 자식."

조세은은 차창에 머리를 기대고 지난날을 회상했다.

"후회합니까?"

"후회는 안 해요. 그 자식 때문에 그래도 먹고살았고, 꾸미고 다녔고, CF도 하고, 그 덕에 드라마도 하게 됐으니까."

"기다려 보지 그랬어요? 저놈 없이도 잘할 수 있었을 텐데."

"에이, 제가 얼마나 오랫동안 단역배우로 살았는지 아세요?"

그녀는 입가에 미소를 띤 채로 고개를 가로저었다. 얼굴은 웃고 있는데 눈이 울고 있었다.

"6년이에요. 6년을 단역배우로 살았어요."

"6년이요? 그렇게 나이가 있어 보이지는 않은데요?"

"중학생 때 데뷔했어요. 데뷔라고 하기도 뭐한 작은 역이었는데, 그 뒤로 이미지가 고정돼서 계속 그런 역만 했어요. 처음에는 주인공 친구, 그 다음 작품은 친구의 친구, 그 다음은 어디 아르바이트생 친구… 홋."

지난 시간을 기억하며 그녀는 눈물을 흘렸다. 현호가 티슈 하나를 건네자 흐르는 눈물을 훔쳤다.

"전 상관없어요. 어차피 이런 관계인걸요. 그래도 날 때린 다음 날은 미안하다고 하는 사람이에요. 현호 씨 일은 제가 잘 구슬려 볼게요. 뭐… 조금 힘든 일 같지만."

조세은은 마음을 그렇게 먹은 듯했다.

다음 날 찾아가 그 미친놈에게 사정해 볼 생각인 듯 보였다.

하지만 이미 일이 너무 커져 버렸다. 그녀의 뺨 몇 대로 끝날 일이 아니다.

무엇보다 그런 일은 현호로서도 용납할 수 없었다. 그가 시작한 일이니, 그가 끝내야 한다. 그걸 방해하면 그녀가 피해자라도 용서할 수 없을 것이다.

"좀만 버텨요. 무슨 일 있으면 나한테 연락하고."

"그게 무슨……."

"내가 먼저 움직일 겁니다. 가만히 앉아 당하는 건 이제 지겹거든요."

현호의 얼굴에 비장함이 물들었다. 그가 앞을 바라보며 엑셀을 밟으려는 순간이었다. 눈발이 흩날리기 시작했다.

끼익.

현호는 한남대교 끝에서 차를 세웠다.

"내려요."

"예?"

"내려 봐요."

현호는 그녀의 손을 이끌었다. 이대로 집에 보내봤자 잠도 못 잘 것 같으니, 기분 전환을 시켜주고 싶었다.

"이리 와 봐요."

하늘에서는 눈이 쏟아지고 있었고, 세상은 조금씩 조금씩 새하얀 눈에 뒤덮이고 있었다.

"왜 그래요, 진짜."

"바람 좀 쐬자고요."

하지만 정작 바람은 잔잔했다. 날씨도 그다지 차갑게 느껴지지 않았다.

다음 날이면 밤새 쌓인 눈 때문에 차들은 거북이걸음을 할 테고, 꽤 많은 이가 엉덩방아를 찧을 테지만, 지금 순간만은 하늘에 퍼진 눈송이가 제 한 몸을 희생해 차가운 열기를 빨아들이고 있었다.

"눈 많이 오네요."

현호는 다리 너머 한강을 바라봤다. 고요한 어둠, 그 뒤로는 쌩쌩 달리는 자동차들.

"눈 좋아해요?"

현호는 조세은을 돌아보며 물었다. 그러자 그녀가 하늘을 올려다보며 속삭였다.

"별로요. 저, 고향이 강원도거든요. 눈 한번 쌓이면… 으……."

조세은이 살짝 이마를 찌푸리고 몸서리를 쳤다.

'진짜 닮았네.'

아영이가 잘 자랐으면 조세은을 꼭 닮았을 것 같았다.

잠시 그녀의 모습을 눈에 담고, 현호는 다시 한강을 바라봤다.

"아무 걱정하지 말아요. 어차피 잘못돼 봤자 죽기밖에 더하겠어요?"

픽 웃으며 말하는 현호의 모습에 조세은도 피식 웃으며 달을 바라봤다. 그 때문에 그녀의 하얀 목이 도드라져 보였다.

"고마워요. 오히려 내가 힘을 줘야 하는데… 사실 현호 씨는 아무 잘못 없잖아요. 나 때문에 벌어진 거지."

"아니요. 저도 그 자식 처음부터 재수 없었어요. 그 싸가지……."

"훗."

"손 줘 봐요."

현호는 그녀를 마주 봤다. 그리고 손을 내밀었다.

"예?"

"어서요. 내 손 잡아 봐요."

"뭐예요… 뭐야, 참."

그녀는 볼을 통통히 부풀리며 현호의 손을 붙잡고, 현호는 그녀와 눈을 마주하며 말했다.

"자, 우리 눈 마주치는 거예요."

"뭐, 그러세요."

그녀가 못 할 거 뭐 있냐는 듯 현호의 눈을 마주 봤다.

"자, 준비됐죠?"

이제 현호는 그녀에게 마술을 보여줄 생각이었다. 믿음이라는 마술을.

단순히 눈을 마주 보는 행동일 뿐이지만, 때로는 그 단순함이 매우 큰 의미를 가질 수도 있었다.

"언제까지 보기만……."

그 순간 그녀의 눈동자가 흔들리더니 살짝 풀어졌다. 그리고 다음 순간.

"이… 이럴 수가."

조세은은 고개를 치켜들고 하늘을 바라봤다. 특별한 기억력을 가진 이가 선사하는 향연이 펼쳐졌다.

눈송이들이 아주 느리게, 마치 필름 한 컷 한 컷처럼 그녀 눈앞에서 떨어지고 있었다.

"이거… 마술이에요?"

그녀는 눈송이를 향해 손을 내밀었다. 하늘에서 떨어지는, 하늘에 멈춰 있는 하얀 눈을 집었다.

"세상에……."

찬란함 속에서 터진 그녀의 탄성.

탄성과 감탄사는 시간이 지나면서 흐릿해졌지만 그녀의 숨소리는 여전히 가빴다.

"어떻게 한 거예요?"

그녀가 물었지만 현호는 대답하지 못했다. 그저 미묘한 표정으로 좀 전 그녀의 행동을 되감고 있었다.

'뭐야… 지금 무슨 일이 벌어진 거야.'

현호는 마른침을 꿀꺽 삼켰다. 그러자 기억 하나가 불현듯 떠올랐다.

지난번 황주혜에게 뺨을 맞고 도망쳤을 때였다.

그녀가 쫓아와서 또 주먹을 들길래 그 주먹을 붙잡고 눈을 마주 본 적이 있었다. 그런데 잠시 현호를 마주 본 그녀가 갑자기 그런 말을 했었다.

"현호야… 이상해. 세상이 갑자기 멈췄어."

그러나 아주 잠시였기에 그녀는 고개를 빠르게 젓고서 그 현상을 일종의 스트레스라고 여겼다.

물론 현호도 그 일을 그저 웃어 넘겼었다.

그런데 지금.

'설마… 아니겠지.'

현호는 확인해야 했다.

그저 조세은에게 잠시 잊을 시간을 주고 싶었는데, 그녀의 행동은 그때의 황주혜와 아주 흡사했다. 그리고 이는 현호가 의도한 게 아니었다.

어쩌면 조세은 역시 지금 스트레스가 극에 달한 상황이니 황주혜의 경우처럼 스트레스성 착시일 수 있었다.

"이거 진짜 마술인가요?"

현호는 자신을 돌아보며 묻는 그녀의 얼굴에 손을 얹었다.

조세은의 갸름한 턱을 두 손으로 감싸고 다시금 눈을 마주했다. 그의 강렬한 시선이 또다시 그녀를 사로잡은 순간, 그녀는 어김없이 찰나의 순간에 빠져들었다.

이제 세상에는 그녀와 현호, 단 두 사람만이 존재했다.

모든 것이 멈춰 있었다. 아니, 느려졌다. 심지어 바람의 움직임마저 손에 잡힐 것 같았다. 찬란하고, 아름답고, 눈부신 세상이었다.

'진짜… 였구나……'

현호는 지금 상황을 인정해야 했다.

뜻밖의 상황에서, 뜻밖의 계기로 자신의 특별한 기억력의 진화를 확인하는 순간이었다.

"아……."

잠시 뒤 조세은이 짧은 신음과 함께 비틀거렸다. 현호가 그녀를 서둘러 품에 안았다.

"내가 꿈을 꾸는 건가요?"

그 질문에 현호는 고개를 가로저으며 무거운 미소를 끌어 올리고 답했다.

"마술이에요."

"어떻게… 하는 건데요?"

"마술사가 속임수 알려주는 거 봤어요?"

"하……."

조세은의 목울대가 꿈틀거렸다. 동그란 그녀의 눈에는 이제 실없이 웃고 있는 현호의 모습만 담겨 있을 뿐이었다.

＊   ＊   ＊

퍽! 퍽!

"후… 후… 후……."

김승연은 연거푸 뜨거운 숨을 내쉬었다. 그의 앞에는 경호원들이 엎드려뻗쳐 있었고, 그의 손에는 야구방망이가 쥐어져 있었다.

"똑바로 엎드려, 똑바로!"

그는 괴성을 지르고 야구방망이를 높이 치켜들었다.

그 순간이었다. 끼익, 하는 소리와 함께 문이 열리고 비서실장이 들어왔다.

"후……."

김승연은 방망이를 내려놓고 흐트러진 자신의 머리카락을 쓸어 넘기며 비서실장을 돌아봤다.

"어떻게 됐어?"

"알아봤는데 공무원이랍니다."

그 말에 김승연이 잠시 넋이 나가 있더니, 다시 방망이를 치켜들었다.

퍽! 퍽! 퍽!

연달아 경호원들을 두드려 패고 악을 내질렀다.

"씨팔! 니들 겨우 공무원 새끼한테 쳐 맞은 거야? 으아아!"

분에 못 이겨 야구방망이를 바닥에 찍었다.

콰직!

야구방망이가 부러지자, 이번에는 비서실장에게 집어 던졌다.

다행히 야구방망이 조각은 흠칫 놀란 비서실장의 바로 옆을 맞고 튕겨 나갔다.

"그 개새끼, 조져 버릴 거야. 알아?!"

김승연이 재차 악을 내지르자, 구석 소파에 앉아서 이 상황을 지켜보고 있던 해동운수 한상태가 자리에서 일어났다.

"그만해. 실장님이 무슨 잘못이야."

"그만해? 그래, 그럼 넌 그때 뭐 했는데?"

그 말에 난처해진 한상태가 이마를 긁적였다.

"솔직히 당황했지. 그 정도일줄 알았냐?"

"그걸 지금 말이라고… 하……."

오늘 김승연은 굴욕과 모욕을 당했다. 분노를 참을 수가 없어 가슴에서는 화가 들끓었다. 이 상태로는 도저히 잠을 잘 수가 없었다.

"좋아. 그게 다는 아니지?"

눈을 부릅뜬 김승연이 비서실장을 쳐다보고 물었다.

"예?"

"조사해 온 게 그게 다는 아니겠지?"

"아, 예. 차현호라는 친구고, 그 아버지가 조그만 건설업을 하고 계십니다."

"건설업?"

단어 하나에 김승연의 눈초리가 들썩였다.

"건설 뭔데?"

"그동안은 하청을 주로 했는데 이번에 신사동 상가 재건축을 맡았다고 합니다. 아무래도 본격적으로 건설업에 뛰어들려는 모양입니다."

"그럼 어떻게 할까?"

"예?"

이번에도 비서실장의 입에서 물음표가 나오자 김승연의 눈이 한층 더 커졌다. 그러자 비서실장이 서둘러 자세를 바로잡고 답했다.

"죄송합니다. 바로 처리하겠습니다."

"재건축 막아. 알았지? 강남구청이든 서울시청이든 찾아가서, 그 재건축 허가 취소해! 은행 찾아가서, 돈줄 막아! 그 거지 같은 사업, 무너뜨려!"

"예!"

김승연의 괴성, 비서의 외침, 경호원들의 신음 소리가 호텔 최고급 객실을 가득 채웠다.

*   *   *

집 앞에 차를 세운 현호는 곧장 손목시계부터 살폈다.

저녁 10시.

조세은을 강북에 위치한 그녀 집까지 데려다주고 왔더니 시간이 많이 지났다.

'시간이 없어.'

현호는 김승연이 결코 이 밤을 그냥 지나치지 않을 것이라는 걸 잘 알고 있었다.

모든 일이 계획되어 있다면 천천히 움직이면 된다. 계획할 때는 항상 시간을 감안하니까.

하지만 계획 없이 벌어진 일이라면, 더구나 자신이 우발적으로 저지른 일이라면.

'수습해야지.'

그때는 빠르게, 깔끔하게 정리한다.

또 다른 변수가 튀어나오기 전에, 제어할 수 있을 때 끝낸다.

현호는 곧장 놀이터로 향했다. 공중전화 부스가 보이자 안으로 들어가 주머니에서 동전과 지갑을 꺼냈다. 지갑 안에는 윤아리의 명함이 꽂혀 있었다.

'후… 내키지 않는데.'

현호는 손을 들어 전화번호를 눌렀다.

―여보세요?

"거래합시다."

현호는 바로 본론에 들어갔다.

―누구세요? 갑자기 전화해서 거래라니.

"내 목소리도 기억 못 하면서 찬대미는 어떻게 들어올 생각을 했습니까?"

―현호 씨? 차현호 씨예요?

"예, 차현호입니다."

―좋아요. 거래해요.

이번에는 그녀가 바로 대답을 했다. 무슨 얘기인지 듣지도 않았으면서.

"하… 거래 성립입니다."

26장

폭탄

"이름 차현호. 현재 사는 곳은 서울시 강남구 압구정동······."

형사는 빠르게 키보드를 두드렸다.

현호는 입술이 찢어지고 광대 부위에 멍이 들어 있었다.

"그러니까 연회에 갔는데 화안기업 김승연이라는 사람에게 일방적으로 맞았다?"

경찰이 지금까지의 진술을 정리해 되물었다.

"이거 보세요."

현호는 간단한 대답 대신에 자신의 얼굴을 가리켰다.

시퍼런 멍을 본 형사가 이마를 찌푸리더니 싱겁다는 투로 물었다.

"많이 맞았어요?"

"그쪽 경호원들까지 절 두드려 팼다니까요."

"거, 묻는 말에만 대답합시다."

형사는 여전히 귀찮은 투로 현호에게 윽박을 지르고 다시 물었다.

"목격자 있어요?"

"있습니다. 조세은도 봤고, 송승국도 봤습니다."

"조세은?"

내내 표정 변화가 없던 형사의 눈이 갑자기 동그랗게 변했다. 그러더니 눈동자를 위아래로 움직이고는 현호를 눈에 담으며 물었다.

"그, 배우 조세은?"

"예."

"당신이 그 사람을 어떻게 알아요?"

"어떻게 알긴요. 내가 송승국 친구고, 같이 연회에 참석했다니까요."

"어휴… 아저씨, 이거 거짓말이면 아주 큰일 나요."

"형사님, 제가 거짓말할 사람 같아 보입니까?"

그 말에 형사가 찝찝한 얼굴로 입맛을 다셨다.

"사람 얼굴에 거짓말할 사람이라고 쓰여 있겠습니까? 내 말은 상황이 그렇다는 거죠. 가해자가 보통 사람도 아니고 화안기업 아들이고, 뭐, 배우 조세은에, 송승국에. 참 내… 아저씨가 나라면 이 상황을 곧이곧대로 믿겠어요?"

"좋습니다. 전화 한 통만 하겠습니다."

현호는 한숨을 내쉬며 전화 한 통을 부탁했다.

"어디다 전화하게요?"

"서울중앙지검에요. 아, 퇴근하셨겠네. 댁에 전화드려야겠네요. 검사님 주무시는데 짜증 좀 나시겠지만."

물론 이미 현호는 찬대미의 윤태영에게 상황을 얘기한 뒤였다.

찬대미는 무슨 일이 있어도 함께한다.

그것이 찬대미의 구호이자 맹약이었다.

현호의 일은 곧 찬대미 전체의 일이기도 했다.

오늘 연회에서의 일은 이미 윤선기 검사의 귀에도 전해졌다. 물론 윤태영을 시작으로 찬대미 전원에게 연락이 들어갔을 것이다.

하지만 여기서 중요한 점이 있었다.

만약 찬대미 회원 중 한 사람이 화안기업과 연관되어 있다면 그것도 문제였다. 또한 윤선기 검사가 화안기업과 관련이 없을 거라는 확신도 없었다.

사실 이 부분은 현호가 처음 찬대미를 시작할 때부터 고민한 부분이기도 했다.

어떠한 상황이 벌어졌을 때, 찬대미 회원 중 한 사람이 곤란한 입장이 된다면 그때는 행동을 취해야 하는가, 아니면 말아야 하는가.

그 같은 딜레마가 찾아오는 날이 분명 올 거라 예상했다.

이번에 현호는 윤태영에게 얘기하면서 한 가지 조건을 걸었다.

만약 당신의 아버지 윤선기 검사가 화안기업과 관련이 있다면 구체적인 얘기는 하지 말라는 거였다.

거기에 덧붙인 말은 '우리끼리도 할 수 있는 일이니까요'라는 동기부여였다.

"서울중앙지검? 영감님?"

형사의 얼굴이 변했다. 지금이 어느 시대인가.

야밤에 검사가 경찰서에 달려와 난리를 치면 일선 경찰서장이
잠옷 바람으로 튀어나오는 시대였다.

현호는 고개를 끄덕이고 형사의 책상에 놓인 전화기를 향해
손을 뻗었다.

그때였다.

마침 남자 기자 하나가 경찰서에 들이닥쳤다.

"형사님, 여기 화안기업 아들에게 폭행당한 피해자가 있다면
서요?"

기자의 등장에 형사가 한숨을 내쉬었다.

"그건 또 어떻게 알았어요?"

기자들이야 경찰서에 항시 상주한다지만 피해자가 이제 들어
왔는데 어디서 냄새를 맡았단 말인가.

"이분이 피해자예요?"

남자 기자는 현호를 바라봤다. 기자의 눈동자가 반짝인다.

그는 윤아리의 후배였다.

"하……. 기자님, 저 정말 억울합니다."

현호는 하소연을 시작했다.

기자는 현호의 상처를 향해 카메라 앵글을 가져갔다.

*　　　*　　　*

다음 날, 조간신문에 현호의 옆모습이 고스란히 실렸다.

[단독] 화안기업 막내아들의 숨겨진 이면.

—이날 xx호텔에서 벌어진 화안기업 막내아들의 폭행으로 인해 피해자 차 모 씨는 전치 4주의 피해를 입었으며, 현재 xx병원에 입원, 극심한 통증과 대인기피증을 토로하고 있는 상태다. 당시 현장에는 두 사람 외에도 국내 내로라하는 기업들의 자제들과 연예계 인사들도 함께 있었던 것으로 드러나 충격을 금치……

"훗."

현호는 피식 웃으며 신문을 내려놓았다. 그러자 옆에 있는 남자가 어이가 없다는 투로 물었다.

"지금 웃음이 나오냐?"

찬대미 회원, 한국대 의대생 김춘삼.

의사 가운을 입고 있는 그의 모습을 눈에 담으며 현호는 웃음을 찬찬히 흘리고 말했다.

"여자를 패는 놈은 쓰레기라면서요?"

과거 김춘삼은 응급실에 실려 온, 애인에게 폭행당한 여자에 대해서 언급한 적이 있었다.

"뭐, 네가 틀린 일 했겠냐마는 이건 좀 세잖아? 너답지 않게 성급하고."

그동안 현호가 해온 일은 강남세무서에 소속된 상태에서 벌어진 일들이었다.

하지만 지금은 차현호 자신, 그리고 찬대미밖에 없다.

그럼에도 상황은 지난 일들에 비해 결코 가볍지 않았다.

"진단서 고마워요."

4주 진단은 물론 여러모로 김춘삼이 힘을 써줬다.

의대는 기본적으로 예과 2년에 본과 4년을 거치고도 인턴 1년과 레지던트 4년을 거친다.

현재 김춘삼은 본과 2년 차였다. 그럼에도 그는 병원을 누비고 다녔다.

"근데 본과 2년 차인데 병원에 있어도 돼요?"

의미 없는 질문이었지만 현호는 미소와 함께 김춘삼을 바라보고 물었다. 그가 말했다.

"야, 나는 이미 본과 1년 차부터 병원에서 임상 실습했어. 왜냐고? 천재니까."

"훗."

맞는 얘기였다.

김춘삼은 이 분야에 있어서는 천재였다.

코흘리개 어린 시절부터 병원에서 살다시피 했고, 그 어렵다는 의학 서적을 동화책처럼 손에 들고 다니던 인물이었다.

단순히 의사 집안, 한국대 병원장의 손자라는 특권 때문이 아니라, 정말 순수한 실력으로 본과 2년 차에 임상 실습을 하고 있는 중이었다.

심지어 인턴들도 가끔 문제가 생기면 김춘삼을 찾을 정도였다.

"며칠 입원해 있을 거지?"

김춘삼이 묻자 현호는 고개를 가로저었다.

"며칠은 무슨, 내일 나가야죠."

"내일?"

"할 게 얼마나 많은데요."

"기사로 끝나는 거 아니야?"

"하여간 가운 벗으면 형은 이 험한 세상을 제대로 못 살 거야."

"뭐야, 무슨 계획인데?"

"신문 기사는 그저 선빵 친 거예요."

먼저 선수를 쳤다.

이제 김승연이 억울하다고, 피해자는 자신이라고 떠든들 곧이 곧대로 믿는 사람은 없을 것이다. 게다가 주차장에는 CCTV도 없었다.

현호는 3단계 기억력을 통해 당시의 주차장을 똑똑히 눈에 담았기 때문에 그 점은 확실했다.

'분명 열 받아서 미치겠지.'

이제 화안기업은 반박을 할 테고, 자신들의 힘을 이용해 방송사든 신문사든 압박을 할 것이다.

나아가 화안기업의 법무팀이 움직일 테고, 경찰에도 압력이 갈 것이다.

다행인 것은 윤선기 검사가 화안기업과 관계있긴 했지만, 그 관계가 좋지만은 않았다.

사실 윤선기 검사가 아니더라도 현호가 움직일 선은 있었다.

찬대미는 대한민국에 골고루 퍼져 있으니까.

"형, 콩 타작이라고 아세요?"

느닷없는 현호의 질문에 김춘삼이 고개를 갸웃거렸다.

"콩… 타작?"

"예. 수확한 콩을 일일이 까기 힘드니까, 바싹 말린 다음에 몽둥이와 도리깨로 두드리는 거죠. 그러면 콩 껍질이 쉽게 벌어지고 그 안에서 콩이 떨어지거든요."

"그게 무슨……."

"화안기업, 타작 좀 하려고요."

현호의 미소에 그제야 김춘삼이 피식 웃었다.

"훗, 애들 좀 바빠지겠네."

"이번에는 꽤 많이 움직여야 할걸요."

현호는 병상에 드러누웠다. 팔을 괴고 눕는 그에게 김춘삼이 뭔가 생각이 난 듯 물었다.

"야, 근데… 아까 왔던 기자는 누구냐?"

윤아리를 말하는 것 같았다.

"뭐, 곧 알게 되실 건데, 새로운 찬대미 회원입니다."

"그래?"

김춘삼이 이마를 찌푸렸다.

찬대미는 이제 김춘삼에게도 중요해진 모임이었다.

그러니 새로운 멤버가 들어온다는 것에 신중해질 수밖에 없었다.

또 엄밀히 말해 김춘삼은 찬대미의 집행부였다.

현호가 찬대미 결성 초기에 최우선으로 뽑은 일곱 명 중 한 사람이기 때문이다.

물론 현호는 그 같은 집행부의 우려를 감안해 규칙을 정했었다.

새로운 회원은 절대 그 혼자 독단적으로 선택하지 않겠다고.

다만 딱 두 사람, 앞으로 딱 두 사람은 자신이 원할 때 독단으로 참여시키겠다고.

얼마 전 이미 현호는 한 사람을 독단으로 선택했다. 그리고 남은 한 사람의 기회를 윤아리에게 써버린 것이다.

그러니 앞으로는 집행부 다섯 사람 이상의 동의를 얻어야만 찬대미에 새로운 사람을 들일 수가 있다.

'후… 윤아리……'

그녀에 대한 생각을 거두고 현호는 다음 일을 구상하기 위해 병상에서 몸을 일으켰다.

*　　　　*　　　　*

"그러니까 화안기업과 관련된 모든 걸 알아내면 된다, 이거지?"

ㅡ부탁합니다.

"처음부터 너무 큰 건인데?"

ㅡ말 놓을까?

"아, 이 새끼… 알았어, 오케이."

강태강은 전화를 끊으며 고개를 절레절레 흔들었다.

대체 이게 무슨 꼴인지.

그날 장선자의 창고에서 헤어지기 전, 차현호가 강태강에게 제안을 해왔다.

"내 동료가 될 생각 없습니까?"

"동료?"

"동등하고, 함께하고, 멈추지 않습니다."

"그래서 내가 얻는 게 뭔데?"

"우리가 대한민국의 힘이 되는 거죠."

꿀꺽.

그때를 떠올리며 강태강은 다시 한 번 마른침을 삼켜야 했다.

'그 눈.'

분명 진심이었을 것이다.

차현호는 대한민국을 움직이려 하고 있었다.

그것이 좋은 쪽이든 나쁜 쪽이든 녀석과 함께라면 미친 듯이 재밌을 게 확실했다.

'나이 따위는 상관없어.'

자신 역시도 이미 고등학교 때 지역 깡패들과 친구 먹지 않았던가.

이 바닥은 주먹이 힘이고 주먹으로 동등해진다.

이미 현호는 주먹으로 자신을 이겼다.

사실 강태강이 정치 깡패 생활을 하면서 느낀 게 있었다. 자신은 어떻게 해서든 저들 위에 설 수 없다는, 일종의 굴복과 굴욕감이었다.

그런데 녀석이라면.

녀석과 함께라면 위에 설 수 있을 것 같다는 느낌, 아니, 확신이 들었다.

"후… 어디 일 좀 해볼까."

그동안 그는 허투루 정치 깡패 생활을 한 건 아니었다.

반나절이면 대한민국에 떠도는 화안기업에 관한 정보는 삭삭 긁어올 자신이 있었다.

문제는 차현호가 그것을 어떻게 요리하냐는 것이다.

사실 정보라는 것은 그 자체로 값어치가 있지만 그것의 운용을 두고 항상 선택의 문제가 뒤따르게 마련이다.

모 기업 회장의 불륜?

모 국회의원의 비리?

혹은 더 나아가 누군가의 살인 교사?

하지만 그런 정보들로 기업의 회장을 끌어내리거나, 국회의원을 자를 수는 없다.

왜냐하면 결과에 따라서는 그 대가가 배로 돌아올 수 있기 때문이다.

한마디로 최후의 폭탄은 진정 최후에 써야만 하는 것이다.

그래서 때로는 정보를 또 다른 정보와 교환을 하거나, 혹은 폭탄으로만 남겨둘 뿐이다.

또 어느 때는 폭탄과 폭탄이 교환해 소리 없이 터질 때도 있고.

'과연 차현호는 이번에 어떻게 할까.'

폭탄을 터뜨릴까, 아니면 폭탄을 가지고 상대를 협박할까.

'자칫 잘못하면 제 발아래서 터지는 거지.'

그러니 이번 일, 강태강으로서는 차현호란 인물을 테스트하기에 좋은 무대이기도 했다.

"차현호… 어디 한번 구경해 보자……. 내 인생을 걸어볼 만한 놈인지 말이야."

*   *   *

호텔 주차장 폭행 사건 발생 2일째.

철컥.

문을 열고 나온 김승연의 얼굴이 새빨갛게 달아올라 있었다. 안에 들어간 지 한 시간 만에 나온 것이었다.

그 한 시간 동안 회장실 안에서 회장님의 고함이 내내 들려왔다.

'큰일 났네.'

비서실장은 눈을 질끈 감았다가 떴다.

턱을 씰룩이고 있는 김승연의 얼굴을 제대로 볼 수가 없었다.

회장실을 지키는 비서들 역시도 눈치를 살피기는 매한가지.

"젠장."

김승연은 울분이 담긴 속삭임을 뒤로하고 엘리베이터에 올라탔다.

비서실장은 서둘러 뒤를 쫓아 엘리베이터에 함께 탔다. 그리고 주춤주춤 움직여 김승연의 뒤에 숨죽여 섰다.

"알아봤어?"

김승연이 천천히 닫히는 엘리베이터 문을 눈에 담고 물었다.

"차현호 부친이 조은은행에서 4억의 대출을 받았고, 명동사채 시장에서 5억 정도 사채를 끌어다 쓴 것 같습니다."

"요즘도 명동에서 사채 쓰는 사람이 있나?"

금융실명제 이후 사채시장에는 사람들의 발길이 뜸해졌다.

"뭐, 아직까지는 적잖이 있습니다."

"우리 주거래 은행 어디지?"

김승연이 넥타이를 고쳐 매며 물었다.

"금진은행인데 이번에 회장님이 바꾸라고 지시하셨습니다. 아무래도 지난번 불법 대출 사건 때문에."

김승연은 이번에는 풀어진 소매 단추를 잠그며 비서실장의 이야기를 귀담아들었다.

뒤이어 엘리베이터가 '띵' 소리를 내며 로비에 도착했다.

"조은은행으로 바꿔. 그리고 은행장 만나 봐. 명동사채시장에 우리 쪽 계열사 어음 취급하는 친구 있지 않아?"

"예, 있습니다. 그래서 알아보라고 했습니다. 차현호 부친이 누구하고 거래했는지."

"그쪽 재건축 허가는?"

"오늘 내로 보류 결정 날 겁니다."

그 말을 듣고서야 김승연은 엘리베이터에서 내렸다.

바삐 걸음을 내딛는 그를 알아본 직원들이 한 발짝 물러나면서 허리를 깊이 숙였다.

김승연은 뻣뻣이 고개를 들고 그 사이를 지났다. 로비를 빠져나온 그가 차에 오르기 전 비서실장을 돌아봤다.

"24시간이야. 24시간 안에 그 새끼, 내 앞에 엎드려서 엉덩이 추켜올리게 해. 야구방망이는 아주 좋은 걸로 챙겨놓고."

"예, 알겠습니다."

＊　　　＊　　　＊

　강태강은 도산공원 입구 앞에서 멈췄다. 입에 물고 있던 담배를 바닥에 던져 구둣발로 짓이겼다.

　'후······.'

　담배 냄새가 고스란히 밴 하얀 입김이 하늘로 퍼져 나갔다.

　어제 그는 현호에게서 화안기업과 관련된 것을 알아봐 달라는 부탁을 받았다.

　그리고 정확히 하루가 지나, 강태강은 화안기업과 관련된 꽤 많은 정보를 알아가지고 왔다.

　'일개 개인이 기업을 상대한다라······.'

　강태강은 여전히 차현호라는 놈의 그릇을 가늠하기 힘들었다.

　저 멀리서 차현호가 보였다.

　지난번과 같은 장소, 같은 의자에 앉아 검은색의 두툼한 코트를 입고 있었다. 지난번과 달라진 것이라곤 밤이 아닌 낮이라는 것뿐.

　"흠."

　강태강은 늘어진 한숨을 내쉬며 현호의 옆에 앉았다.

　"김승연, 이 새끼 완전 쓰레기더만."

　"그건 이미 아는 사실이고."

　현호의 말에 강태강이 입맛을 '쩝' 다시며 가져온 서류 봉투를 내밀었다.

　"얼마 전에 술집에서 꼬신 애 데리고 한강에서 광란의 밤을 보낸 것 같더라고. 힘들게 구한 거야."

"후……."

충분히 만족할 자료라고 생각했는데, 현호는 짧은 숨을 내쉬며 고개를 절레절레 흔들었다.

강태강이 영문을 몰라 하자 현호는 자신의 옆자리에 놓아둔 봉투를 손에 들고 강태강에게 건넸다.

"뭐야……."

강태강은 안에 든 것을 꺼내보고는 얼굴을 찌푸렸다.

그가 가져온 사진하고 동일했다.

"이걸 어떻게 구했어?"

"이런 건 필요 없어요."

현호는 강태강의 손에서 사진을 낚아채 북북 찢어서 봉투에 도로 넣었다.

"다른 거는요?"

현호가 다시 물었다. 강태강의 이마가 찌푸려졌다.

'참 내, 이 자식을 테스트하기는커녕 내가 테스트를 당하고 있었네.'

아무래도 차현호에 대해서 좀 더 심층적으로 접근해 봐야 할 것 같았다.

"우진전자라고 있어. 화안기업 거래처 중 하나인데, 여기가 실질적으로 김승연이 물려받은 곳이야. 화안기업 계열사에 납품되는 전자 부품은 우진전자에서 독점으로, 그것도 과다하게 비용을 책정해서 납품하고 있거든."

"우진전자?"

이제야 현호가 관심을 보였다. 강태강은 피식 웃으며 말했다.

"뭐, 이 정도만 알아도 너한테는 충분하지 않겠어?"

현호는 그 말에 동의해 고개를 끄덕였다. 그러자 강태강이 다시 말문을 열었다.

"우진전자 담당 세무서는……."

"아니요."

현호는 고개를 가로젓고 그의 말을 끊었다.

"이번 일, 지방 세무서에서는 무리예요. 못 해도 서울청이 움직이든가, 아니면 특무부가 움직이든가."

"할 수 있겠어? 특무부를 움직이는 일?"

"하는 거야 문제는 없는데……."

현호는 말끝을 흐렸다.

특무부와 서울청을 움직이는 것은 불가능한 일이 아니다.

현호에게는 찬대미뿐 아니라 세무대학 인맥도 있으니까.

문제는 화안기업의 인맥과 찬대미의 관계였다.

기업의 인맥 문화는 일반인의 생각보다 훨씬 디테일하고 촘촘하다. 그들은 자신들의 인맥을 조직도와 함께 구축해 놓는다.

심지어 직원들의 인맥까지도 체크를 해놓고, 유사시 필요하다면 그 인맥을 사용하는 데 주저하지 않는다.

그러니 만약 현호가 찬대미와 인맥을 이용해 움직일 경우, 화안기업의 인맥과 중첩되는 일이 발생할 가능성이 있었다.

이는 이미 오래전부터 염두에 둔 일이었지만, 이번에 그 문제점이 도드라지고 있었다.

주차장에서의 그날 밤 이후 겨우 이틀째인 오늘, 벌써부터 찬대미 회원 중 한 사람이 화안기업과의 관계로 인해 현호에게 곤란함을 표했다.

현호가 다시금 딜레마에 빠지는 순간이었다.

"누가 이길 것 같습니까?"

천천히 자리에서 일어난 현호가 강태강을 향해 물었다.

강태강은 자리에서 일어나 주머니에서 담배를 꺼내 물고 눈썹을 찌푸리며 답했다.

"글쎄, 많이 때리는 놈이 이기는 거 아닌가?"

그 말에 현호는 강태강을 빤히 바라보다가 피식 웃었다.

맞는 얘기다.

많이 때리는 놈이 이기는 거다.

*   *   *

같은 날, 오후 5시.

김승연이 회장실에서 아버지에게 훈계를 받고 꼬박 여섯 시간이 흘렀다. 그는 지금 조세은의 오피스텔 앞에서 그녀를 기다리는 중이었다.

조세은의 매니저에게 물어보니 집에 있을 거라고 했다.

'전화도 안 받는다, 이거지?'

김승연이 차에서 내렸다. 그러자 뒤에 일렬로 대기하고 있던 세 대의 차량에서 비서실장과 경호원들이 우르르 내렸다.

"여기서 기다리고 있어."

김승연은 비서실장에게 지시를 하고 조수석의 꽃다발과 선물

포장된 목걸이 케이스를 챙겨 계단을 밟았다.

딩동.

김승연은 초인종을 눌렀다. 잠시의 기다림 속에서 갈증이 느껴져 마른침을 목으로 넘겼다.

딩동.

다시 한 번 눌렀지만 여전히 인기척은 없었다. 김승연은 끝내 기다리지 못하고 주먹으로 문을 두드렸다.

쾅쾅!

"조세은! 조세은!"

여전히 인기척은 없었다.

화를 참지 못한 김승연의 얼굴이 구겨진 종잇장처럼 일그러졌다.

결국 걸음을 돌리는데 눈앞에 조세은이 복도를 걸어오고 있었다. 한데 그녀 혼자가 아니었다.

"너, 넌……."

현호는 자신을 본 김승연의 얼굴이 새하얗게 변하는 것을 볼 수 있었다.

말을 더듬고 있는 김승연을 보며 현호는 한숨을 쉬고 물었다.

"너 사이코냐?"

"뭐?"

"사람 두드려 팰 때는 언제고, 꽃다발은 왜 가져온 거야?"

제대로 미친놈이 아닐 수 없었다. 아니면 그런 쪽에서 희열이라도 느끼는 걸까.

현호는 녀석에게서 고개를 돌려 조세은을 바라봤다. 그녀의 어깨가 가늘게 떨리고 있었다.

'참 내…….'

김승연은 조세은을 때리고 난 다음 날이면 미안하다는 말과 함께 이곳을 찾아온다고 했다.

지난 밤 데려다줄 때, 조세은에게 그런 얘기를 들어도 현호는 설마설마했었다.

"가요, 세은 씨."

현호가 조세은에게 미소를 보이자 김승연이 눈을 부릅뜨고 노려봤다.

"이대로 무사히 넘어갈 수 있을 것 같아?"

"글쎄, 그쪽 지금 많이 유명하던데? 뉴스에도 나오고."

"이 새끼!"

김승연이 코끝을 찌푸리며 송곳니를 드러냈다.

엄밀히 따지면 현재 현호가 경찰서에 접수한 폭행 사건은 수사가 멈춘 상황이었다.

결국은 화안기업에서 막아낸 것이다.

윤선기 검사가 밀어붙여 봤지만 한계가 있었다.

첫날 조간신문을 시작으로 떠들썩했던 방송은 사건 이틀째인 오늘은 침묵으로 일관하고 있었다.

mbs 역시도 그 흐름에 편승하듯 더 이상의 보도는 하지 않았다.

오히려 화안기업의 작년 하반기 매출 신장 같은 쓸모없는 기사들만이 신문 지면을 차지할 뿐이었다.

하지만 그런 것은 현호에게 있어 아무런 상관도 없었다.

그저 시작을 누가 했고, 방점을 누가 찍느냐가 중요할 뿐이었다.

현호는 김승연에게 바싹 다가갔다. 그제야 녀석의 목울대가 긴장으로 인해 출렁거렸다.

"왜, 또 때리게?"

김승연의 눈꺼풀이 의지와는 상관없이 바르르 떨렸다. 그래도 제 딴에는 당당하게 맞서는 중이었다.

"이거 왜 이래? 피해자는 난데."

"뭐?"

열이 받아서 얼굴을 바르르 떠는 김승연을 보며 현호는 피식 웃었지만 그것도 잠시였다.

웃음은 곧 사라지고, 현호의 얼굴은 싸늘하게 변했다.

"내가 그때 말했었는데. 지금이라도 사과하면 넘어가 준다고."

"너야말로 당장 용서를 빌면 내가 적당히 벌 줄 생각이거든?"

"그래. 그럼 어쩔 수 없지."

현호는 조세은의 어깨에 손을 얹었다. 그녀를 먼저 오피스텔로 들여보내고, 문을 붙잡은 채 다시 김승연을 돌아보고 말했다.

"내려가 봐. 네 똘마니들 입 돌아가겠다."

"뭐? 그게 무슨……."

쾅 닫힌 문을 바라보고 있던 김승연은 서둘러 걸음을 내디뎌 오피스텔 주차장으로 향했다.

그곳에는 열 명의 경호원이 바닥에 드러누워 있었다.

비서실장은 주차장 한편에 주저앉은 채 바들바들 떨고 있었다.

"뭐야? 어떻게 된 거야?"

"사, 사람이 아닙니다. 괴, 괴물입니다."

비서실장은 넋이 나가 있었다.

*　　　　*　　　　*

호텔 주차장 폭행 사건 발생 4일째.

xx골프장에 화안기업 김웅기 회장이 도착했다.

오는 길이 막혀서 조금 늦었기에 그는 걸음을 서둘렀다.

필드에서 몸을 풀고 있는 남자를 보고서야 잰걸음을 조금 늦춰 미소를 만연히 띠고 다가갔다.

"제가 좀 늦었습니다, 청장님."

관세청장 이주헌.

"허허, 오랜만입니다, 회장님."

이주헌은 적당한 자세를 유지하며 김웅기 회장과 악수를 나눴다.

정권이 바뀌고, '영진회'가 힘을 쓰면서부터 이주헌은 기업인들에게 함부로 자신을 낮추지 않았다.

물론 기업인들도 알아서 그를 대우해 주고 있었다.

"진즉 한번 필드에 모시려고 했는데, 제가 많이 늦었습니다."

김웅기 회장이 껄껄 웃으며 말하자 이주헌이 1번 우드를 손에 쥐고 자세를 잡았다.

하얗고 작은 골프공에 집중하고 엉덩이를 씰룩이는 이주헌의 모습을 보며 김웅기 회장은 그가 들리지 않을 정도로 작은 한숨을 내쉬었다.

'저런 놈하고 함께 필드를 돌 줄이야.'

말세도 이런 말세가 없다.

반면 이주헌은 김웅기 회장이 자신을 왜 찾아왔는지 알기에 시종일관 여유를 부릴 수 있었다.

"듣자 하니 자제분이 속을 좀 썩이셨다고요?"

이주헌은 골프채를 캐디에게 건네고 김웅기 회장을 바라봤다.

김웅기 회장의 얼굴이 쓴 술을 삼킨 것처럼 찌푸려져 있었다. 하지만 그것도 잠시, 이내 입가에 미소를 띠고 말했다.

"뭐, 자식들이 부모 속 썩이는 게 하루 이틀입니까. 그보다 이번에 통상산업부 차관으로 영전하신다는 얘기 들었습니다."

"허허, 소식도 빠르십니다."

"차관 자리 오르시면 바쁘시겠습니다. 해야 할 일도 더 많아지실 테고."

그 말을 꺼내고 나서, 김웅기 회장의 표정이 바뀌었다.

눈빛은 묵직해졌고, 검은 속내가 눈동자 뒤에서 스멀스멀 기어 나오고 있었다.

"제가 청장님 일, 쉽게 하실 수 있게끔 많이 도울 수 있었으면 좋겠습니다."

"허… 회장님 도움을 받으면 나야 좋기는 한데, 아무래도 이번 일은……."

이주헌은 말꼬리를 천천히 흐리며 차현호를 떠올렸다.

'그놈이 고개 숙일 놈은 아닐 테고……. 쯧, 이게 어디 고개를

숙인다고 될 일인가.'

지금 이주헌에게 선택의 시간이 다가왔다.

김응기 회장이 자신을 찾아왔다는 것은 차현호와의 관계를 알고 있다는 뜻일 터.

실은 이주헌 자신이 그 관계에 대해서 사람을 시켜 김응기 회장 쪽에 넌지시 알렸다.

"청장님, 제가 단도직입적으로 얘기하겠습니다."

김응기 회장이 입을 열고 얘기를 이었다.

"차현호라는 친구, 얼마 전에 청장님이 거뒀다고 들었습니다."

"거뒀다기보다는 뭐, 똑똑한 친구죠."

그 말에 김응기 회장의 얼굴이 싸늘하게 변했다. 그는 이주헌에게 바싹 다가가 누가 들을세라 조심스럽게 여기 온 목적을 꺼냈다.

"내쳐주십시오."

"좋습니다."

이주헌은 흔쾌히 대답했다. 크게 고민하지 않았다.

너무 빨리 대답이 나오자 오히려 김응기 회장이 이마를 꿈틀거렸을 정도였다.

이주헌이 계속 말했다.

"사실 너무 똑똑한 친구라서 내심 우려가 됐던 게 사실입니다."

"역시 청장님… 영단이십니다."

"하하하!"

김응기 회장의 과찬에 이주헌은 만족스러운 웃음소리를 냈다.

이주헌은 5번 아이언을 챙겨 들고 어깨 위에서 통통 두드리며 화답했다.

"너무 크게 혼내진 마십시오. 사람이 실수할 수도 있는 거 아닙니까. 다, 잘 될 겁니다."

"그럼, 조만간 또 뵙겠습니다."

김웅기 회장이 이주헌과 악수를 나눴다.

목적을 이뤘으니 이제 차현호라는 녀석은 좁은 쥐구멍 속에서 나오지도 못하고 덜덜 떨 것이다.

"그럼 살펴 가십시오."

이주헌이 먼저 자신의 차에 올라탔다. 그 차의 꽁무니가 제법 묵직하게 가라앉아 있었다.

이미 김웅기 회장의 비서가 트렁크에 적당한 무게의 사과 박스를 실은 뒤였기 때문이다.

이주헌의 차가 보이지 않자 김웅기 회장도 차에 올라탔다.

"출발하지."

"예."

비서가 차를 출발시켰다. 그런데 얼마 못 가 '끼익!' 하는 소리와 함께 차가 덜컹거렸다.

"뭐야?"

갑자기 멈춰 선 차로 인해 김웅기 회장이 이마를 찌푸렸다.

가만 보니 이주헌 청장의 차도 저 앞에 멈춰 있는 게 아닌가.

한데 그 앞에 경찰차가 한가득이었다.

"무슨 일이야?"

김웅기 회장이 영문을 몰라 고개를 두리번거렸다.

그때 한 무리의 남자가 김웅기 회장의 차로 다가와 차창을 노크하듯 두드렸다.

"무슨 일이지?"

차창을 내린 김웅기 회장이 물었다.

"화안기업 김웅기 회장님이시죠?"

"그런데?"

"우진전자 납품 비리와 관련, 배임과 허위 공문서 작성을 지시한 혐의로 당신을 긴급 체포합니다."

"뭐?!"

＊　　　＊　　　＊

호텔 주차장 폭행 사건 발생 42일째.

―지난 달 불거진 우진전자 납품 비리와 관련해. 배임 및 허위 공문서 작성을 지시한 혐의로 지금까지 검찰 조사를 받아온 화안기업 김웅기 회장이 오늘 책임을 지고 회장직 사임을 발표했습니다. 이날 화안기업 홍보실 대변인은 당분간 화안기업은 회장 자리를 공석으로 두고, 계열사 사장단을 중심으로 김웅기 회장의 둘째 아들이자 현 화안전자 사장인 김석연 사장이 그룹을 총괄해 운영해 나갈 계획이라고 밝혔습니다. 한편. 이번 일로 재계는 김웅기 회장의 첫째 아들이 아닌 둘째 아들 김석연 사장이 실권을 잡았다는 사실을 주목하고 있으며……

TV를 끈 김석연 사장이 흡족한 미소를 짓고 있었다.

올해 나이 서른다섯, 180㎝의 키에 110㎏의 체중을 지닌 건장한 체격의 남자.

묵직한 몸을 일으켜 책상에서 일어난 김석연은 사무실 정중앙에 놓인 소파로 다가갔다.

그곳에는 지난 40여 일, 자신과 긴밀히 협력해 온 남자가 앉아 있었다.

'차현호.'

그 이름이 자신을 살려줄지 한 번도 상상해 본 적이 없는 김석연이었다.

"자, 원하는 걸 말해봐."

김석연은 현호의 맞은편에 앉으며 물었다.

돈을 달라고 하면 돈을 줄 것이고, 자리를 달라고 하면 자리를 줄 것이다.

하지만 차현호라는 인물을 그동안 지켜봐 온 바, 그런 것이 큰 의미가 없음을 잘 알고 있다.

"나중에 술이나 한잔 사주세요."

현호는 자리를 털고 일어났다. 이제 김석연과의 용무는 끝이 났다.

당분간은 서로가 만날 일도, 마주할 일도 없었다.

이렇게까지 밥그릇을 챙겨줬는데 빼앗긴다면, 그게 김석연의 그릇일 뿐.

김석연은 일어선 현호에게 악수를 청했다.

"다시 한 번 정식으로 얘기하지. 고마워."

서로가 짧은 악수를 나눈 뒤에 현호가 미소와 함께 돌아서려 하자, 김석연이 뭔가 생각이 난 듯 물었다.

"아, 하나만 물어봐도 될까?"

"얘기하세요."

"현호, 네가 그 일이 있고 둘째 날쯤 날 찾아왔잖아?"

"예, 그랬죠."

현호는 호텔 주차장에서의 폭행 사건이 일어난 밤에 경찰서에 신고 접수를 했고, 다음 날 입원한 뒤, 둘째 날엔 퇴원과 동시에 김석연을 찾아왔었다.

"사실 그 이후로 나는 널 지켜봐 왔어. 물론 너도 알겠지만 말이야."

"그래서요?"

현호는 별다른 표정 변화 없이 물었다.

"한데 딱 하루를 모르겠어. 그날 이후 갑자기 태세가 바뀌었으니 말이야."

폭행 사건이 발생한 지 나흘째 날에 화안기업 김웅기 회장이 검찰에 긴급 체포됐다.

김석연은 도저히 그 일을 이해할 수가 없었다.

그 전날, 사흘째 날에 대체 무슨 일이 일어났기에 다음 날 갑자기 아버지가 넘어지셨단 말인가.

어떻게 검찰이, 여론이 하루 사이에 돌변할 수 있었던 걸까.

"다 끝난 일이잖아요."

현호는 대답 대신 미소를 보였다. 김석연이 탐탁지 않은 시선을 보였지만 상관없었다.

굳이 구구절절 과정을 설명할 필요는 없었다.

김석연은 화안기업 첫째를 밀어내고, 차기 회장이 될 수 있는 기회를 얻었다.

어차피 커닝할 거, 답만 알면 되지 풀이 과정 알아서 뭐 하려고.

"그래… 뭐, 그렇지."

김석연이 이제 됐다는 듯 고개를 끄덕였다.

"나오지 마세요."

현호는 그 말을 끝으로 자신의 눈을 손가락으로 가리키며 말을 덧붙였다.

"사람들 눈, 이제 조심하셔야 됩니다."

"그래, 멀리 안 나갈게. 조만간 연락하지."

현호는 그를 뒤로하고 회장실을 빠져나왔다.

그러자 회장 비서가 눈치를 살피며 자리에서 일어나 인사를 했다.

하지만 현호는 그녀를 눈여겨보는 대신에 그 옆에 서 있는 비서실장을 쳐다봤다.

서로가 눈이 마주치자 비서실장이 조심히 고개를 숙였다.

현호가 그 앞에 다가갔다.

"비서실장님."

"예, 예?"

화들짝 놀란 비서실장이 고개를 들어 현호를 마주 봤다.

현호는 그에게 물었다.

"죄책감 느끼십니까?"

"아… 그게."

"죄책감 느끼지 마세요. 김승연 따라서 그동안 해온 쓰레기 짓, 그걸 털어놓은 게 왜 죄책감을 느낄 일입니까?"

"아, 아닙니다. 죄책감은 무슨……."

"죄책감 느끼지 마세요. 만일 그러시면, 또 그런 일을 하고 싶어 하는 걸로 알 테니까."

"아, 아닙니다."

놀란 비서실장이 고개를 가로저었다.

현호는 비지땀까지 흘리는 그를 뒤로하고 엘리베이터에 올라탔다.

풀어진 정장 재킷 단추를 잠그고 닫힌 문을 바라봤다.

"3일째 날……."

문득 좀 전에 김석연이 물었던 게 다시 떠올랐다.

'그날 꽤 바빴지…….'

현호는 엘리베이터 1층 버튼을 누르고 벽에 기댔다. 그리고 눈을 살며시 감고, 그날을 떠올렸다.

*   *   *

호텔 주차장 폭행 사건 발생 3일째 오전.

탁.

차에 오른 비서실장은 얼굴이 상기돼 있었다.

지금 막 조은은행장을 만나고 나오는 길이었다.

약속 장소인 식당에 들어가기 전만 해도 비서실장은 자신만만했었다.

아니, 이런 일은 자신만만이고 뭐고 없다.

그저 일상적인 일이었고, 당연하게 수순대로 흘러갔어야 했다. 그 어떤 변동 사항도, 변수도 있을 이유가 없다는 얘기다.

그런데 조은은행장이 화안기업의 요구를 거절했다.

차현호 부친에게 승인한 대출금을 회수해 달라는 요구였는데, 은행장은 굉장히 곤란하다는 얼굴로 화안기업의 요구를 거절했다.

"뭐라고요?"

처음에 비서실장은 어이가 없어서 잘못 들은 줄 알았다.

"저희는 화안기업과 거래할 생각이 없습니다."

은행장은 조심스러워하면서도 완고하게 선을 그었다.

믿기 힘든 일이다.

제1금융권도 아니고, 제2금융권 은행 주제에 감히 화안기업의 파트너가 될 수 있는 기회를 걷어차겠다니.

"이유가 뭐죠? 분명 이유가 있으실 것 같은데."

그래, 거래가 안 된다면 그 이유라도 알아가야 한다.

그래야 김승연의 분노를 직격타로 맞는 걸 피할 수가 있다.

"이유는 없습니다."

더 이상 얘기하기가 곤란하다는 듯이 은행장은 서둘러 자리에서 일어났다.

비서실장이 머뭇거리며 따라 일어서자 은행장이 금테 안경 너머로 눈을 기울이며 나직이 속내를 꺼냈다.

"조은은행 임원 중 누구를 만나서도 안 되실 겁니다."

"그게 무슨 말입니까?"

"대한은행 총재님이……."

"예?"

"아, 아닙니다."

그게 마지막 대화였다.

은행장은 오늘 만남은 없었던 거로 해달라며 신신당부하고 식당을 빠져나갔다.

'곤란하네…….'

이렇게 된 거 차현호 부친이 명동사채시장에서 빌린 돈이라도 회수해야 했다.

그건 어렵지 않을 것이다.

하지만 정작 곤란한 건 따로 있었다.

'재건축 허가 보류 결정은 왜 안 나는 거야?'

담당 공무원은 서류에 문제가 없다는 말만 하고 있고, 강남구청장은 비서실장의 전화를 피하고 있었다.

바로 엊그제만 해도 맡겨만 달라고 했던 이들이 말이다.

"명동에서는 어떻게 해서든……."

"예?"

중얼거리는 소리에 운전기사가 고개를 돌려 비서실장을 쳐다봤다.

비서실장은 손사래를 치고 말했다.

"아무것도 아니야. 명동으로 가."

*　　　*　　　*

"뭐라고요?"

비서실장은 마른 입술을 핥았다. 얼굴이 바싹 타들어가는 기분이었다.

지금 그는 화안기업 계열사의 어음을 취급하는 사채업자와 대화를 나누고 있었다.

사채업자가 차현호 부친과 거래를 튼 명동사채시장의 큰손과 자리를 주선하겠다고 했기 때문이다.

사실 예전만 해도 화안기업에서는 명동사채시장의 큰손들과 거래를 텄기에 그들과의 교유(交遊)에 문제가 없었다.

하지만 금융실명제 이후 화안기업은 계열사 어음을 제외한 모든 거래를 명동에서 철수했기에 지금 당장은 명동사채시장의 큰손과 연결된 선이 눈앞의 사채업자밖에 없었다.

그런데.

"대체… 하……."

입을 겨우 열었지만 비서실장은 한숨을 길게 내쉬었다. 그러자 사채업자가 눈치를 살피며 얘기를 다시 꺼냈다.

"어른께서 왜 그러시는지, 저도 답답합니다."

"이유가 뭐랍니까? 이유가 있을 것 아닙니까?"

조은은행장도 그렇고, 이놈의 큰손도 그렇고, 무슨 이유가 있을 것 아닌가.

'젠장!'

차현호의 부친은 명동사채시장의 큰손 중 한 명에게 5억을 빌렸다. 그리고 화안기업은 그걸 회수시키기 위해 물밑 작업을 벌이는 중이었다.

그런데 그 명동사채시장의 큰손이 차현호의 부친에게 되레 5억을 추가로 빌려주겠다고 했다는 것이다.

'미치겠네.'

비서실장은 입술을 옴짝거리며 얼굴을 쓸어내렸다.

이대로 돌아가면 분명히 김승연이 폭발할 것이다.

폭행 가해자로 언론에 오르내렸을 때도 열 받아 죽으려고 했었던 김승연이다.

그뿐인가.

어제는 아버지 김웅기 회장에게 불려가 잔소리를 듣고 나와서는 24시간 안에 차현호를 그 앞에 엎드려뻗치게끔 만들라고 지시했다.

물론 그렇게 하지 못했고, 오히려 그날 차현호에게 경호원 열명이 얻어터졌다. 또 비서실장 본인은 두려움에 덜덜 떨어야 했다.

"실장님?"

"예?"

"아니, 무슨 생각을 그리 하시기에… 얼굴이 하얗게 질리셨네. 귀신이라도 보셨나?"

"아, 아닙니다."

비서실장은 마른침을 꿀꺽 삼키고 땀에 젖은 손을 허벅지에 문질렀다.

'윽!'

순간 통증이 밀려왔다. 지금 그의 허벅지는 새파랗게 변한 상태였다.

어젯밤 차현호 대신에 김승연 앞에 엎드려뻗쳐야 했기 때문이다.

"아무튼 죄송합니다. 도움 못 돼 드려서."

"됐습니다."

비서실장은 자리에서 일어났다.

말은 아니라고 했지만 눈앞의 사채업자를 찌푸린 눈에 가득 담고 뒤돌아섰다.

더 이상 이놈과 거래는 없다.

비서실장이 썩은 얼굴을 들고 사무실을 빠져나가자, 사채업자 명우식은 한숨을 내쉬며 소파에 다시 앉았다.

"어이구, 아까운 거."

비서실장은 마시라고 내놓은 커피에는 손도 대지 않았다.

명우식은 자신의 빈 잔을 치우고 비서실장의 커피 잔을 손에 쥐었다. 그때 다시금 사무실 문이 열렸다.

안으로 들어온 이들은 명동 큰손 노진만, 그리고 강남 큰손 박거성이었다.

"어이구, 어르신들."

"그놈 갔어?"

"알고 내려오신 것 아닙니까?"

명우식은 넉살 좋게 웃은 뒤, 공손히 손을 내밀어 두 사람을 소파에 안내했다.

"김 양아, 뭐 하나? 퍼뜩 움직여서 어르신들 커피 한 잔 맛나게 타 와라. 비엔나인지 원두인지, 거, 어제 선물 들어온 거 있잖아!"

"아이 씨."

투덜대는 경리의 모습에 명우식이 눈을 부릅떴다. 감히 어르신들 앞에서.

"에이, 근데 이렇게까지 해야 하나?"

명동 큰손 노진만이 탐탁지 않은지 자꾸만 제 입술을 핥고 있었다.

뭔가 찜찜할 때면 나오는 그의 버릇이었다.

그러자 박거성이 입맛을 쩝 다시고 타박 어린 말투를 내비쳤다.

"내가 지금 네놈 앞길 펴주는 거야."

"이놈의 늙은이 새끼가 나이가 처들더니만 허풍만 는 것 같은데?"

"두고 봐라. 조만간 아주 귀한 놈 만날 거다."

그 말에 명우식이 슬쩍 대화에 끼어들었다.

"어르신, 그 귀한 놈이 이번에 화안기업의 김승연을 건든 차현호 말씀하시는 거 맞죠? 오늘 화안기업 비서실장이 온 것도 그 때문이잖아요?"

"왜? 관심 있어?"

박거성이 김 양이 내놓은 커피 잔에 손가락을 걸며 물었다.

"아휴, 당연하죠! 어르신들이 관심 가지는 사람이면 저야 두말 않고 올인이죠."

명우식은 펄쩍 뛰듯이 엉덩이를 들썩이며 얘기했다.

"올인?"

"제 모든 것을 건다, 이겁니다. 어르신, 누군지 저도 좀 한번 소개시켜 주십시오."

"훗."

박거성이 커피 한 모금을 입에 머금었다.

그런 다음에 자신을 계속 바라보고 있는 명우식에게 툭 던지듯 말했다.

"네놈도 돈 벌 팔자인가 보다."

"예에?"

물음표를 내민 것과 달리 명우식의 얼굴에는 웃음꽃이 환하게 피었다.

박거성은 커피 잔을 내려놓고 목청을 높였다.

"만호야!"

그러자 박거성의 오른팔 송만호가 사무실 문을 열고 들어왔다.

"예, 사장님."

"가자, 차현호 보러!"

＊   ＊   ＊

호텔 주차장 폭행 사건 발생 3일째 오후.

"고마워요, 형."

현호는 수화기를 내려놓았다.

좀 전에 통화를 한 사람은 대한은행 총재를 조부로 둔 고련대 경제학도인 최강한이었다.

그의 조부 최병삼 대한은행 총재의 임기는 올해까지. 이후 은퇴를 하지만 그 영향력은 오래도록 지속된다.

재밌는 것은 다음 대한은행 총재에 오를 박낙현 총재의 손녀와 최강한이 결혼을 하게 된다.

그때가 최강한의 나이 스물여덟이다.

현호가 이전 삶에서 최강한을 알게 된 것은 예상치 못한 상황에서였다.

본디 최강한이라는 인물은 그다지 뚜렷한 재능이 없었다.

그저 조부와 처조부님(아내의 할아버지)이 막강한 힘을 가지고 있을 뿐이었다.

그래도 제 딴에는 꿈이 있었기에 최강한은 자신의 인맥과 처가의 도움으로 투자 회사를 설립했다.

그 인맥 중에 한 사람이 현호의 아내였다.

사실 아내의 집안은 현호의 집안과 비할 바가 아니었다.

현호가 만약 아내의 집안사람들에게 먼저 살갑게 다가갔다면 이전의 삶에서 그렇게까지 골치 아프게 살지는 않았을 것이다.

어찌 됐든, 최강한의 인맥 중 한 사람이 현호의 아내였고, 아내는 선뜻 1억이라는 돈을 최강한에게 맡겼었다.

물론 그 1억 때문에 현호와 아내의 관계가 틀어졌음은 두말할 필요가 없었다.

최강한의 투자 회사가 망했기 때문이다.

최강한이 뛰어든 시장은 대한민국이 아닌 미국이었는데, 미국발 서브프라임 모기지(Subprime Mortgage) 사태가 벌어진 것이다.

부동산으로 몰린 자금, 이로 인한 주택 가격의 급등.

최강한은 하필이면 부풀대로 부푼 버블 시장에 뛰어들었다.

이미 주택 가격은 꼭짓점을 찍었고, 꼭짓점은 때를 기다렸다는 듯이 꺾이기 시작했다.

1억은 그렇게 날아갔다. 그런데 1년 뒤 놀라운 일이 벌어졌다.

최강한이 1억을 돌려준 것이다.

그는 자신에게 투자했던 사람들의 투자금을 모두 돌려줬다.

그럴 수 있었던 이유는 그가 고개를 숙였기 때문이었다.

자신의 집안과 처가에 고개를 숙였다.

그렇듯 최강한은 자신이 저지른 일에 책임을 지는 남자였다.

만약 그에게 집안조차 없었다면, 어쩌면 그는 목숨으로 빚을 갚았을지도 모른다.

그래서 현호는 최강한을 믿을 수 있다고 판단했고, 우선적으로 최강한을 찬대미에 들였다.

'하…….'

현호는 거실을 벗어나 옥상으로 향했다. 잠시 떠올린 옛 생각에 푹 빠져 버렸다.

'하나는 됐고.'

한편 현호는 그동안 아버지의 사업을 지켜보고 있었다.

자금이 어떻게 돌아가는지, 투자자는 누구인지, 협력사는 어디인지.

현호는 다가올 IMF에 아버지의 회사가 휘청거릴 게 확실하다고 생각했었다.

그래서 가능한 한 아버지의 사업을 그전에 정리했으면 싶었다.

하지만 이번 일로 인해 생각이 바뀌었다.

망하지 않게 하면 되지 않나.

상가 재건축 공사야 올해 안에 끝날 것이다.

IMF는 내년.

올해에 사업 기반을 잡고, 내년에 무리한 확장을 자제하면 살아남을 수 있을 것이다.

물론 사업이라는 것은 곰이 겨울잠 청하듯 쉬어가면서 할 수가 있는 게 아니다. 사람처럼 움직이고, 숨 쉬어야 한다.

'그러니 딱 1년만… 1년만 버티자.'

현호는 하얀 입김을 내뱉으며 아버지 회사에 대한 생각을 잠시 뒤로하고 화안기업의 움직임에 관해 다시 생각을 이었다.

그들이 현호의 아버지 회사를 타깃으로 잡을 거란 건, 빤히 예상되는 수순이었다.

사실 그들 입장에서야 나쁘지 않은 방법일 것이다.

단지 차현호라는 존재가 그들의 불도저 같은 공격을 막아낼 수 있을지도 모른다는 변수를 고려치 못했을 뿐이다.

'일단은 조은은행 대출 문제는 막아냈고.'

사채의 경우는 강태강이 처리할 수 있다고 했는데 무슨 이유에서인지 호언장담이다.

그를 찬대미에 들이기로 결정한 이상, 현호는 자신의 선택을 믿어야 했다. 그래서 이번은 강태강을 믿어보기로 했다.

'이제 다음은······.'

현재 찬대미 회원 중에서 '검경'에 영향력을 행사할 수 있는 인맥을 가진 이가 현재 여섯 정도가 된다. 정치권과 언론에 영향력을 행사할 수 있는 인맥도 그 정도는 된다.

물론 이는 현호가 지금까지 몇 차례 도움을 받았던 민철식이나 윤태영, 김구운이 가진 인맥을 제외한 숫자였다.

한마디로 집행부 외의 회원들 힘을 빌리는 것은 이번이 처음이라는 뜻이었다.

그렇다고 달라질 것도 걱정될 것도 없었다.

지난 월연과 금진은행의 건은 찬대미 집행부를 테스트하기에 좋은 케이스였다면, 이번 일은 찬대미의 응집력과 잠재력을 테스트할 수 있는 좋은 계기가 될 것이 틀림없다.

"그나저나 박거성은······."

현호는 고개를 내저으며 옥상 화단에 엉덩이를 걸치고 앉았다.

담배가 당겼지만 입맛 한 번 다시는 걸로 유혹을 떨쳤다.

'박거성은 포기하자.'

아쉽고, 또 아쉬운 일이었다.

박거성이라는 존재는 아닌 말로 현호의 계획에 있어 비행기 표와도 같았다. 현재의 자신과 미래를 계획한 자신 사이의 거리를 단번에 줄일 수 있는 표.

그래서 그에게 신뢰를 주고, 믿음을 주려고 노력했는데.

그럼에도 박거성의 선택이 그렇다면야, 현호로서는 박거성을 포기하고 서둘러 다른 방법을 강구해야 했다.

다만 이번에는 신뢰를 쌓을 시간도, 믿음을 쌓을 시간도 없었다. 더구나 화안기업 건도 처리해야 한다. 그러니 지금부터는 무조건 밀고 나가야 했다.

전투기가 지상에 무차별폭격을 하듯, 이번 일과 더불어 현호는 자신이 가진 모든 화력을 쏟아부어야 할 것이다.

월연과 금진은행 건이 조용한 추리 소설이었다면, 화안기업 건은 시작부터 떠들썩한 전쟁 소설이 될 것이다.

'오케이.'

마침내 생각이 정리되었다.

현호는 화단에서 엉덩이를 떼고 일어났다.

이제 찬대미 모든 회원에게 연락을 취할 것이다.

찬대미의 인맥과 화안기업의 인맥이 충돌할 시간이다.

과연 누가 먼저 이 사다리 게임을 통과할 수 있을지는 붙어보면 알게 될 것이다.

'후······.'

지금 순간 현호의 가슴은 두근거리고 있었다.

그는 지금 순수하게 자신이 만든 힘으로 화안기업이라는 벽을 부수려 하고 있었다.

*　　　*　　　*

"응?"

집 대문을 열고 나오려던 현호는 멈칫했다. 눈앞에 예기치 못

한 인물이 서 있었다.

'박… 거성?'

현호는 당황스러웠다. 왜 박거성이, 그것도 이 타이밍에 여길 왔단 말인가.

그때였다.

"현호야."

현호는 박거성을 향한 시선을 거두고 고개를 추켜들었다.

멀리서 아버지가 오고 계셨다.

"아버지?"

현호는 아버지를 눈에 담고 박거성을 눈에 담은 다음, 자신의 손목시계를 살폈다.

아버지가 집에 오시기에는 이른 시간이었다. 혹, 무슨 일이 생긴 걸까.

"벌써 퇴근하시는 거예요?"

다가온 아버지에게 묻자, 아버지는 현호의 얼굴에 손을 얹고 미소를 보였다.

그러던 아버지가 문득 고개를 돌리다가 박거성을 마주했다.

"아버지, 이분은."

현호가 당황해서 박거성과 아버지를 소개해 주려는 찰나.

"아이고, 어르신께서 여기는 어떻게."

뭐야, 아버지가 박거성을 알고 있는 게 아닌가.

*   *   *

현호는 박거성의 차를 타고 집을 벗어나 이동하는 중이었다.

"자네 아버지를 알게 된 건 우연이야. 오해하지 말어."

"예."

현호가 고개를 끄덕이자 박거성이 계속해 말했다.

"내가 연락이 늦어서 조바심 좀 났겠구만?"

"제가 말씀드렸잖습니까. 대한민국에 돈 있는 사람, 어르신 혼자만이 아니시라고. 훗."

현호가 피식 웃으며 말하자 박거성이 고개를 절레절레 흔들며 속삭였다.

"싸가지 없는 자식."

차는 강남을 벗어나는 중이었다. 길이 꽉 막히니 속도가 줄어들었다.

"어디 가시는 겁니까?"

현호가 물었다.

박거성이 찾아왔다는 것은 좋은 소식이지만, 지금은 해결해야 할 일이 산더미였다.

당장 찬대미 집행부부터 소집해야 했다.

현호가 잠시 차창 밖을 돌아보자 박거성이 말했다.

"네놈이 나한테 대한민국을 움직이게 해주네, 어쩌네 하는 건 사실 관심도 없어. 네놈이 내 돈을 가지고 얼마를 벌어들일지 관심도 없고."

"알고 있습니다. 그저 제가 해드릴 수 있으니까 얘기한 것뿐입니다."

현호가 박거성이라는 인물을 돈에 환장한 속물이라고 판단했다면 그에게 기대를 걸지 않았을 것이다.

"좋아. 네 멋대로 해봐. 까짓것 죽기밖에 더하겠어."

박거성의 말에 현호는 피식 웃었다.

그 웃음은 지금 상황이 만족스러워서도, 박거성에게 고마워서도 아니었다.

"화안기업은 왜 건드렸어?"

"열 받아서, 그냥, 이라고 하면 믿으시겠습니까?"

"뭐?"

박거성이 고개를 돌려 뜨악한 표정을 짓고 현호를 쳐다봤다. 그러더니,

"크하하! 이 미친놈, 미친놈을 봤나!"

박거성은 제 허벅지를 두드리며 웃음을 멈추질 못했다.

한참 만에야 끅끅, 웃음을 거두며 다시 현호를 돌아봤다.

"네놈, 이주헌이 지금 화안 김웅기 회장하고 손잡으려는 거 알고 있냐?"

"이주헌 청장이요?"

현호가 눈을 찌푸렸다. 듣지 못한 얘기다.

"쯧쯧, 이래서 무슨 일을 하겠……."

박거성은 현호를 타박할 수 있겠다는 생각에 웃음을 참으며 얘기를 하다가 말꼬리를 흐리고 말았다.

녀석이 지금 웃고 있는 게 아닌가.

"너 머리가 어떻게 된 거냐?"

박거성이 고개를 갸우뚱하며 물었다.

"아니요. 오히려 잘됐어요. 이주헌 청장, 손을 어떻게 놓을까

고민했는데."

현호가 이주헌 청장의 손을 잡은 것은 우연한 계기였다. 최조사관이 연결해 줬고, 잡아야 되는 상황이었다.

물론 그전에 박한원 의원이 먼저 현호를 피했다.

현호가 기억하는 한, 이제 이주헌 청장은 머지않아 재정경제원 차관에 오를 것이다.

그렇게 되면 특무부를 손안에서 굴리려고 할 게 분명했다. 현재도 특무부 인사는 재정경제원에서 관리하니 말이다.

그러니 언젠가는 이주헌 청장을 쳐내야 하는데, 아무리 실리를 찾는 게 인생이고 목적이라지만 배신이라는 것은 껄끄러울 수밖에 없었다.

이미 현호는 이성이 만들어낸 망설임의 결과가 얼마나 큰 허무함을 남기는지를 깨달았다.

강진우와의 일은 현호의 삶에 있어 '이성'과 '갈등', '망설임'이라는 족쇄를 벗어날 수 있는 면책권을 줬다.

그러니 현호는 '언제든 나는 배신과 외면, 그리고 상대의 뒤통수를 쳐도 된다'라고 자신을 납득시킬 수 있었다.

하지만, 하지만 말이다.

그 같은 행동들은 양날의 검이다.

당장은 그로 인해 이득을 얻고 실리를 취할지라도, 멀리 보면 그건 덫이 되고, 족쇄가 된다.

현호는 이제 찬대미라는 집단의 리더라는 자리에 있다.

타인의 모범이라든가 건전한 규범 따위를 따지려는 게 아니라, '신뢰.'

현호가 긴 시간을 공들여 온 이유, 바로 그 신뢰가 걸려 있다.

이성과 갈등, 망설임을 벗어나야 할 결정을 눈앞에 뒀을 때도, 현호는 그 신뢰를 간과해서는 안 된다.

그것이 현호가 스스로에게 건 유일한 규제였다.

"이주헌 청장이 제 손을 놓겠다고 하면 굳이 쫓아갈 필요는 없는 겁니다."

"허, 꿈보다 해몽이 좋다고 해야 할지……. 이놈아, 그 손을 놓은 시점이 문제지."

박거성이 입맛을 쩝 다시며 말했다.

"무슨 시점이요?"

"지금 넌 달리는 열차에서 떨어질 판이야. 그때 손을 놓으면 쓰나."

박거성의 얘기가 이주헌을 비난하는 건지, 현호를 두둔하는 건지 애매모호했다.

"아니요."

현호는 고개를 가로저었다.

육회를 입안에 욱여넣는 이주헌을 떠올리며 말했다.

"열차에서 떨어지는 사람은 이주헌 청장이 될 겁니다."

확언하듯 내뱉은 말에 이어 현호의 눈에 섬광이 스쳤다. 박거성이 그 눈빛을 놓치지 않았다.

'확실히 눈동자에 이채를 띠는 놈은 오랜만에 본단 말이야.'

박거성은 문득 든 생각에 이어 앞을 보며 얘기를 이어갔다.

"너, 그래서 어떻게 할 거야? 투자든 뭐든 이 건이 끝나고 해야 할 거 아니야?"

"조금 시간이 걸리긴 할 겁니다. 이쪽에서 치고, 저쪽에서 치고, 번갈아 주먹질 좀 해야죠. 봐서 특무부도 움직이고……"

그 말에 박거성이 손을 살짝 들었다.

그러자 차가 갓길에 멈춰 섰다.

박거성은 아예 왼쪽 다리를 바싹 끌어안고, 허리를 틀어 현호를 마주 봤다.

"너, 왜 세무냐?"

"예?"

현호는 박거성의 단단한 눈동자가 자신을 담고 있자 가벼이 대답할 수가 없었다.

"내가 봤을 때, 너는 세무라는 것에 너무 집착하고 있어. 마치 전생에 세무사라도 한 듯이 말이야."

현호는 그 말에 쉽게 대답할 수가 없었다.

"지금도 말이야, 특무부가 아니라 검찰을 움직일 생각을 해야지. 특무부가 화안을 털어봤자, 기업인데 어디까지 가겠어? 저 높이 있는 양반들이 그냥 보고만 있을 것 같냐?"

"어르신."

박거성이 우려하는 바는 알 것 같았다. 그리고 틀린 말이 아니다.

기업이 살아야 대한민국이 산다, 라는 쓰레기 같은 말은 과거에도 또 훗날에도 통용되는 얘기니까.

그러니 특무부가 화안기업을 턴다면, 분명 제동이 걸릴 것이다.

하지만 현호는 그런 건 상관없었다.

결정은 내려졌고, 이번 일에 모든 화력을 쏟아부을 것이다.

쾅! 쾅! 쾅! 쾅!

아주 제대로 쏟아부어서, 찬대미의 본격적인 시동에 축포를 터뜨릴 것이다.

"빙빙 돌아가지 말고 바로 끝내. 길게 가면 내가 봤을 때는 네 놈이 다쳐."

"바로 끝내라니요?"

현호는 박거성의 얼굴을 찬찬히 뜯어보며 미간을 찌푸렸다.

'설마… 알고 있나?'

박거성이 말했다.

"너, 인맥을 만드는 이유가 뭐야?"

"알고… 있으셨습니까?"

현호의 눈썹이 껑충 뛰었다.

'박거성이 찬대미를 어떻게 알았을까.'

그제야 현호는 강창석을 떠올렸다.

지난번 월연 건을 처리하면서, 강창석이 박거성을 알고 있을지도 모르겠다는 의심을 잠시 품었던 현호였다. 그렇다면,

'날 그동안 지켜봤다? 허.'

기막힌 노릇이다. 지금까지 박거성을 지켜봐 왔다고 생각했는데, 그 정반대였다는 말인가. 그렇다면 대체 언제부터.

"찬대미, 이번에 모두 움직일 겁니다."

현호는 자신의 계획을 숨기지 않았다. 그런데 박거성이 또 고개를 가로저었다.

"직접적으로 움직이는 게 아니잖아? 니들이 인맥이라고 부르는 것에 어른들이 휘둘려 주는 것도 한두 번이지."

현호는 미간을 찌푸렸다.

틀리지 않았다. 그래서 애초에는 찬대미가 성장할 때까지 강남세무서에 꽤 오랜 기간 자리를 잡고 있으려고 계획했던 그였다.

하나, 이미 그 같은 고민은 끝낸 지 오래.

"저 역시도 그 점을 염두에 두고 있습니다. 그래서 이번에는 제대로……."

"아니야. 돌고 돌 필요가 없다니까. 큰 돌을 움직이면 막힌 물이 자연스레 흘러갈 걸 알면서 왜 군이 그렇게 시간을 끌어?"

박거성이 답답한지 자신의 무릎을 두드렸다.

'하……. 이것 참.'

현호는 박거성을 설득해야 하는 건가 싶었다.

그 역시도 박거성과 같은 우려를 했고, 숱한 고민과 생각 끝에 우려를 잠식시킬 수 있는 확신이 생겼다.

그런 얘기들을 지금 해야 하나 싶었다.

물론 지금 그런 얘기를 하고 있기에는 오늘 하루가 너무도 짧은 게 사실이다.

"…어르신, 저는 말이죠."

"이호 의원한테 가서 도와달라고 그래."

"예?"

지금 순간 현호의 눈이 여태와 달리 굉장한 속도로 부릅떠졌다. 턱 끝이 찌릿하고 뒷머리가 바싹 치솟았다.

"그것도… 알고 계셨습니까?"

박거성은 기다렸다는 듯이 고개를 끄덕였다. 주름진 그 얼굴에서 눈만 광채를 띠고 있으니, 현호는 마치 호랑이를 마주한 기분이었다.

"가서 도와달라고 해. 이호 의원한테, '영진회'의 힘을 빌려."

국회의원 이호.

그는 현호가 찬대미와 함께 준비한 또 하나의 검이었다.

그러나… 내키지 않는.

27장

선택의 결과

국회의원 이호.

현호가 그자를 찾아간 것은 선택의 결과였다.

대한민국에서 40년을 살아왔고, 80년대와 90년대, 그리고 2016년을 거치며 대한민국의 변화를 고스란히 눈에 담은 현호였기에 나온 선택이었다.

만약 현호가 상위 계층의 신분으로 태어났다면, 혹은 좀 더 많은 인맥을 지니고 있었다면, 이번 삶에서 그가 할 수 있는 일의 범위는 훨씬 광대하고 거침이 없었을 것이다.

하지만 현호는 그렇게 태어나지 못했고, 이전 삶에서 그가 경험한 것은 일반인의 시각과 큰 차이가 없었다.

오히려 아버지의 사업 실패와 가정의 몰락을 경험했다. 그나마 세무사가 되고 나서야 삶이 좀 더 나아지고 다양한 사람들을 만났을 뿐이다.

근본적으로 그는 상류층의 삶과는 거리가 있었던 것이다.

그러니 현호가 기억하고 있는, 혹은 경험했던 자들 중에서 지금 삶의 인맥으로 삼을 만한 인물들은 한정돼 있을 수밖에 없었다.

이전의 삶에서 사회적으로 이슈가 됐거나, 혹은 감히 가까이 할 수는 없어도 대한민국 사람이라면 누구라도 알 수 있는 그런 인물들뿐이었다.

그 결과로 기억을 쥐어짜 찬대미를 만들어냈지만 현호는 불안함을 가질 수밖에 없었다.

찬대미라는 미완의 집단은 그에게 당장 어떤 도움도 줄 수 없었으며, 앞으로 완성이 됐을 때의 결과도 장담할 수 없었다.

변수.

그것은 때로는 행운을 가져다주지만, 대부분의 상황에서는 그의 발목을 잡는 낯익은 놈이었다.

또한 현호는 자신의 판단이 항상 옳다고 단정할 수도 없었다. 판단이 틀렸을 때를 대비해야 했다.

그래서 현호는 또 다른 카드가 필요했다.

그 카드는 정상적인 길이 아닌, 현호가 길을 완전히 벗어난 상황에서 급히 쓸 수 있는 카드여야 했다. 그리고 현호의 판단이 닿지 않는 상대, 그러나 상대 스스로의 판단으로 정점에 서는 인물을 찾아야 했다.

정리하자면, 대한민국 국민 모두가 알 법한 인물.

그러나 현호의 인성이나 사상과는 대치되는 인물.

하지만 그 인물이 가진 힘은 현호에게 당장 도움이 되는 그

세 가지의 수가 들어맞는 인물.

그게 바로 국회의원 이호였다.

"어르신, 이호 의원을 개인적으로 알고 계셨습니까?"

현호는 무거워진 표정을 굳이 감추지 않고 물었다.

박거성은 잠시 고민을 하더니 끌어안고 있던 다리를 내리고 자세를 고쳐 앉았다.

"가자."

박거성이 눈앞의 조수석 모서리를 툭툭 두드리자 잠시 정차했던 차가 도로에 진입했다. 그제야 박거성이 다시 얘기를 이어갔다.

"이호 의원이 현풍건설 사장이던 시절에 내가 잠시 그 사람하고 손을 잡았던 적이 있지."

"그래서요?"

현호는 호기심이 동해 그에게 물었다.

박거성이 현풍건설 사장과 손잡을 일이 무엇이었을까 하는 것이다. 물론 박거성의 현재를 비추어보면 몇 가지 예상이 되는 것은 있었다.

"뭐겠냐? 땅 놀이지."

역시나.

"땅 놀이요?"

현호가 짐짓 모른 척 묻자 박거성은 괜스레 이마를 찌푸리고 말했다.

"현풍건설이 국책 사업을 하게 되면 내가 미리 정보를 듣고 땅을 사두는 거지."

"그렇군요."

"뭐, 그 일로 내가 이호 의원 덕 좀 봤지."

박거성은 이호 의원에게 호의적이었다.

그 남자 덕에 지금의 기반을 잡을 수 있었으니까.

그래서 지금도 이호 의원을 개인적으로 후원하고 있는 상황이었다.

사실 이호 의원이 박거성에게 넌지시 차현호라는 인물에 대해서 알렸기에 망정이지, 그러지 않았다면 박거성은 하마터면 모를 뻔했다.

그동안 현호가 찬대미를 만드는 것도 지켜본 그였지만, 현호가 이호 의원을 만나고 있다는 것은 상상도 하지 못했다.

그만큼 현호의 움직임이 이호 의원을 만날 때만큼은 매우 신중하고 조용했다는 의미다.

녀석이, 대체 왜, 어떻게 이호 의원을 알고 찾아갈 생각을 했단 말인가.

"그렇다면 이호 의원을 개인적으로 알고 계신다는 얘기세요?"

현호의 질문이 박거성의 폐부를 날카롭게 찔렀다. 하지만 박거성은 고개를 서둘러 가로저었다.

"그냥 얼굴만 아는 거지."

"그래요?"

대답을 들은 현호는 찜찜했다. 박거성이 생각보다 자신에 대해 너무 많이 알고 있다는 것이 마음에 걸렸다.

"내 말대로 해. 이호 의원 찾아가서 정리해 달라고 해."

박거성은 그 말을 끝으로 침묵했다. 현호 역시 팔짱을 낀 채로 생각에 잠겼다.

'하……. 이호 의원은… 내키지 않는데.'

이호 의원은 언제든 현호를 도울 수 있는 힘이 있다. 그랬기에 현호가 그에게 접근해 보험을 든 것이다.

하지만 현호는 가능하면 이호 의원에게 직접적인 도움을 받는 것은 피할 생각이었다. 그 때문에 금진은행 건에서도 이호 의원의 도움은 생각하지도 않았다.

오히려 현호는 나중에 이호 의원에게 자신이 도움을 주어서 빚을 심어둘 생각이었다.

'이런 어떻게 한담…….'

지금 현호는 박거성의 말을 무시하고 계획대로 일을 진행할 수도 있었다.

화안기업에 무차별폭격을 가하는 것이다.

그리고 이미 어젯밤 화안기업 둘째 아들과의 자리도 가졌다. 물론 그 자리를 만들기까지 찬대미의 역할이 컸다.

다행스럽게도 화안기업의 둘째 아들이자 화안전자 사장 김석연의 눈에는 야망이 있었다.

그는 현호의 제안을 그 자리에서 받아들였다.

형과 동생의 틈바구니에서 골치 아프던 차에 현호가 화안을 그에게 통째로 주겠다는데, 거부할 이유가 없었다.

그러니 김승연과 우진전자라는 썩은 고름을 터뜨리고, 화안기업 김웅기 회장을 막아서는 데 있어 당장은 이호 의원의 힘을 빌릴 필요가 없었다.

하지만 관세청장 이주헌이 김웅기 회장의 손을 잡았고, 박거성

이 자신을 찾아와 이렇게까지 얘기를 한다면 현호로서도 간과
할 수만은 없었다.

'이호……'

현호는 미간을 찌푸렸다.

지금 순간 그 앞에 이호 의원을 처음 찾아갔던 그날이 생생히
떠올랐다.

*　　　　*　　　　*

1993년, 차현호 국립세무대학교 1학년 재학 당시.

쏴아.

비가 내리고 있었다.

이호 의원은 지금 자신의 앞마당에 서 있는 녀석을 보고 눈
을 찌푸리고 있었다. 그리고 녀석의 옆에는 마당을 지키던 경호
원 둘이 신음을 토하며 쓰러져 있었다.

"의원님, 어떻게 할까요?"

이호 의원의 곁에 있는 경호원이 녀석을 향해 총구를 내민 상
태로 물었다.

"총 치워."

경호원은 서둘러 총기를 치웠다.

이호 의원이 발을 내밀어 테라스를 벗어나려 하자, 경호원이
서둘러 우산을 펼쳐 들었다.

펄럭.

현호는 자신에게 다가오는 이호 의원을 눈에 담았다.

지금 순간 그는 자신의 특별한 능력을 풀가동하고 있었다.

덕분에 다가오는 이호 의원에게서 바람이, 숨결이, 수천수만 장의 필름으로 쪼개져 파도처럼 밀려오고 있었다.

현호는 마치 그것에 살이 베이는 느낌이었다.

"너, 뭐 하는 놈이냐? 주먹 쓰는 놈이냐?"

이호 의원이 물었다.

"학생입니다."

"학생?"

현호의 대답에 이호 의원이 미간을 찌푸렸다.

천천히 위아래로 시선을 움직여 현호를 살핀 뒤 다시 물었다.

"안기부 출신의 경호원 둘을 쓰러뜨렸어. 근데 학생이라고?"

그 질문에 현호는 대답을 못 하고 눈꺼풀만 떨었다.

안기부 출신의 경호원 둘과 붙었다.

현호가 제아무리 몸을 단련하고 운동을 해왔어도 지금 상태가 정상일 리가 없었다.

턱은 어긋났고 어깨는 빠졌다. 아무래도 손목 역시 정상이 아닌 듯했다.

더구나 비까지 추적추적 내려 식어버린 몸에 눈꺼풀이 제멋대로 움직였다.

"이름이 뭐냐?"

"차현호입니다."

그러자 이호 의원은 잠시 생각하더니 혼잣말을 크게 외쳤다.

"차현호가 누구냐?"

그 말은 현호에게 한 질문이 아니었다.

이호 의원의 뒤에 있던 경호원과 보좌관이 뭔가를 생각하다가 눈을 번쩍 떴다.

"아, 의원님, 그 학생입니다."

"그 학생?"

"왜, 작년 학력고사에서 만점 받은 학생, 그 학생 이름이 차현호였습니다."

그 말에 주름이 기울었던 이호 의원의 눈꺼풀이 번쩍 뜨였다. 그리고 좀 전과 다른 시선으로 현호를 위아래로 훑었다.

"그 차현호가 맞아?"

"예, 맞습니다."

현호는 간결한 대답과 함께 이호 의원의 눈을 마주 봤다.

'현풍건설의 이호.'

현 14대 국회의원이며 다음 재선에 성공해 15대 국회의원을 지내는 인물. 그리고 먼 훗날……

그를 향한 국민들의 평가는 극명하게 나뉜다.

분명한 것은, 현호는 이 인물을 좋게 생각한 적이 없다는 사실이다.

그가 어떤 업적을 이뤘든 그가 대한민국 경제에 어떤 영향을 미쳤든, 사실 현호나 국민들은 잘 모른다.

모른다는 뜻은 알지만 관심을 두지 않는다는 얘기다.

국민들은 정부를 비난하거나, 찬양을 하거나, 가만히 있을 뿐이다.

정확히 말해 현호는 이 인물을 비난했던 사람 중 하나지만, 그 인물이 가진 힘을 알기에 지금 순간 마주하고 있는 것이었다.

'하지만… 이런 상황을 원한 건 아닌데.'

대학 새내기에 불과한 현호가 단신으로 이호 의원을 만날 순 없었다. 그럴 만큼의 신분도 아니거니와 당연히 이럴 때 쓸 만한 연줄이나 인맥도 없었다.

그러다 기회가 생겼다.

고려대 최강한을 만나러 갔다가 우연찮게 이호 의원의 손녀가 과외 선생님을 찾고 있다는 사실을 들었다.

현호가 이호 의원을 염두에 두고 있었기에 놓치지 않은 기회이 기도 했다. 그래서 오늘 면접을 보기로 했었는데 문제가 생겼다.

지금 이호 의원의 뒤에 있는 저 보좌관 녀석이 현호가 세무대 학이라는 이유만으로 다시 나가라고 한 것이다.

하긴, 지금 이호 의원의 거실에는 한국대, 고려대, 연대 등 소 위 말해 대한민국 3대 대학의 수재들이 앉아 있으니 현호의 존 재가 우스웠을 수도 있다.

투둑, 투둑.

현호는 쏟아지는 비를 고스란히 맞으며 이호 의원의 뒤에 있는 보좌관과 또 그 뒤로 보이는 테라스 너머 거실에 앉아 있는 3명 의 대학생을 눈에 담았다.

그들 중에는 고려대 최강한도 불안한 시선을 숙이고 앉아 있 었다.

"그래, 세무대학이라고 무시해서 주먹질을 한 거야? 훗."

이호 의원이 피식 웃었다. 눈에 보이는 이유가 하찮을 수밖에 없었다.

하지만 현호는 고개를 가로저었다. 그 때문이 아니었으니까.

기회야 또 노리면 됐다. 조바심이 들기는 해도, 당장 눈앞에 건장한 경호원들이 주위를 지키고 있는데 비벼볼 생각을 할 멍청이가 어디 있을까.

하지만 그럼에도 현호는 다짜고짜 마당의 경호원들에게 주먹을 내질렀다. 그리고 둘을 쓰러뜨렸다. 현호의 폭주는 자신에게 총구가 드리워지고서야 멈췄다.

일개 경호원이 총을 가지고 있다?

'역시 보통 인간이 아니야.'

이호 의원이 훗날 어떤 인물이 되든 간에, 결국에 그는 거기까지 '올라가는 사람'이다. 대한민국 최정상까지.

"말해봐라. 왜 갑자기 이런 미친 짓거리를 한 건지."

이호 의원의 눈빛이 변했다.

대답 여하에 따라서 책임을 묻겠다는 의미 같았다.

물론 국회의원 신분이니 정도라는 건 있겠지만, 그가 제대로 힘을 쓴다면 현호의 앞길은 험난할 게 분명했다.

현호는 고개를 돌려 쓰러져 있는 경호원들에게 다가갔다. 그러고는 여전히 신음하고 있는 한 경호원을 뒤로 눕혔다.

"으윽."

현호가 처음 공격을 감행했던 남자였다.

체급 차이가 상당했기에 길게 싸우면 불리했다. 그래서 단번에 팔과 갈비뼈를 부러뜨렸었다.

현호는 남자의 품속에서 뭔가를 꺼내들었다.

주르륵.

긴 줄이 먼저 나왔고, 그 뒤를 따라 담뱃갑 크기의 네모난 검은 물체가 나왔다.

그걸 본 이호 의원의 얼굴이 찌푸려졌다.

"뭐야?"

그 말에 그의 보좌관이 당장 달려와 확인했다. 현호는 긴 줄을 붙잡고 있는 채로 보좌관에게 말했다.

"도청기입니다."

"뭐?"

순간 이호 의원이 넋이 나간 얼굴로 현호와 도청기를 번갈아 보다가 성큼 다가왔다.

우산을 든 경호원이 그를 놓쳐 비에 온몸이 젖었지만 그는 상관없다는 듯 다가와 현호의 손에서 도청기를 낚아챘다.

도청기를 눈에 담은 이호 의원의 얼굴이 붉으락푸르락 변했다.

"너, 이거 어떻게 알았어?"

옆에 있던 이호 의원의 보좌관이 조급히 물었다.

'눈에 보였다고 하면 믿겠어?'

현호는 속마음으로 뇌까리고 보좌관이 아닌 이호 의원을 바라보고 대답했다.

"제가 여길 들어올 때부터 이 남자의 행동이 이상했습니다. 의원님의 눈치를 보는 것 같아서, 저 역시도 이 남자를 눈여겨봤습니다."

현호는 쓰러진 남자를 내려다봤다. 그리고 다시 고개를 돌려 우산을 들고 있는 경호원을 바라봤다. 그 경호원에게서도 부조화가 느껴졌었다.

현호의 시선이 무심히 닿자 경호원의 얼굴이 바르르 떨렸다. 떨림은 그의 손으로 전해졌고, 그는 우산을 버리고 서둘러 자신의 품에 손을 넣었다.

'총!'

그 순간 현호는 다시 미간을 찌푸렸다.

경호원이 행동을 멈췄다.

거실에 걸린 괘종시계 속 늘어진 초침과 함께 시간이 더뎌졌다. 빗방울이 지상으로 기어 내려왔다.

하지만 결국 시간은 흐르는 법.

천천히, 아주 천천히, 현호는 뛰어나갔다.

경호원의 손은 품에서 벗어났고, 구부러진 팔은 바로 펴졌다.

총이 보이는 그 순간 현호가 눈을 부릅떴다.

느려진 시간이 다시 정상으로 돌아오고, 경호원이 이호 의원을 향해 총을 뻗은 순간, 날아든 현호의 주먹이 경호원의 턱에 꽂혔다.

퍽!

마당 한편에 경호원의 몸이 뒤집어졌다.

"하… 하… 하……."

쌕쌕 숨을 내쉬는 현호.

지금 순간, 이호 의원의 두 눈이 현호를 담고 있었다.

*　　　　*　　　　*

호텔 주차장 폭행 사건 발생 42일째.

짧은 신호음과 함께 엘리베이터가 로비에 도착했다.

현호는 벽에 기대고 있던 어깨를 떼고 엘리베이터에서 내렸다.

김석연의 질문으로 인해 괜스레 지난 시간을 되짚었다.

다만 기억과 현실의 시간은 상대적이기에, 제아무리 기억 속에 오래 머문들 현실에서는 엘리베이터를 타고 내려오는 정도의 시간만이 지났을 뿐이었다.

현호가 로비를 가로질러 건물을 빠져나오자 입구에 고급 세단이 대기하고 있었다. 운전석에서 내린 강태강이 조수석 차 문을 열며 물었다.

"얘기 잘 끝나셨습니까?"

현호는 피식 웃으며 그가 열어준 조수석에 올라탔다.

차가 출발해 단둘이 되자 강태강이 편한 어투로 물었다.

"어디로 갈까?"

"김승연에게 가죠."

현재 김승연은 언론을 피해 역삼동의 자택에서 칩거 중이었다.

아버지 김웅기 회장의 소식을 전해 들었으니 지금쯤 절망의 늪에서 허우적대고 있을 게 뻔했다.

"알아봐 달라는 건 어떻게 됐어요?"

현호의 질문에 강태강이 뒷좌석으로 손을 뻗었다. 한참을 더 듬거린 끝에 서류 봉투를 하나 집어 현호에게 건넸다.

"자."

봉투를 뒤집자 그 안에서 서류와 사진이 나왔다.

현호는 사진을 손에 집었다. 여자의 독사진이었다.

'론다 윤……'

무기 로비스트 론다 윤.

"그 여자 난리도 아니던데? 안 만나고 다니는 사람이 없어. 장관, 국회의원, 군인… 고위급 인사들은 죄다 접촉하는 것 같던데."

"2,000억대 대형 국방 사업이니까요. 그 입찰을 위해서 론다 윤이 벌써부터 뛰어든 거죠."

"넌 론다 윤이 입찰 받을 거라고 생각하는 거야?"

강태강의 질문에 현호는 팔짱을 낀 채로 창밖을 바라봤다.

괜히 로비스트겠는가.

론다 윤은 이 입찰에 성공한다.

단지 현호가 그녀를 눈여겨보고 있는 이유는 그녀의 뒤에 있는 미국 방산 업체 때문이었다.

그쪽과 손이 닿기 위해서는 론다 윤을 거치는 것이 손쉬울 거란 계산이다.

'…미국.'

현호는 론다 윤에 대한 생각을 잠시 뒤로하고 다가올 4월을 떠올렸다. 그쯤에 미국에 갈 준비를 하고 있었다.

그 이유는 올해 강설희가 자살하기 때문이다. 그것이 그녀의 예정된 운명이다.

물론 그녀가 자살하는 것과 현호는 아무런 관련이 없었다. 하지만 강진우와의 일이 현호에게는 아직 해결되지 않은 찜찜함으로 남아 있는 상황에서 강설희의 죽음까지 더해진다면, 그건 현호로서는 원치 않는 방향이었다.

왜 자신을 죽인 이들에게 찜찜함을 느껴야 한단 말인가.

현호가 잘못한 거라고는 그저 이성적 판단 때문에 망설인 것밖에 없었다.

그 때문에 강진우의 죽음이라는, 이전 삶에 없던 일이 발생했지만 그것은 결코 의도한 일이 아니었다.

한데 그 녀석의 죽음에 강설희는 죄책감을 가지게 됐고, 미국으로 갔다.

이전 삶에서 그녀가 자살을 선택한 이유가 어떤 건지는 모르겠지만, 이번 삶에서 그녀가 죽는다면 강진우의 죽음과 연관성이 있을 수밖에 없다.

'진짜 그것 때문일까.'

현호는 고개를 가로저었다. 강설희를 찾아가기 위해서 궤변을 늘어놓고 있는 기분이었다.

어찌 됐든 그녀를 직접 봐야 했다.

그녀에게 느꼈던 감정이 뭔지를 확인해야 했다.

"도착했어."

역삼동 김승연의 자택 앞에서 차가 멈췄다. 예상대로 기자들이 포진하고 있었다.

"금방 나올게요."

현호는 차에서 내렸다. 초인종 스피커 앞에 멈춰 서자, 기자하나가 그에게 외쳤다.

"누군지 모르겠는데 소용없습니다."

현호는 대꾸를 하는 대신 초인종을 눌렀다. 스피커에서는 잡음밖에 들리지 않았다.

치지지지.

현호는 고개를 가까이 대고 말했다.

"차현호입니다."

그 말을 꺼내자, 아까의 기자가 눈을 번쩍 떴다.

"차, 차현호?"

기자가 카메라를 들려는 찰나, 강태강이 기자 앞을 막았다. 그리고 그때, 굳게 닫혀 있던 철문이 열렸다.

현호는 그대로 안으로 들어갔다.

철컥.

그의 뒷모습이 사라지고 다시 철문이 닫혔다.

"이봐, 당신 뭔데……."

기자가 강태강을 향해 인상을 찌푸렸지만, 이내 마주친 강태강의 섬뜩한 시선에 꼬리를 내리고 물러났다.

*　　　　*　　　　*

현호는 마당을 가로질렀다. 집이 텅 빈 것처럼 조용했다.

김석연이 경호 업체에 압력을 넣어 김승연을 지키던 경호원들을 모두 철수시켰고, 화안기업 임직원 누구도 김승연의 주변에 가까이 가지 못하게 손을 썼다.

그 때문인지 김승연이 초췌한 얼굴로 테라스에 홀로 앉아 있었다.

지난 한 달, 특무부와 검찰의 강도 높은 조사에 피가 마른 얼굴이었다.

현호가 다가가자 그는 흐릿한 눈으로 잠시 바라보다가 물었다.

"만족하냐?"

그러자 현호는 그 옆에 놓인 빈 의자에 앉으며 되물었다.

"억울하냐?"

그 말에 김승연의 코끝이 찌푸려졌다.

현호는 그 모습을 바라보며 낮은 한숨을 쉬고 얘기를 계속했다.

"어차피 너희 형이 계속해서 화안기업을 이끌 테고, 너희 아버지도 한 몇 년 있다가 복귀를 하든가, 은퇴를 하든가 할 거 아니야?"

"그러면 나는?"

김승연이 환장하겠다는 듯이 제 가슴을 두드렸다.

"그럼 나는!"

재차 묻는 그를 보며 현호는 혀를 끌끌 찼다.

"아직까지도 정신 못 차린 거냐? 마음에 안 든다고 툭하면 조세은을 때리고, 열 받으면 직원들에게 야구방망이를 휘둘렀잖아? 그런데 나한테 몇 대 맞은 게 그렇게 억울해? 내가 일대일로 싸웠었나?"

김승연은 입을 열지 못했다. 옴짝달싹하며 코끝만 이리저리 찌푸릴 뿐이었다. 현호는 다시 물었다.

"너하고 조세은 사이에 계약서가 있다던데?"

"그것 때문에 온 거야?"

여전히 정신을 못 차린 김승연의 모습에 현호는 할 말을 잃어 입을 다물었다. 녀석이 너무 한심해서 얘기할 가치가 없었다.

"김승연."

현호가 상체를 살짝 숙이자, 김승연이 놀라 몸을 움츠렸다. 현호는 그 모습에 얼굴을 찌푸리며 말했다.

"계약서… 그냥 가지고 있어, 기념으로 말이야."

"뭐?"

"단, 세상에 나오면 넌 죽어. 오늘부터 조세은은 내 배우니까."

"그게 무슨……."

김승연이 허망한 눈동자를 들었다. 차현호는 옷매무새를 가다듬고, 시선을 들어 집을 빙 둘러보며 말했다.

"일반인들은 이런 집도 못 사. 넌 망했어도 비빌 언덕은 있잖아?"

그 말에 김승연이 볼을 바르르 떨었다. 현호는 녀석을 보며 재킷 안주머니에서 봉투 하나를 꺼냈다.

"이게 뭐야?"

김승연이 신경질적으로 물었다.

"비행기 표."

"뭐?"

"잠잠해질 때까지 하와이에 가 있어."

우진전자 납품 비리의 덩치가 상당히 컸다.

사실 일반적인 가격 부풀리기 정도였다면 김웅기 회장이 책임을 지고 회장직에서 내려올 것까지는 없었다.

그런데 문제는 우진전자가 실납품 한 것이 빈껍데기였다. 아예 해당 부품 자체가 존재한 적이 없었던 것이다.

그런데도 해마다 50~100억에 가까운 돈이 우진전자에 흘러

들어갔다.

더구나 김승연은 그 50~100억을 홍콩에 위치한 SC컴퍼니에 투자했고, SC컴퍼니는 다시 국내 L업체에 투자했다.

한 마디로 SC컴퍼니는 김승연이 세금과 각종 규제를 피하기 위해 설립한 페이퍼컴퍼니였던 것이다.

여기서 더 재밌는 점은 이 SC컴퍼니를 이용한 정재계 자제들이 꽤 된다는 점이었다.

다들 수중에 돈이 생기면 SC컴퍼니에 보냈고, SC컴퍼니는 약간의 수수료를 챙긴 뒤 정재계 자제들이 운영하는 국내 업체에 투자하는 형식으로 돈을 되돌려 주면서 국내 법규를 회피했다.

그 때문에 지금 검찰은 고민하고 있는 중이었다.

SC컴퍼니까지 건든다면 고위급 인사들이 줄줄이 엮이게 된다.

그 때문에 오늘 현호가 김승연을 찾아왔다.

김승연이 해외로 출국한다면 SC컴퍼니는 소리 소문도 없이 묻힐 것이다.

"자."

현호가 다시 한 번 눈앞에서 봉투를 흔들었다. 그러자 김승연이 눈을 치켜뜨고 현호를 보며 입안 가득 화를 삼키며 말했다.

"네가 가라… 하와이."

현호는 잠시 그 눈을 지켜봤다.

김승연이 처음부터 자신에게 사과했으면 끝날 일이었는데, 이렇게까지 크게 번질 일이 아니었는데.

"그래, 내가 갈게 하와이."

현호는 봉투를 가슴에 다시 넣었다. 기회는 여기서 끝이다.

드르륵.

현호가 미닫이문을 열었다.

그 안에는 박한원 의원, 특무부 장충도, 서울청 장명준, 그리고 국세청장 안정호가 앉아 있었다.

"왔나?"

"죄송합니다. 늦었습니다."

현호는 그들의 맨 끝에 앉으려고 했다. 그러자 안정호가 손을 흔들어서 자신의 곁으로 불렀다.

"잔 받아."

현호는 안정호의 곁에 무릎을 꿇고 앉아 그가 내민 도자기 잔을 움켜쥐었다.

쪼르르.

채워진 잔을 단숨에 비우고, 안정호의 잔에 한 잔 따랐다.

안정호는 잔을 입에 가져가기 전, 현호를 바라보고 말했다.

"이제부터 자네 역할이 중요해. 많은 사람이 탄 배야. 키를 단단히 잡아야 될 거야."

"명심하겠습니다."

이제 현호가 자리에서 물러나 장충도의 옆에 앉았다.

그때 미닫이문이 다시 열렸다.

드르륵.

이번에 들어온 이는,

"하하, 죄송합니다. 늦었습니다."

관세청장 이주헌이었다. 그리고 그 뒤에,

"어서 들어와."

이주헌이 손을 흔들어 문 밖에 있는 사람을 재촉했다.

빼빼 마른 흰머리의 남성이 들어오자 현호가 자리에서 바로 일어났다.

"오셨어요, 교수님."

현호는 자신의 대학 은사인 주덕환 교수를 맞이했다.

주 교수의 등장에 모두가 일어났다. 심지어 안정호도 자리에서 일어나 그를 맞이했다.

주덕환 교수는 암으로 인해 많이 야위어 있었다.

이제 정말 시간이 얼마 안 남았다는 게 눈에 보일 정도였다.

눈시울이 붉어진 현호의 모습에 주 교수는 제자의 어깨를 툭툭 두드리는 걸로 그 마음을 어루만졌다.

"힘든 발걸음 하시게 해서 죄송합니다."

국세청장 안정호가 주 교수를 직접 자리에 앉혔다.

술을 따라야 하나 말아야 하나 망설이는 안정호에게 주 교수가 잔을 들었다.

"저도 한 잔 주십시오."

"괜찮으시겠습니까?"

"하하, 이 한 잔에 무너질 삶이 아닙니다."

"그럼."

안정호가 술을 따르자, 이번에는 주 교수가 안정호의 잔에 술을 채웠다. 두 사람이 마주 보고 잔을 비웠다.

전말은 이러했다.

현호는 박거성의 제안으로 인해 국회의원 이호의 사무실이 있는 여의도를 찾았다. 하지만 결국은 망설이던 발길을 되돌렸다.

아직 이호 의원의 도움을 받을 때가 아니었다.

그래서 현호가 찾아간 이가 한누리당 박한원 의원이었다.

이미 틀어진 관계였지만 지난번 현호는 박한원 의원에게 마지막으로 조언을 해줬었다.

그 일 때문인지 박한원 의원은 현호의 방문을 되레 반겼다.

다음으로 현호는 장명준을 찾아갔다.

장명준은 지난번 현호가 적당한 선에서 덮어줬기 때문에 서울청 조사4국장의 자리에서 내려오지 않았었고, 더불어 국세청장 안정호와 인연이 있었다.

그 결과 장명준은 자신을 찾아온 현호를 국세청장 안정호에게 소개해 줬고, 안정호는 관세청장 이주헌과 박한원 의원 두 사람의 갈등을 매듭지었다.

그 일이 가능했던 이유는 안정호 역시도 이주헌과 같은 영진회 소속이었기 때문이다.

마지막으로 주덕환 교수.

그는 관세청장 이주헌과 오래전부터 친분이 있었다.

사실 아무리 안정호가 매듭을 지어주려 해도 이주헌으로서는 이미 차현호를 버리기로 했던 마음을 다시 돌리기는 어려웠다.

하지만 주 교수의 부탁까지 거절할 수는 없었다.

삶이 얼마 남지 않은 친우의 부탁 아닌가.

심지어 주 교수는 정치권의 희생양이 됐을 때도 이주헌에게 도움을 청하지 않았었다.

그런 친우가 제자의 일에 도움을 부탁했다.

마지막으로 찬대미.

현호가 이들과 손을 잡는 데 성공하자마자 찬대미의 융단폭격이 시작됐다.

화안기업의 주거래 은행인 금진은행은 화안전자, 화안공업, 우진전자의 기업 실사 조사를 발표했다.

아무리 금진은행이 허위 대출로 국민들의 눈 밖에 났다고는 해도 화안기업에 대한 실사 조사를 발표했다는 것은 가벼이 넘길 일이 아니었다.

은행이 오랫동안 거래를 해온 파트너 기업의 실사 조사를 감행한다는 것이 뜻하는 바가 무엇이겠는가.

기업에 문제가 없는데 왜 실사 조사를 한다는 말인가.

이로 인해 당연히 주식시장이 흔들릴 수밖에 없었다.

곧바로 증권감독원(훗날 금감원 통합)이 실사 조사 결과에 따라 화안기업의 주식시장 퇴출 가능성을 언급했다.

심지어 작년 재계 순위 50위권 안에 머물렀던 화안기업이 정부에 의해 퇴출 기업으로 선정될지도 모른다는 소문까지 돌기 시작했다.

언론은 더 이상 눈치를 보지 않았다.

다들 한목소리로 외쳤다. 때려라, 부셔라, 만신창이로 만들어라!

그사이 박거성은 화안기업 관련 주식을 부지런히 사들였다.

*　　　*　　　*

잔을 내려놓은 주 교수가 모두를 보며 입을 열었다.

"내 제자 차현호, 잘 부탁드립니다."

그 말에 현호는 눈을 질끈 감았다. 저도 모르게 무릎을 굽혀 주 교수를 향해 고개를 숙이며 말했다.

"노력하겠습니다……. 교수님."

*   *   *

이호 국회의원 여의도 사무실.

"녀석, 고집도 보통 고집이 아니네."

이호 의원이 고개를 설레설레 저었다.

찢어진 그의 눈초리에는 차현호에 대한 생각이 가득했다.

"그러게 말입니다. 의원님 덕 좀 보라고 끌고 왔더니만 요 앞에서 발길을 돌릴 줄 누가 알았겠습니까? 허허."

박거성 역시 맞장구치듯 가볍게 웃으며 차현호를 떠올렸다.

그날 녀석은 이곳 여의도 사무실 앞에서 우뚝 선 채 들어가지는 않고 건물만 올려다봤다.

녀석의 얼굴이 착잡함에 젖어 있었다.

한참 만에야 발길을 돌려서 다시 차로 다가오기에, 왜냐고 이유를 물었더니 아직은 아니라는 것이다.

"아마 그 녀석 알 겁니다."

이호 의원이 눈을 찌푸리며 커피 잔을 손에 쥐고 말했다. 그러자 박거성이 눈을 내리깔고 잠시 생각했다.

'녀석이라면 아마 눈치챘겠지.'

박거성은 다시 고개를 들어 이호 의원을 바라봤다.

"그럴지도 모르겠네요. 워낙 비범한 놈이니."

사실 박거성은 현호가 이호 의원에게 부탁하지 않자, 직접 자신이 움직여 이호 의원에게 부탁했다.

그런데 웬걸, 이호 의원은 이미 상황을 알고 있었다. 그 역시도 차현호를 지켜보고 있었던 것이다.

그러지 않고서야 현호가 제아무리 뛰어다녔다 한들, 검찰과 특무부가 어찌 그리 빨리 움직일 수 있었겠는가.

"한데 내가 궁금한 게 하나 있습니다."

박거성은 허리를 숙여 이호 의원에게 좀 더 고개를 내밀고 얘기를 꺼냈다.

"의원님은 아무나 곁에 두는 사람이 아닌데 차현호, 그 어린놈을 어찌 곁에 두실 생각을 했습니까?"

"하하."

이호 의원은 미소에 흠뻑 젖은 얼굴을 들었다. 그러다가 눈을 번쩍 뜨더니 말했다.

"녀석이 내 목숨을 구해줬습니다."

"구해줘요?"

박거성은 도통 영문을 모르니 고개만 갸웃거렸다. 그러자 이호 의원은 고개를 힘껏 끄덕이더니 소파에 등을 깊숙이 묻었다. 이어 두 손으로 자신의 무릎을 툭 치더니 상념에 잠긴 눈으로 속삭였다.

"훗날 내가 이 나라의 정상에 오른다면, 그건 모두 차현호의 덕인 겁니다. 하… 하하."

띄엄띄엄 웃음을 보이는 이호 의원의 모습에 박거성은 더 이상 묻지 않았다.

*　　　　*　　　　*

—우진전자 특검팀은 우진전자 김승연 사장에게 구속영장을 청구할 방침이라고 밝혔습니다. 어제 오후 김승연 사장은 본인 소유의 역삼동 자택에서 강제 연행됐으며, 연행 당시 김승연 사장은 침묵 속에서 별다른 저항 없이…….

툭, 툭.

현호는 유리 테이블 위에 하와이행 비행기 표가 담겨 있는 봉투를 두드리며 TV를 보고 있었다.

엊그제 화안기업 김웅기 회장이 현호를 찾아와 부탁했다.

끝내달라고, 이쯤에서 끝내달라고.

하지만 어쩌겠는가, 김승연이 거절한 것을.

"하……. 가야겠다."

소용없어진 비행기 표를 두고, 현호가 자리에서 일어나자 송승국의 시선이 그에게 향했다.

"야, 그냥 가게?"

"그럼 여기서 뭐 하나?"

"이 자식, 치사하게."

송승국은 책상에 앉아 서류와 씨름하고 있었다.

그는 이번에 고심한 끝에 현호의 조언을 받아 1인 기획사를 세웠다.

"야, 근데 내 카드로 접대하면 세금 공제 되냐? 법인 카드 나오려면 아직 멀었는데⋯⋯. 이거 부가세 공제는 안 되도 경비 처리는 된다며?"

송승국의 느닷없는 질문에 현호는 입맛을 쩝 다시고 되물었다.

"접대 많이 해야 하냐?"

1인 기획사를 세우라고 조언은 해줬지만, 현호가 직접적으로 도움을 주는 것은 없었다. 그저 송승국의 은행 대출과 건물 임대를 위해 인맥을 조금 이어줬을 뿐이었다.

"죽겠다. 피디에, 조연출에, 심지어 작가들 중 남자 작가는 술 사줘야 하고, 여자 작가는 간식 사줘야 해."

"매니저는 한성훈이란 사람 계속 쓰기로 한 거야?"

"응."

송승국이 고개를 끄덕였다.

J 프로덕션 김재중 사장은 한때 송승국의 명의를 이용해 금진 은행에서 5억을 대출받았다. 하지만 다행히 현호가 특무부 성시원 조사관에게 부탁해 5억을 되찾을 수 있었다.

그때 김재중 사장뿐 아니라 J 프로덕션 실장부터 매니저까지 꽤 많은 사람이 연루가 됐었다.

물론 한성훈도 예외는 아니었다.

다만 한성훈은 불법 대출에 대해 죄책감을 가지고 있었고, 송승국의 대출 건은 어떻게든 막아보려고 했었던 모양이다.

뭐, 송승국이 해준 얘기일 뿐 현호는 그다지 관심 같지 않았다.

"그럼 난 이만 간다."

"야, 점심이라도 먹고 가."

"바쁘다, 인마."

현호는 사무실 문고리를 붙잡았다. 그러다가 고개를 돌려 송 승국을 쳐다봤다.

현호가 자신을 빤히 보자 송승국이 물었다.

"왜?"

"만 원."

"뭐가?"

"만 원 미만은 인정된다고."

"장난해?"

현호는 송승국의 찌푸려진 얼굴을 보고 피식 웃으며 사무실 을 빠져나왔다.

'응?'

계단을 내려오던 그가 입구에서 걸음을 멈췄다. 특이하게 이 곳 건물 입구에는 전신 거울이 있었다.

현호는 그곳에 비친 자신의 모습을 바라봤다.

오랜만에 청바지에 운동화 차림이었다. 티셔츠 하나 걸치고 검은색 가죽 재킷을 걸쳤다. 더구나 오늘은 머리에 힘을 잔뜩 준 상태였다.

훤칠한 키와 외모가 왠지 적응되지 않는다고 하면,

'재수 없으려나?'

하긴, 아침에 나오는데 미숙이도 그런 말을 했었다.

재수 없다고.

하지만 어쩔 수가 없다.

오늘은 최강한의 부탁을 들어줘야 하기 때문이다.

*　　　*　　　*

신촌 유명 카페 미네로보.

"자! 과연 오늘은 누구와 누가 짝이 될지, 그 천생연분은 과연 누구인지, 바로 지금! 결정됩니다."

부지런히 입을 털고 있는 남자는 한국대 의대생 김춘삼.

"눈 뜹니다?"

"그러세요."

눈을 질끈 감고 있는 김춘삼의 말에 여자들 중 한 사람이 그러라고 했다. 그러자 김춘삼을 포함한 남자들이 모두 눈을 떴다.

현호 역시도 눈을 뜨고 테이블을 바라봤다.

테이블에는 머리핀, 볼펜, 립스틱, 빗, 향수, 파우더가 올라와 있었다.

여섯 명의 여자, 각자의 소지품이었다.

남자들은 자신이 고르게 될 소지품의 주인과 짝이 되는 것이다.

한국대 의대 김춘삼, 고려대 경제학과 최강한, 성강대 철학과 민철식, 고려대 법대 윤태영, 센터대 정치국제학과 김구운, 그리고 차현호.

반면 여자는 모두 숙명대 무용학과 학생이었다.

"현호야, 너도 골라야지."

잠시 딴생각을 하는 사이, 다른 사람들은 이미 소지품을 고른 모양이었다.

'아니, 하나밖에 없는데 뭘 골라?'

현호는 단 하나 남은 소지품인 립스틱을 쳐다본 뒤 여자들을 바라봤다.

그녀들의 기대 어린 시선이 닿았지만 한 사람만은 데면데면한 모습이었다.

'훗, 다들 립스틱을 안 뽑은 이유가 있었네.'

투명 플라스틱 뚜껑으로 덮여 있는 립스틱은 분홍색이었다. 그리고 그중에서 분홍색 입술을 가진 여자는 한 명뿐이었다.

데면데면한 여자.

문제는 그다지 예쁘거나 귀여운 얼굴은 아니라는 점이다.

오히려 퉁명해 보였다.

쌍꺼풀 없는 눈, 날카로운 눈매, 작은 코, 그리고 두드러진 턱.

굳이 말하자면 조금 더 시간이 지나야 개성 있는 미인으로서 인정받는 얼굴형이었다.

"전 이거요."

하나밖에 없지만 현호는 힘차게 립스틱을 손에 쥐었다.

"자, 그럼 먼저 빗!"

김춘삼의 외침을 필두로 하나둘씩 짝이 탄생했다.

짝이 된 남녀는 슬슬 자리에서 일어나 미네로보를 빠져나갔다.

마지막에 빠져나간 최강한은 현호에게 잘해보라는 말을 건넸다.

이제 현호와 그녀만이 남았다.

'밥이나 먹고 헤어져야겠네.'

미팅이라니.

현호는 이런 자리에 관심이 없었다.

세무대학 시절에도 몇 번 제의가 있었지만 그때마다 거절했다. 그래서 한때는 남자를 좋아한다는 헛소문이 돌기도 했고.

아무튼 이번 미팅도 최강한이 자리 좀 채워 달라고 부탁을 해서 별수 없이 참석했을 뿐이었다. 최근 사이 워낙 도움을 많이 받아서 거절할 수가 없었다.

"우리는 이만 헤어지죠."

조용히 있던 여자가 툭 던지듯 얘기를 꺼냈다. 그녀의 얼굴에는 그 흔한 미소도 없었다.

'내가 어려서 그런 건가?'

기분이 조금 나빴지만 현호로서는 어찌 됐든 최강한과의 약속대로 자리를 채웠다.

"왜요?"

그래도 묻고 싶었다.

"그쪽, 억지로 온 거 아네요? 아까부터 보니까 계속 딴생각하시는 것 같은데."

그녀가 말했다. 딱딱하게 굳은 얼굴에 목소리는 숨 가쁘게 들렸다.

"그렇게… 보였나요?"

하긴 티가 났을 것이다. 계속해서 쓸데없는 생각만 하고 있었으니 말이다.

그녀가 충분히 그렇게 생각할 수 있었다.

"그러니 억지로 나하고 있을 필요 없어요."

이렇게까지 선을 긋는다면 현호도 굳이 계속 앉아 있을 생각이 없었다. 그렇지만 오해는 풀어야 했다.

"억지로 온 거는 맞는데, 그쪽이 마음에 안 들어서 딴생각했던 건 아닙니다. 요즘 정신없었거든요."

"…세무 공무원이시라고요?"

그나마 마음이 풀어졌는지 그녀가 조심스럽게 현호의 신상을 물었다.

"예, 공무원입니다."

"실은 저… 그쪽이 누구인지 알아요."

"예?"

순간 현호는 잘못 들은 줄 알았다.

"얼마 전 사촌 이모님 댁에 놀러 갔다가 그쪽 사진을 봤거든요."

"그래요?"

현호는 의아했다.

그녀의 사촌 이모가 왜 자신의 사진을 가지고 있단 말인가.

"사촌 이모님께서 저를 어떻게……."

"그쪽이 꽤 중요한 사람이 될 거라고 하던데요?"

"아, 과찬이신데……. 근데 정말 이모님이 누구시죠?"

"론다 윤이요."

그녀는 아무렇지도 않게 그 이름을 꺼냈고, 현호의 눈은 번쩍 뜨였다.

"이름이 낯설죠? 외국에서 오래 지내신 분이라서."

그녀가 부연 설명을 덧붙였지만 현호의 귀에는 들리지 않았다.

'론다 윤이라고?'

그제야 현호는 최강한이 여기에 꼭 나와야 된다고 했던 이유를 깨달을 수 있었다.

현호는 지난번 찬대미 집행부에게 '론다 윤'에 관심을 두고 있음을 알렸었다. 그래서 이 순간을 위해 오늘의 미팅이 주선된 건지도 모른다.

'이 깜찍한 녀석들… 그런데 론다 윤이 내 사진을 가지고 있다고?'

현호는 피식 웃고는 테이블에 두 팔을 기댔다. 그리고 최대한 부드러운 얼굴로 얘기를 시작했다.

＊　　　　＊　　　　＊

"어떻게 됐어?"

"오늘까지 3천만 불 확보했습니다."

송만호의 말에 박거성은 코끝을 찌푸리며 테이블을 퉁퉁 두드렸다.

"더 해. 6월까지는 1억 불까지 올려."

"1억 불이면 900억이 넘습니다."

송만호가 우려스러운 목소리로 말했다. 평소 같으면 두말 않고 명령을 따랐겠지만 900억은 박거성의 재산 절반에 육박하는 금액이었다.

"내년 중순까지는 3억 불까지 올릴 거다."

"3억 불이요?"

송만호의 눈썹이 한층 더 치솟았다.

"그래."

박거성은 더 얘기하지 않고 팔짱을 낀 채 눈을 감았다.

송만호가 밖으로 나가자 그제야 눈을 떴다. 흐릿한 눈으로 지난날의 기억을 떠올렸다.

"어르신, 달러를 사세요."

"사라면 사겠지만 까짓것 얼마나 오른다고?"

도통 미심쩍은 얘기였지만 차현호는 확신에 차 있었다.

"100억을 사시면 200억을 버실 겁니다. 1천억을 사시면 2천억을 버실 겁니다."

"2배라고?"

"무조건 2배입니다."

그것이 실현 가능하단 말인가.

돈을 버는 거야 다른 방법은 많고 많다.

장사꾼들처럼 매점매석을 해도 되고, 여태 해온 대로 땅 놀이를 해도 된다.

"다른 거 건드시면 망합니다. 내년에는 무조건 이것만이 답입니다."

차현호의 확신에 찬 눈.

그래서 박거성은 그 눈을 선택했다.

28장

론다 론다

서울 마포구 소재 고급 빌라 가든파티.

현호는 미팅에서 만난 전은서와 많은 얘기를 나눴다.

그녀가 론다 윤의 사촌 조카라는 점도 눈길을 끌었지만 무용을 전공하는 그녀의 순수한 열정에 보다 관심이 갔다.

또 굳이 론다 윤을 만나기 위한 목적만으로 전은서를 대할 필요도 없었다.

그래서일까.

전은서는 자신에게 귀를 기울여주는 현호에게 깊은 호감을 보였고, 생각보다 론다 윤에 관한 많은 얘기를 했다.

그렇게 헤어지고 얼마 지나지 않아 현호의 집에 론다 윤의 비서라는 사람이 찾아왔다.

조만간 가든파티가 있으니 꼭 참석을 해달라는 것이었다.

아마도 전은서가 론다 윤에게 현호를 만난 얘기를 했고, 론다 윤도 마침 현호에게 관심을 가지고 있었던 만큼 좋은 기회라고 여겼는지도 모른다.

철컹철컹.

하수구 덮개를 밟으며 차가 지하 주차장에 들어섰다.

빈자리에 주차를 하고 시동이 꺼지자, 현호는 고개를 들어 운전석을 바라봤다.

송만호가 룸미러를 통해 자신을 보고 있었다.

"여기서 기다리고 있겠습니다."

"아니요. 오래 걸릴 것 같으니까 이만 가보세요."

박거성은 송만호에게 당분간 현호 곁에 있으라고 지시했다.

비단 이런 역은 강태강이 해도 어울렸겠지만, 강태강은 찬대미 회원으로서 현호와 동등한 관계이지 수족처럼 부리기 위한 관계는 아니었다. 그래서 박거성이 송만호를 붙인 것이다.

박거성의 기준에 차현호는 이제 제 몸이라도 함부로 대해서는 안 되는 존재였다.

"기다리겠습니다."

송만호가 재차 말하자, 현호는 더 이상의 얘기 없이 차에서 내렸다. 그러고는 다시 상체를 숙여 마지막으로 그를 향해 말했다.

"전 끝나자마자 바로 택시 타고 갈 거니까 여기 계시든가 아니면 집에 가서 편히 주무시든가 하세요. 부탁입니다."

그 말을 끝으로 현호는 차를 벗어났다.

지하 주차장을 나와 지상으로 올라가자 귀에 익은 클래식 선율이 들려왔다.

날씨가 풀리기는 했지만 그래도 이 추운 날에 앞마당에서 현악 4중주 공연이 열리고 있었다.

그렇지만 대부분 손님은 앞마당이 아닌 통유리 너머의 로비에서 잔잔하게 파티를 즐기고 있었다.

현호는 공연단을 눈에 담으며 출입구에 발을 들였다.

파티 시간에 조금 늦었지만 상관없었다.

누가 그랬더라.

주인공은 늘 마지막에 나타난다고.

*　　　*　　　*

"하하, 의원님은 여전하신가요?"

남자의 질문에 박승아는 고개를 끄덕였다.

그녀는 지금 박한원 의원의 보좌관으로서 가든파티에 참석했다.

이는 그녀의 첫 공식적 행보이기도 했다.

박승아는 박한원 의원의 혼외 자식으로, 그녀의 삶은 늘 아버지의 존재에 가려져 있어야 했다.

하지만 지난 강남세무서 비리 사건에서 박한원 의원은 그녀를 위해서 자신의 정치적 입지가 흔들릴 수도 있는 선택을 했다.

그녀를 안고 가기로 결정한 것이다.

"조만간 의원님하고 한번 자리를… 아, 실례합니다."

남자는 대화중에 누군가를 발견하고는 서둘러 몸을 돌렸다. 그 누군가는 이 파티의 주최자인 론다 윤이었다.

'환경부장관 정재욱.'

박승아는 론다 윤을 따라가는 남자의 꽁무니를 보며 이름을 외워뒀다.

오늘 파티는 정재계 인사가 상당수 참석하는 만큼, 그녀로서는 그들의 이름과 얼굴을 익히고 그들에게 자신을 인식시키는 무대이기도 했다.

"언니."

"어, 진숙아."

박승아는 앳된 얼굴의 박진숙이 가까이 오자 그녀의 머리를 쓰다듬었다.

엄밀히 따지면 그녀는 박진숙의 고모이지만, 박진숙에게 자신의 존재를 고스란히 밝힐 수는 없었다.

그저 자신은 박한원의 보좌관일 뿐이었다.

"파티 재밌어?"

박승아의 친근한 미소에 박진숙은 대답 대신 로비를 거니는 수많은 이를 향해 고개를 돌렸다.

천장의 화려한 샹들리에가 눈부신 빛을 뿌리고, 그 아래에는 소위 대한민국을 움직이는 상류층 사람들이 뭐가 그렇게 재밌는지 한창 떠들고 있었다.

박진숙은 웃음소리가 끊이질 않는 그들을 힐끗 본 뒤에 박승아를 보며 고개를 가로저었다.

"재미없어요."

박진숙의 얼굴에는 우울한 미소가 배어 있었다.

박승아는 자신의 예쁜 조카를 눈에 담으며 그녀가 좀 더 재밌게 놀 수 있었으면, 하고 바랐다.

"언니, 저 화장실 갔다 올게요."

그래서 박진숙이 잠시 화장실을 간 사이, 그녀와 대화를 나눌 만한 또래 아이가 있나 싶어 고개를 내밀고 주변을 살폈다.

그때였다.

사람들이 웅성거리기 시작했다.

여자들의, 남자들의, 아니, 모두의 시선이 마당과 연결된 로비 출입구를 향하고 있었다.

웅성거림은 점점 커져 갔다. 마치 그곳에서 빛이 샘솟는 것 같았다.

'누구지? 연예인이라도 불렀나?'

*   *   *

"언니, 여기요."

황주혜가 칵테일을 가져와 장라희에게 건넸다.

"고마워."

장라희는 붉은 입술에 칵테일 잔을 대고 새치름한 눈으로 주변을 살폈다.

그때 한 여자가 반갑게 손을 흔들며 그녀에게 다가왔다.

"라희야."

깔끔한 원피스 차림의 장라희와 달리 다가온 여자는 몸매가 여실히 드러나 보이는 붉은색 드레스를 입고 있었다.

"진짜 오랜만이다."

숙명대 무용학과에 재학 중인 친구 전은서였다.

장라희는 오랜만에 보는 그녀를 위아래로 쭉 훑어보며 고개를 갸웃했다.

"뭐야, 오늘 왜 이렇게 빼입었어?"

"빼입기는. 그냥 뭐, 드레스 입은 것뿐이거든?"

대답하는 전은서의 얼굴이 입고 있는 드레스 색처럼 붉게 달아올랐다. 그러자 장라희가 피식 입꼬리를 올렸다.

"훗, 누굴 속이려고 그래?"

장라희는 오늘 전은서의 드레스 코드가 평소와 다르다는 것을 분명 알 수 있었다.

무용을 전공하는 전은서는 힘든 연습으로 인해 다리가 못생겨진다고 늘 투덜대고는 했다. 그래서 치마나 드레스를 외면하다시피 했는데, 오늘은 눈부실 정도로 아름답게 꾸몄다.

"너 남자 친구 생겼지?"

"뭐?"

전은서가 눈을 끔뻑였다. 그렇지만 부정하는 얼굴은 아니었다.

"뭐야, 진짜 오늘 누구 와?"

장라희가 재차 묻자 전은서는 서둘러 말문을 돌렸다.

"근데 이분은 누구야?"

"말 돌리기는… 소개할게. 여기는 서울청 조사국의 황주혜, 나랑 동기."

"반가워요. 저는 라희 친구 전은서라고 해요."

"처음 뵙겠습니다. 황주혜입니다."

황주혜는 깍듯한 자세로 전은서가 내민 손을 붙잡았다.

전은서라는 여자는 꽤 묘한 이목구비를 가지고 있었다. 윤기 어린 갈색 피부 때문인지 건강미도 넘쳐 보였다.

"우리 앞으로 자주 보고 그래요."

전은서가 미소를 띠고 말하자 황주혜 역시 미소를 보이며 고개를 끄덕였다.

그 사이 장라희가 칵테일을 흔들며 감탄하듯 말했다.

"근데 너희 사촌 이모님 대단하시다."

"왜?"

"여기 모인 사람들, 하나같이 보통 사람들 아니잖아."

황주혜 역시 그녀의 말에 공감하듯 고개를 들어 로비를 바라봤다.

정재계 인사들은 물론, 간혹 군복을 입은 이들도 보였다.

황주혜의 눈에는 그들이 하는 얘기들이 그저 가벼운 담소로 보이지 않았다. 뭔가 나라를 움직일 만한 것들이 오간다는 생각이 괜스레 들었다.

"근데 라희 너, 혁수랑은 어떻게 됐어?"

"왜 또 그 얘기야?"

느닷없는 전은서의 질문에 장라희가 눈을 찌푸렸다.

황주혜는 그 이유를 알기에 피식 웃었다.

'과대 조혁수.'

장라희는 그와 잠시 사귀었다가 헤어졌다.

"그 자식 얘기는 꺼내지도 마."

장라희는 그를 떠올리는 것만으로 속에 열불이 나는지 가슴을 들썩이며 한숨을 내뱉었다.

칵테일을 단숨에 들이마신 장라희의 모습을 뒤로하고 전은서는 황주혜를 돌아보며 물었다.

"주혜 씨는요?"

"저, 저요?"

황주혜가 놀란 토끼처럼 귀를 쫑긋 세웠다.

"하하, 왜 그렇게 놀래요?"

그녀가 놀란 이유는 지금 순간 차현호가 떠올랐기 때문이다. 하마터면 딸꾹질까지 할 뻔했다.

"아녜요. 놀라긴요."

서둘러 얼버무렸지만 사실 내심 궁금했다.

'그 자식 지금 뭐 하고 있을까.'

잠시 그런 생각을 하는데 전은서의 시선이 어디론가 향했다. 한데 그 시선에 이끌려 장라희와 황주혜도 고개를 돌렸다.

로비에서 사람들이 웅성거리고 있었다.

서로 소곤거리며 마치 귀빈을 기다리는 듯 혹은 백마 탄 왕자를 기다리는 듯 긴장한 모습이었다.

대체 누가 왔기에.

*　　　　*　　　　*

화장실 거울에는 얼굴과 어울리지 않게 화려한 드레스를 입은 여자가 비쳤다.

머리에 잔뜩 힘을 주고 얼굴과 옷이 조화롭지 않은 모습이었다.

'후……'

파티는 따분했고, 박진숙은 자신의 모습에 실망해서 괜스레 코끝을 찌푸렸다.

'하……. 지겨워.'

차라리 독서실에 가서 공부를 하는 게 더 즐거울 것 같았다.

할아버지가 꼭 가야 한다고 해서 참석했지만 그녀에게 이런 자리는 가시방석과 다름없었다.

여기 모인 사람들은 화려한 조명 아래 왠지 가면을 쓴 것 같았다.

다들 웃으며 대화를 나누지만 그 속마음은 어떻게 이 사람을 구워삶을까, 어떻게 내가 원하는 걸 얻을 수 있을까, 같은 검은 속내가 가득해 보였다.

'그리고 다들 아저씨잖아. 치……'

화장실에서 나온 박진숙은 몇 걸음 걷다가 복도에 놓여 있는 소파에 앉았다.

"후……"

괜스레 한숨만 내쉬느라 그녀의 볼이 통통하게 부풀었다.

'그냥 언니한테 이만 가자고 말할까.'

계속 여기 있어봤자 이 기분이 나아질 것 같지는 않았다.

"아, 박한원 의원님 손녀시죠?"

"예?"

낯선 여자가 다가와 그녀에게 알은척을 했다.

'누구지?'

누군지 알 수 없었지만, 박진숙은 으레 하는 미소를 띠고 그녀를 마주했다.

중년의 여성은 세련되고, 멋있었다.

"왜 여기 홀로 있어요?"

그녀가 안타깝다는 미소를 보이며 박진숙의 곁에 앉았다.

"아녜요."

"재미없어요?"

"…예, 사실은."

박진숙이 피식 웃으며 말하자 그녀도 피식 웃었다.

그러더니 박진숙의 손을 살며시 잡고 비밀 얘기를 하듯 속삭였다.

"오늘 연예인도 불렀어요."

"연예인이요?"

"예. 송승국이라고 아세요?"

"아……."

박진숙은 미소와 함께 고개를 끄덕였다.

가끔 연락을 하는 태권도와 쭉정이에게 그에 대한 소식은 몇 번 들었다.

"제 동창이에요."

이어진 박진숙의 말에 그녀가 조금 놀란 듯하더니 이내 미소를 보이며 고개를 끄덕였다.

"그렇구나. 잘됐네. 오면 오랜만에 회포도 풀고 그러면 좋잖아요?"

"그렇긴 한데 사실 얼굴 본 지는 오래됐어요."

무려 국민학교 때다. 아마 송승국은 그녀를 알지도 못할 게 분명했다.

"얼굴 본 지 오래된 게 무슨 상관이에요?"

"아마 절 기억도 못 할걸요?"

"에이, 그게 무슨 상관이야. 진숙 씨는 박한원 의원님 손녀잖아요. 누구를 만나든 누구 앞에서든 아무 걱정도 할 필요가 없어요."

그녀가 묘한 미소를 띠고 말했다. 그 말에 박진숙의 얼굴에 띤 미소가 굳어졌다. 왠지 그 말이 섬뜩하게 느껴졌다.

"자, 재밌게 놀고 예쁘게 웃어요."

그녀는 마지막으로 박진숙의 볼을 자신의 손등으로 가볍게 쓰다듬고 일어났다.

'특이한 분이네.'

이상하게 사람을 끌어당기는 여자였다.

그녀의 뒷모습이 사라지자 박진숙은 자리에서 일어났다.

'후……. 그래, 웃자. 웃다가 가자.'

나직이 자신감을 속삭인 그녀가 환한 미소와 함께 로비로 나왔다.

그때 사람들이 웅성거리는 모습이 보였다.

"뭐지?"

출입구 쪽이었다.

뭔가 큰일이 벌어진 듯한 느낌이 들었다. 혹은 대단한 사람이 왔나 싶었다.

'아, 송승국.'

그제야 박진숙은 이 자리에 송승국이 온다는 얘기를 떠올렸다.

조금 설레는 마음으로 그곳을 지켜보는데, 누군가 그녀의 어깨를 두드렸다.

"언니?"

박승아인줄 알고 고개를 돌렸는데 낯선 남자였다. 그녀와 비슷한 또래로 보였다.

"아, 놀라셨죠? 전 한상태라고 합니다."

"아……."

남자의 정체를 알게 된 박진숙은 난감한 얼굴을 간신히 감추고 미소를 지었다.

해동운수라는 기업의 자제였다.

작년에 작은 할아버지의 소개로 만났던 적이 있었다.

둘이 친구로 지내면서 가끔 말동무나 하라고 소개해 준 자리였지만, 사실 너무도 불편했다.

그 이후로 그가 몇 번 연락을 해온 적이 있지만 그때마다 매번 정중히 거절했다.

나이 차도 있지만, 무엇보다 그가 부담스러웠다. 그리고 그녀에게는 예전부터 좋아하는 사람이 있었다.

"혼자 오셨어요?"

그가 물었다. 박진숙은 억지로 입꼬리를 끌어 올리고 고개를 끄덕였다.

"예."

"제가 사람들 좀 소개해 드릴까요? 이런 자리 익숙지 않으실 것 같은데."

"아, 저는……."

박진숙은 얘기를 하다가 멈칫했다. 갑자기 로비 입구에서 탄성이 터졌다.

'꺄!' 혹은 '어머!' 같은 감탄사였다.

박진숙이 고개를 돌리려 하자 한상태가 말했다.

"연예인인가 봐요. 송승국이랑 조세은이 온다고 하더라고요."

"아, 그래요?"

박진숙이 로비 입구와 그를 번갈아 봤다.

송승국에 대한 기대보다는 어서 이 남자에게서 벗어나고 싶다는 마음뿐이었다.

때마침 사람들 사이에서 송승국의 모습이 나타났다.

'진짜였구나.'

그래서 로비 입구에 사람들이 모여 있었던 듯했다.

탁.

한상태가 그녀의 왼팔 손목을 붙잡았다.

"가요. 제가 의원님과 교분이 있는 어른들 좀 알거든요."

"아……."

박진숙은 자신의 손목을 잡은 그가 덜컥 불편해졌다.

하지만 어쩔 수 없었다. 그의 힘이, 그의 저돌적인 자세가 그녀의 주저하는 모습을 압도했다. 그때였다.

"우오!"

누군가 크게 감탄사를 터뜨렸다.

박진숙은 이번에는 돌아보지 않았다. 분명 송승국이거나 조세은을 보고 저러는 것일 터.

지금은 그저 자신을 이끌고 가는 남자가 걸음을 멈추기를 바랄 뿐이었다.

그런데 그 순간.

탁.

박진숙은 멈칫했다. 누군가 그녀의 자유로운 한쪽 팔을 붙잡은 것이다.

왼팔 손목은 해동운수 한상태가 잡고 있는데, 그럼 오른팔 손목은 누가…….

박진숙이 천천히 고개를 돌렸다.

그녀의 눈에…….

"현호야?"

꿈에도 그리던 그가 미소를 지으며 서 있었다.

그는 잠시 그녀를 눈에 담더니 고개를 들었다. 그의 시선이 한상태에게 닿았다.

박진숙은 그와 한상태를 번갈아 봤다.

한상태의 얼굴이 새하얗게 질려 있었다. 그 얼굴을 향해서 현호가 말했다.

"그 팔… 놔."

해동운수 한상태.

그는 그날 연회장에서 김승연과 함께 있던 사람들 중 한 사람이었다.

현호는 다시 한 번 말했다.

"그 팔, 놔."

그 말에 한상태의 얼굴이 샛노랗게 변했다.

재빨리 박진숙의 팔을 놓더니 주춤주춤 뒤로 물러서며 서둘러 변명을 꺼냈다.

"미, 미안… 나는 그냥 사람들 좀, 소개해 주려고… 그랬어."

"됐으니까, 가."

"가, 갈게."

한상태는 잠시의 망설임도 없이 물러났다. 잰걸음을 내딛는 다리가 후들거리고 등줄기에는 식은땀이 흘러내렸다.

'차현호.'

저 녀석 때문에 화안기업이 발칵 뒤집어지고 김승연이 구속됐다.

설마 저 녀석이 검찰을 움직였겠냐마는 저놈 때문에 시작된 일임은 틀림없었다.

현호는 꽁무니를 보이는 녀석을 뒤로하고 눈앞의 박진숙을 다시 바라봤다.

"오랜만이다."

미소까지 지으며 물었는데 그녀는 두 눈만 끔뻑였다.

현호가 눈썹을 들썩이자 그제야 그녀는 망설이던 입술을 열었다.

"왜… 여기에 있어?"

"어?"

뜬금없는 질문이었다.

그러는 그녀야말로 어떻게 여기에 있는 걸까.

하긴 박한원 의원의 손녀인 그녀가 여기 있는 건 이상한 일이 아닐지도 모른다.

그보다는 8급 세무직 공무원이 이 자리에 있는 게 더 이상한 일일 것이다.

"할아버지하고 같이 온 거야?"

현호가 다시 묻자 그녀가 정신을 차리듯 눈과 이마를 찌푸리고 대답하려 했다. 그런데 주위의 시선들이 도통 현호를 가만두지 않았다.

"저 사람 누구야?"

"연예인인가?"

"어디 집안사람이야?"

사람들의 웅성임이 점점 커져갔다.

"현호야."

때마침 송승국이 곁에 다가왔다. 그러자 현호는 박진숙의 어깨를 조심히 붙잡아 그를 마주하게 했다.

"승국아, 진숙이 기억하지?"

"어?"

송승국은 예상치 못한 박진숙의 등장에 깜짝 놀란 얼굴이었다.

"그럼 둘이 얘기하고 있어."

현호는 두 사람을 두고 발걸음을 돌렸다.

박진숙이 미처 손을 뻗을 새도 없이 그는 등을 돌려 긴 다리를 성큼성큼 내밀어 사라졌다. 그건 마치 손안에 쥔 바람이 빠져나가는 기분이었다.

"자식, 어디를 저렇게 가는 거야?"

무안해진 송승국의 시선이 그를 좇았다.

현호는 사람들 사이를 빠르게 지나갔다. 그를 향해 호기심과 관심 어린 시선이 닿았지만 걸음을 멈추지 않았다.

현호의 걸음은 달팽이관 모양의 대리석 계단을 올라 2층으로 향했다.

그곳 난간에서 론다 윤이 1층 로비를 내려다보고 있었다. 정확히는 현호의 움직임을 따라 그녀의 시선이 움직이고 있었다.

"여기는 출입이……."

경호원이 그를 제지하자 론다 윤의 목소리가 들렸다.

"괜찮아요."

그녀는 파란색 드레스를 입고 있었고, 다이아 귀걸이가 샹들리에 빛을 받아 반짝이고 있었다.

"처음 뵙겠습니다. 차현호입니다."

"들어가서 얘기할까요?"

"예."

현호는 그녀를 따라 방으로 들어갔다.

탁.

문이 닫히자 파티장의 소음이 가라앉았다.

또각또각.

론다 윤의 구두 굽 소리를 들으며 현호는 그녀의 뒷모습을 눈에 담았다.

그녀는 고풍스러운 분위기의 선반으로 향했다. 그리고 그곳 은쟁반에 놓인 샴페인 잔을 뒤집어 샴페인을 채우고 현호에게 다가왔다.

"빙빙 돌리는 거 싫어하는 타입인 것 같은데요?"

"예, 맞습니다."

현호는 그녀가 건넨 잔을 받아 들며 대답했다.

론다 윤이 창가로 향했다.

"선견지명이 있다고 들었어요."

"선견지명이요?"

"듣기로는 대한민국이 곧 어려워질 거라 분석했다던데."

론다 윤은 얼마 전 애널리스트 이성규에게서 차현호에 대한 얘기를 전해 들었다.

실은 이미 오래전부터 계속 관심을 뒀다.

'진짜 물건이더라, 이 말이지.'

론다 윤이 자신을 빤히 보자 현호는 그녀에게 무슨 대답을 해야 할지 잠시 생각했다.

'박거성은 론다 윤을 모른다고 했는데……'

그런데 이 여자는 박거성에게만 했던 얘기를 어떻게 알까.

문득 기억 하나가 현호의 머리를 스쳤다.

지난날 박거성은 경제 전문가라는 사람을 현호 앞에 데리고 온 적이 있었다.

그때 현호는 우리나라 경제에 대해서, 정확히는 직접적인 언급은 피해 IMF에 관한 얘기를 했었다.

그에게 그건 어려운 일이 아니었다. 특별한 지식이 없어도 한 차례 겪어봤다는 사실만으로도 충분히 서술할 수 있는 얘기였다.

'그때 그 남자.'

대수롭지 않게 생각했는데, 지금 순간 그 남자가 신경이 쓰였다.

"내 말이 틀렸나요?"

론다 윤이 재차 묻자 현호는 고개를 가로저었다.

"어떻게 얘기를 전해 들으셨는지는 모르겠지만 그저 짧은 견해였습니다."

"짧은 견해요? 근데 어쩌죠. 그 견해가 내 생각과 일치하는데."

"예?"

론다 윤은 샴페인을 마저 마시고 창가에 빈 잔을 내려놓았다.

그녀는 입에 머금은 샴페인을 목으로 넘기고 말했다.

"내가 어떤 사람 같아요?"

그녀는 장난기 어린 눈웃음을 짓고 있었다. 현호의 대답을 잔뜩 기대하는 눈치였다.

'이 여자… 무슨 대답을 원하는 거지?'

미팅에서 현호와 마주했던 전은서는 자신의 사촌 이모가 미술계 쪽에서 종사한다고 알고 있었다.

하지만 그녀는 수백, 수천억의 무기 거래, 좀 더 냉철히 말하자면 사람을 죽이는 살인 무기를 거래하는 로비스트.

"무기 로비스트죠."

현호의 대답에 론다 윤의 이마가 찌푸려졌다.

그녀는 지금 당황하고 있었다.

현호가 자신의 정체를 알고 있다는 것은 그녀로서 전혀 예상할 수 없었던 일이기 때문이다.

로비스트는 자신의 속마음을 감출 수 있어야 한다.

속고 속이는 세상에서 남을 속이려면 자신마저 속일 수 있는 표정과 행동이 습관이 되어야 한다.

그런데 지금 순간은 너무 당황해서 미처 자신의 표정을 감출 수가 없었다.

"그걸 어떻게… 알았죠?"

그녀의 흔들리는 눈동자 뒤에는 날카로운 시선이 숨어 있었다.

현호는 한 입도 대지 않은 샴페인 잔을 그녀의 빈 잔 옆에 내려놓았다.

"2,000억 원대의 국방 사업, 그 입찰을 위해 움직이고 계시는 걸로 알고 있습니다."

"…지금 그 얘기가 무슨 얘기인지 알고 있나요?"

"빙빙 돌리지 말자면서요."

어차피 론다 윤이 입찰에 성공한다는 것은 변함없는 사실이다.

현호가 직접적으로 방해하지 않는 한은 말이다.

"제가 오늘 여길 찾아온 건 저를 왜 관심에 두고 계시는 건지 궁금해서입니다."

지금 현호는 자신이 론다 윤에 대해 알고 있음을 얘기했다.

파티에 초대를 받았을 때부터 정면으로 부딪칠 생각이었다.

무기 로비스트라는 존재는 아직까지 우리나라에서는 음지의 사람이다.

그러니 이 일로 자신이 위험해질 수도 있음을 알지만, 시간을 질질 끌고 싶지 않았다.

"하……."

론다 윤은 방 한편에 놓인 소파에 다가갔다. 등받이에 손을 얹고 기대며 고개를 천천히 가로저었다.

"그쪽이 날 알 수 있는 접점이 없었는데?"

이해가 가질 않을 것이다. 그리고 그것이 더 그녀를 혼란스럽게 할 것이다.

"다시 묻겠습니다. 저를 왜 관심에 두고 계시는 거죠?"

"그쪽에게 제안할 게 있어서요."

"예?"

현호의 얼굴이 찌푸려졌다.

'론다 윤이 나에게 제안할 게 있다고?'

무엇을.

현호의 찌푸려진 눈, 론다 윤이 그 눈을 한참 동안 쳐다봤다.

＊　　　　＊　　　　＊

현호가 계단을 내려와 로비에 발을 딛자 장라희와 황주혜가 다가왔다.

"현호야!"

"누나? 주혜, 너도? 다들 여긴 어떻게 왔어?"

"그러는 너야말로 여긴 어떻게 왔는데?"

장라희는 피식 웃으며 현호에게 되물었다. 그리고 황주혜가 현호의 얼굴을 빤히 보며 물었다.

"근데 너, 왜 그렇게 넋이 나가 있어?"

"어, 아무것도 아니야."

하지만 대답과 달리 현호는 정신이 반쯤 나가 있는 상태였다. 그가 다시 말했다.

"잠깐 실례할게."

"뭐?"

황주혜가 그를 붙잡으려 했지만 그는 서둘러 로비를 가로질러 갔다.

그가 향한 곳은 마당이었다. 그곳에는 여전히 현악 4중주 공연이 진행되고 있었다.

'하……'

현호는 마당 한편의 벤치에 앉아 두 손으로 얼굴을 쓸어내렸다.

'정말인 거야?'

론다 윤이 그에게 제안한 것은 미국행이었다.

당황스러웠다.

물론 그건 현호가 원하는 것이기도 했다.

사실 론다 윤의 입찰이 성공할 것은 불을 보듯 뻔했기에 자신이 그녀를 알고 있음을 굳이 돌려 말하지 않았다.

그편이 그녀의 뒤에 있는 미 방산 업체에 접근하기가 수월할 거라는 계산이었다.

그런데 그녀는 이미 현호를 알고 있었다.

더 놀라운 것은 그녀가 한국이 아닌 미국에 있을 때부터 현호를 알고 있었다는 점이다.

'강설희.'

론다 윤이 미국에서 그녀와 만났다고 했다. 그리고 부탁을 받았단다.

현호에게 전해 달라고… 자신을 구해 달라는 말을.

'대체 무슨 일이지?'

현호는 지금 순간 신전그룹을 다시 떠올렸다.

그들이 강설희에게 무슨 짓을 하고 있기라도 하는 걸까.

"하……."

현호는 벤치에서 일어났다.

일어선 그가 몇 걸음 걷지 못하고 멈췄다. 눈앞에 한 남자가 서 있었다.

현호는 대번에 그를 알아볼 수 있었다.

그날 박거성과 함께 현호의 IMF 예측을 들었던 남자였다.

"오랜만이네요."

이성규는 자신을 빤히 쳐다보는 현호를 향해 악수를 청했다.

하지만 현호는 그 손을 빤히 쳐다만 봤다. 그러자 그는 무안한 표정을 지으며 손을 내리고 물었다.

"내가 누군지 궁금하지 않습니까?"

"글쎄요, 곧 알게 되겠죠."

현호가 귀찮다는 듯 그를 지나치자 이성규가 재빨리 입을 열었다.

"그쪽, 조심하는 게 좋을 것 같아요."

그 말에 현호가 걸음을 멈췄다.

"뭐라고요?"

"월연, 금진은행, 그리고 이번 일까지. 그쪽 행동, 지금 충분히 눈에 거슬리거든요."

"그래서요?"

"천천히 하라는 얘기죠. 내가 그쪽 생각해서 하는 얘기니까……."

순간 현호가 그에게 바싹 다가왔다. 그러고는 그의 눈을 꿰뚫어 버릴 듯이 바라봤다.

"뭐, 뭐야······."

주먹이라도 내지르나 싶었는데 현호는 그대로 뒤돌았다.

문제는 그다음이었다.

이성규는 순간 넋이 나가 버렸다.

세상이 멈춰 버렸다.

현악 4중주를 공연하는 이들이 굳어 있었다.

걸음을 내딛는 게 쉽지가 않았다. 마치 술에 잔뜩 취한 느낌이었다.

반면 현호는 그에게서 점점 멀어졌다.

'뭐 하는 놈인지 알아봐야겠네.'

현호는 그 같은 생각을 뒤로하고 빌라 계단을 내려왔다. 다시 파티 속으로 뛰어 들어갈 기분이 아니었다.

현호는 택시를 타고 떠날 생각을 하다가 걸음을 멈췄다.

'설마······.'

혹시나 싶어 주차장에 내려오니 송만호가 여전히 차 안에서 기다리고 있었다.

"뭐 하시는 거예요?"

현호가 조수석에 타며 물었다.

"기다렸습니다."

"그냥 가시라니까요, 추운데."

"금방 나오셨잖습니까."

송만호는 차에 시동을 걸었다.

덜컹덜컹.

주차장 입구의 하수구 덮개를 밟고 차가 빠져나왔다.

하지만 얼마 못 가 송만호가 차의 속도를 줄였다.

"누가 쫓아오는데요?"

이윽고 차가 멈추자 현호는 차 문을 열고 내렸다.

"세은 씨?"

배우 조세은이었다.

"하… 하……."

그녀가 다가와 숨을 들썩였다. 그러고는 함박 미소와 함께 말했다.

"고맙다는 얘기하려고 했는데, 통 만날 기회가 없었네요."

"고맙긴요. 내가 뭐 한 게 있나."

조세은은 그저 현호가 김승연을 두들겨 패 줬다는 사실밖에 모르고 있었다.

검찰의 수사나 특무부의 조사는 그저 우연의 일치로만 알고 있었다.

사실 그게 일반적인 시각이기도 했다.

"추우니까 들어가요. 난 가봐야 돼서."

"저기."

그녀가 서둘러 손에 쥐고 있던 종이를 현호에게 건넸다.

"제 전화번호예요."

현호는 종이를 한 번 스쳐볼 뿐, 고개를 끄덕이며 그녀에게 도로 건넸다.

"왜요?"

그녀의 얼굴에 그림자가 드리워지자, 현호는 미소와 함께 자신의 머리를 톡톡 두드렸다.

"외웠어요."

"예?"

"그럼."

현호는 바로 차에 올라탔다.

차가 출발하고 잠시 뒤에 송만호가 입을 열었다.

"파티가 일찍 끝나면 사장님이 전하라는 말씀이 있었습니다."

"뭔데요?"

현호는 차창 너머 한강의 어둠을 응시하며 물었다.

"고스톱이나 치자고 하시더군요."

"고스톱이요?"

"예. 분기마다 사장님을 중심으로 모임이 있습니다."

"모임이라."

"예."

현호는 잠시 생각 뒤에 고개를 끄덕였다.

'박거성이 오라면 가야지.'

그러자 송만호가 계속 얘기했다.

"다시방 열어보시겠습니까?"

"다시방이요?"

현호는 손을 뻗어 눈앞의 차량 서랍을 열었다. 그 안에 통장이 하나 있었다.

무려 5억이다.

"차명 계좌입니다. 사장님께서 필요할 때 쓰시라고 했습니다. 부족하면 아무 때나 저한테 말씀하시면 됩니다. 그리고 집을 옮기시는 게 좋을 것 같습니다. 이제부터 바쁘실 텐데 낮밤을 거

스르면 부모님이 걱정하실 테니까요."

"그렇긴 하죠."

현호도 그 말에 동의하며 고개를 끄덕였다.

'그러고 보니… 부모님하고 여행 한번 못 갔네.'

현호는 통장을 내려놓고 송만호를 바라보며 말했다.

"가끔 창석이랑 애들 좀 챙겨주세요. 제가 챙길 시간이 없네요."

"강창석에 대해서 알고 계셨습니까?"

"대충 짐작은 했습니다."

"알겠습니다. 제가 가끔 챙기겠습니다."

"다들 내년이면 성인이니까 일자리도 좀 알아봐 주세요. 언제까지 오토바이 끌 수는 없잖아요."

"알겠습니다."

"근데 고스톱 판돈은 얼마예요?"

"글쎄요. 그때그때 다른데 가끔 커지기는 합니다."

송만호가 옅은 미소와 함께 말했다.

"왜요? 어르신이 한번 제대로 잃었나 보죠?"

"훗."

송만호는 이번에도 피식 웃었다.

현호는 그의 웃음이 의외였다. 박거성의 곁에서 항상 무표정하게 있기에 웃는 방법을 모르는 줄 알았건만.

"설마 하니, 건물이 움직일 정도입니까?"

현호가 우스갯소리로 물었지만 송만호가 진지하게 고개를 끄덕였다.

"지난번에 사장님이 논현동 상가 하나를 잃으셨습니다."

"하하, 그 정도면 도박인데요?"

"그분들에게는 그다지 큰돈이 아닙니다."

"그렇겠죠."

현호는 가벼운 한숨을 쉬며 의자에 등을 기댔다. 그러고는 눈을 감으며 속삭이듯 말했다.

"그럼 오늘 저도 상가 하나 마련해야겠네요."

＊　　　＊　　　＊

'비아원(悲阿院)?'

먼저 차에서 내린 현호는 건물의 낡은 간판을 눈에 담으며 주변을 둘러봤다.

시장통 입구와 달리 이곳은 대부분의 상점이 영업이 끝나 있었다. 그 때문에 어두운 거리는 음산하기까지 했다.

"들어가시죠."

현호는 앞서 걷는 송만호를 따라 건물에 발을 들였다.

계단을 밟아 2층으로 올라가자 불만 켜진 중국집 전경이 눈에 들어왔다.

둘은 그 안으로 계속 들어갔다.

주방을 지나 뒷문을 열자 복도가 나타났고, 이어 넓은 공간이 모습을 드러냈다.

이제야 비로소 사람들이 보였다.

수명이 다한 천장의 전등이 이따금 깜빡이며 흐릿한 빛을 간신히 켜고 있었다.

그 아래 있는 이들은 한눈에 봐도 건달이었다. 그들이 눈앞을 지나는 현호와 송만호를 곁눈질했다.

"계속 가시죠."

송만호의 말에 현호는 잠시 멈춘 걸음을 다시 내디뎠다.

건달들이 풍기는 흉흉한 분위기를 지나쳐 가자 이내 환한 공간이 현호를 맞이했다.

그곳에는 박거성과 함께 여러 명의 남자가 있었다. 젊은 여자들도 있었고, 나이 든 중년의 여성도 있었다.

여자들은 화류계 사람으로 보였고, 남자들은 각자의 독특한 분위기를 풍기고 있었다.

그들은 여러 테이블에 나눠 앉아 있었는데, 카드와 화투, 마작까지 각자의 입맛에 맞춰 게임을 하고 있었다.

"왔냐?"

박거성이 현호를 슥 쳐다보고 말했다. 그러더니 손에 쥔 화투장으로 다시 시선을 돌리며 짧은 고갯짓과 함께 말했다.

"여기 와서 앉아."

그 말을 들은 현호는 고개를 돌려 송만호를 쳐다봤다.

어느새 송만호는 한쪽으로 물러나 있었다.

현호는 걸음을 움직여 박거성의 곁에 앉았다.

둥근 테이블에는 박거성을 포함해 처음 보는 남자 둘이서 이미 화투를 치고 있었다. 그리고 박거성을 제외한 그들의 곁에는 젊은 여자들이 붙어 있었다.

"너 화투 쳐 봤냐?"

박거성이 묻자 현호는 고개를 끄덕였다.

"예. 어깨너머로 조금."

살면서 어디 화투 한두 번 안 쳐 봤겠는가.

거래처 사장들과 모일 때마다 손에 쥔 게 화투장이었다.

민화투, 도리짓고땡, 섯다.

이전 삶에서 비록 타짜는 못 됐어도 그 나이대의 남들만큼은 화투장을 만져본 현호다.

"허허, 너 지금 이 판에 핏덩이 끼려고 하는 거냐?"

박거성에게 아무렇게나 반말을 내뱉은 남자는 박거성과 비슷한 연배로 보였다.

머리가 새하얗고 얼굴은 검버섯 하나 없이 말끔했다. 눈빛은 박거성과 비교해 밀리지 않을 것처럼 힘이 담겨 있었다.

"저놈, 명동 큰손 노진만이라고 하는 놈이야."

박거성이 대충 고갯짓을 하며 설명하자 현호가 다시 일어나 정중하게 허리를 숙이고 인사했다.

"차현호라고 합니다."

그러자 노진만이 화투장을 만지작거리며 중얼거렸다.

"이름이야 들어봤지. 요즘 그 이름 모르는 사람이 어디 있나."

"부하야? 뭐 하는 사람이야? 아니면 어디 회장님 아들?"

곁에 있는 여자가 불쑥 끼어들었다. 기껏 해봐야 20대 중반쯤 돼 보이는 여자였다.

"세무 공무원이란다."

그 말에 여자의 얼굴 표정이 실수로 밟은 낙엽처럼 바스러졌다.

"우리 가게 홍보 좀 하려고 했더니 안 되겠네."

그녀는 괜스레 입술을 삐죽 내밀며 속삭였다. 현호가 세무 공무원이라는 말에 벌써부터 긴장하는 얼굴이었다. 화류계 장사가 제대로 세금을 낼 리 없었기 때문이다.

"됐어. 그깟 쪼잔한 일 할 놈 아니야."

박거성이 두둔하듯 말하자 현호도 말없이 미소만 그렸다.

그제야 여자가 다시 미소와 함께 입을 열었다.

"그럼 잘됐네. 이 오빠, 순둥이처럼 생겨서 우리 애들한테 인기 많게 생겼는데 우리 가게 한번 놀러 와요."

"순둥이는 무슨… 지 열 받는다고 회사 하나 아작 내는 놈이."

명동 큰손 노진만이 투덜대듯 말했지만 그 말투가 그다지 귀에 거슬리지 않았다.

"자, 화투장 돌려봐."

박거성의 말에 여자가 화투장을 쓸어 모았다.

손에 차곡차곡 화투장을 모은 그녀가 미소와 함께 눈을 반짝였다.

"그럼 이 오빠 것까지 껴서 돌린다?"

현호는 화투장을 섞는 그녀의 현란한 손동작을 보며 서서히 미간을 찌푸렸다.

"미쳤구먼, 미쳤어."

명동 큰손 노진만의 얼굴이 잔뜩 구겨져 있었다.

반면 박거성은 곁에서 끌끌거리며 숨이 넘어갈 듯한 웃음을 삼키고 있었고, 사채업자 명우식이라고 자신을 소개했던 남자는 눈만 동그랗게 뜨고 현호를 바라봤다.

"하, 그럼 계산하겠습니다."

현호는 바닥에 깔린 자신의 화투장을 보며 한숨과 함께 점수를 계산하기 시작했다.

"삼광 3점, 고도리 5점, 띠 1점, 피 11점… 아, 쓰리고였지. 그럼 3점 더해서 합이 23점, 여기다 제가 비 흔들었고, 역고니까 따따블 184점, 피박 368, 광박 736, 거기다가 쓰리고니까 1472점……. 또 지난 판은 나가리였으니… 곱하기 2."

현호는 계산을 끝내고 노진만을 미소와 함께 바라봤다. 그러자 사채업자 명우식이 꿀꺽 침을 삼키며 나직이 속삭였다.

"2억… 9천……."

점당 십만 원.

거기다 고박이니 노진만은 박거성과 명우식의 판돈까지 내줘야 한다.

이 놀라운 점수에 다른 테이블에 있던 이들까지 다가와 판을 보기 위해서 기웃거렸다.

다들 어이없는 얼굴을 하고 있는데,

드르륵.

현호가 자리에서 일어났다.

그는 풀어뒀던 코트의 앞 단추를 잠그고 미소와 함께 말했다.

"시간이 늦어서 이만. 재밌게 놀고 갑니다."

그러자 노진만이 고개를 절레절레 흔들며 자신의 뒤를 돌아보며 말했다.

"9개 줘라."

"됐습니다."

현호의 말에 노진만이 눈을 찌푸리고 고개를 들었다.

"니 지금 뭐 하는데?"

"그 돈, 어린이날에 손자에게 과자나 사주시죠."

"9억을 안 받겠다고?"

"그 푼돈 가져서 뭐 합니까."

현호가 뒤돌아 테이블을 벗어났다.

다들 기가 막힌 얼굴이다.

송만호가 현호를 서둘러 뒤따랐다. 코트 자락을 흩날리는 현호의 모습을 건달들이 스쳐봤다.

그런데 그들 사이를 지나던 현호가 순간 비틀거렸다. 두통이 밀려온 것이다.

'하……. 너무 무리했나.'

고스톱이든 포커든 상대의 패를 안다면 이기는 것은 식은 죽먹기다.

명우식은 담배를 피워대느라 지포 라이터를 자신 곁에 두고 있었고, 박거성은 차를 마신다고 찻잔을 옆에 두고 있었다. 그리고 노진만의 곁에 있는 여자는 유난히 눈이 부신 귀걸이를 차고 있었다.

현호가 그 모든 것에 비쳐 보이는 화투장을 포착하는 것은 그리 어려운 일이 아니었다.

한편 현호가 사라진 자리에는 여전히 박거성의 웃음소리가 남아 있었다.

"저놈 타짜냐?"

노진만이 혀를 차며 물었다. 그러자 명우식이 고개를 내저었다.

"타짜는 아닐 겁니다. 제가 노름판에서 본 손모가지 잘린 타짜가 몇 놈인데요. 저 친구, 이상한 행동 한번 없었습니다."

명우식은 도통 믿을 수가 없었다.

한데 더 대단한 것은 겨우 스물한 살짜리가 9억을 가져가랬더니 푼돈이랍시고 안 받고 애들 과자나 사주라고?

도저히 예측이 가지 않는 인물이다.

"우와… 저 오빠 대체 누구야?"

"용이다."

웃음을 그친 박거성이 천천히 자리에서 일어나며 말했다. 그러자 노진만이 툭 던지듯 말했다.

"염병, 논현동 상가 가져가."

"나한테 줘서 뭐 하게?"

"네놈 새끼잖아. 아니면 나, 노진만이 저 어린놈한테 빚지라고?"

"하여간 성질머리하고는……. 넌 그 성질 때문에 망할 팔자야."

박거성은 피식 웃고는 혀를 끌끌 차며 등을 돌렸다. 그때, 문이 열리고 송만호가 다시 들어왔다.

"왜 왔어?"

차현호 곁에 붙어 있으라고 했더니 왜 되돌아온 건가 싶어 박거성이 눈을 찌푸리고 물었다.

"택시 타고 간답니다."

"그래서?"

너는 뭐 했냐는 시선이다.

"아시잖습니까. 그 친구 말리려면 제대로 붙어야 되는데."

한 마디로 현호의 말에 농담이 섞이지 않았었다는 얘기다.

"흥, 벌써부터 이렇게 나온다?"

박거성은 현호의 생각이 눈에 보이는 것 같았다.

자신을 구속하지 말라고 분명하게 선을 그은 것이다.

"가자."

박거성이 건물을 빠져나와 차에 오르려는데 뒤에서 또각또각 구두 소리가 요란하게 들렸다.

오늘 노진만의 곁에서 시중을 들던 클럽 다이아몬드의 에이스 진보라였다.

뛰어오느라 진보라의 이마에 땀이 송골송골 맺혔다.

"왜?"

"어르신, 잠시 귀 좀."

진보라가 박거성에게 바싹 다가왔다.

그녀의 말을 들은 박거성의 얼굴이 찌푸려졌다.

"진짜야?"

"예, 분명 그분이 차현호라는 이름을 언급했어요."

"허……."

박거성이 헛숨을 내뱉었다.

어두운 시장통을 바라보는 그의 눈동자가 흔들렸다.

"그 높은 곳에서 차현호를 어떻게 알았담."

그는 혼잣말을 중얼거렸다.

지금 진보라의 말로는 얼마 전에 클럽 다이아몬드에 청와대 비서실장이 왔는데, 그때 차현호라는 이름을 언급했다는 것이다.

진보라는 그 생각이 났기에 달려와 박거성에게 알려준 것이었다.

"그래, 고맙다."

박거성이 송만호를 쳐다보고 차에 탔다.

송만호가 가슴 안주머니에서 지갑을 꺼내 진보라에게 수표를 건넸다.

그녀가 미소와 함께 수표를 받아 가고서야 송만호가 운전석에 올랐다.

그러자 그를 향해 박거성이 속삭였다.

"큰일이다."

"예?"

송만호가 돌아보자 근심 가득한 박거성의 얼굴이 보였다.

"내가 이 돌머리를 굴리는 사이에 차현호, 이 자식이 너무 설쳤어."

아무래도 화안기업은 너무 나갔다. 금진은행 건에서 현호를 만나서 정리했어야 했다.

하긴, 녀석의 움직임이 이토록 만천하에 드러나 있는데 시선이 안 가는 게 이상하지.

"당분간 잘 지켜봐. 쓸데없는 행동 자제시키고."

그 말에 송만호가 조심스럽게 입을 열었다.

"저, 어르신."

"말해."

"차현호가 당분간 미국을 간답니다."

"뭐? 왜?"

"이유는 말하지 않았는데 그 친구 말이… 어르신에게 이미 답을 드렸으니, 내년까지는 서로가 적당히 거리를 두는 게 좋을 거라고 하더군요."

박거성의 얼굴이 찌푸려졌다. 하지만 이내 원상태로 되돌렸다.

"하긴, 지금이야 괜스레 나가지 눈에 띌 필요는 없지."

괜히 저 높은 곳에 있는 분들의 심기를 건드리면 지금까지 쌓아온 것들이 손에 쥔 모래처럼 되는 수가 있다.

하지만 현호의 행보는 여전히 신경이 쓰인다. 녀석이 이쯤에서 자중해야 했다.

박거성의 생각이 깊어졌다. 그러다가 다시 고개를 들었다.

"아, 그거 어떻게 됐어?"

"정중히 찾아가서 잘 말씀드리고 정리했습니다."

"그래, 앞으로는 그쪽에서 연락이 와도 받지 마."

"예."

박거성은 개인적으로 군 장교들과도 선이 닿아 있었다.

아무래도 그의 인생이 군사정권을 거쳐 온 삶이었기에 군인들을 무시할 수가 없었다. 일종의 보험인 것이다.

그런데 현호가 그에게 그런 말을 했다.

정부에서 곧 군내 사조직인 하나원을 해체할 것이라는 것이다.

하나원이 어디인가.

전 대통령 집권 시절 최강의 힘을 자랑한 곳이다.

현호의 말이 맞는다면 자칫 쿠데타가 일어날 수도 있는 일이었다.

하지만 현호는 하나원의 해체 과정이 매우 신속하고 조용하게, 속전속결로 이뤄질 거라고 했다.

그때가 다가올 봄이라는 것이다.

대체 그걸 어떻게 알았냐고 물었더니, 그것이 찬대미의 힘이라는 것이다. 그리고 현호는 그 일을 절대 입 밖으로 꺼내지 말라는 얘기를 덧붙였다.

물론 굳이 그 말을 붙이지 않았어도 미치지 않고서야 정부가하는 일을 떠벌리고 다니겠냐마는, 신기한 것은 현호의 그 말이 결코 거짓말이나 헛소리처럼 들리질 않았다는 것이다.

'혹시 이 녀석… 이미 청와대하고 안면이 있는 거 아니야?'

문득 든 생각에 박거성의 눈이 부릅떠졌다.

'하긴 그럴 가능성도 있지.'

이호 의원과의 일도 자신은 전혀 몰랐지 않은가.

박거성의 목젖이 꿈틀거리자 송만호가 조심스럽게 물었다.

"사장님, 왜 그러십니까?"

그러자 박거성이 나직이, 아주 나직이 속삭였다.

"허……. 진짜 용이란 말인가."

　　　　*　　　　　*　　　　　*

"어서 오세요."

포장마차 여주인이 미소와 함께 현호를 반겼다. 그녀가 앞치마에 물 묻은 손을 닦으며 물었다.

"뭐 드시게? 꼼장어?"

"먼저 온 일행이 있어서요."

현호는 포장마차 안을 둘러보다가 안쪽에 홀로 앉아 있는 장명준을 확인하고는 그 앞으로 이동했다.

“자.”

현호가 곁에 앉자 장명준이 바닥에 놓인 가방 안에서 서류 봉투를 꺼내 테이블에 올려놓았다. 연한 갈색의 서류 봉투는 한눈에 봐도 두툼해 보였다.

장명준이 소주 한 잔을 입에 털어 넣고 얼굴을 찌푸리며 말했다.

“월연 때 하고는 많이 다를 거야.”

“예, 각오는 하고 있습니다.”

현호는 고개를 끄덕이며 서류를 살짝 끄집어내 내용을 살폈다. 그리고 다시 서류 봉투 속에 밀어 넣었다.

안에 든 서류에는 고액 세금 체납자들의 명단이 담겨 있었다.

이는 국세청장 안정호의 지시 사항이었다.

현호가 정식으로 특무부에 발령 나면 제일 먼저 해야 할 일을 정해준 것이었다.

애초부터 현호는 특무부 징수과에 들어가기를 원했었다.

문제는 이제 막 인사이동을 하게 된 현호가 징수과에 들어가면 할 수 있는 게 무엇이 있냐는 것이었다.

그 점을 고려했는지 국세청장은 현호에게 징수 대상 선택 및 징수과를 운용할 수 있는 권한을 줬다. 다만 그 권한은 1회로 제한됐는데 그 1회의 실적을 보고 앞으로의 방향을 결정한다는 계획이었다.

물론 징수과 직원들이 이제 막 인사이동을 해온 놈이 제멋대로 날뛰는 것을 마음에 들어 할 리가 없다.

그렇기에 현호가 바라는 징수과의 운용은 국세청장이 직접

지시할 것이다.

한마디로 현호와 국세청장 사이에 다이렉트로 연결할 수 있는 핫라인이 생긴 것이다.

"한잔할 텐가?"

"아닙니다. 약속이 있어서."

대신 현호는 바닥을 드러낸 소주병을 기울여 장명준의 빈 잔을 채웠다.

"근데 그 파티에는 왜 간 거야?"

장명준이 다시 잔을 비우고 오이 하나를 입에 물며 론다 윤의 가든파티를 언급했다.

아삭아삭 소리를 내며 오이를 씹어 먹는 장명준의 모습이 생소했지만 현호는 대수롭지 않은 얼굴로 그에게 말했다.

"라희 누나도 그곳에 있던데요."

"그쪽 집안과는 친분이 있거든."

"국장님, 혹시 론다 윤과 어떤 관계가 있으신 겁니까?"

현호가 조심스럽게 묻자 장명준은 직접 자신의 잔을 채우고 술을 입에 머금기 전에 물었다.

"그게 무슨 뜻인가?"

"론다 윤… 위험한 사람입니다. 이제부터라도 적당히 선을 그으세요."

"그러는 자네는?"

그런 말을 하면서 정작 현호는 왜 만나냐는 의미였다.

"저는 아직 필요한 게 남아 있어서요."

현호는 론다 윤의 제안을 받아들였다.

특무부에 정식 발령이 나기 전에 잠시 미국에 다녀올 것이다.

첫 번째 목적은 강설희, 그녀를 만나볼 생각이었다. 그리고 두 번째 목적은 미국에 있는 최혜담을 만나야 했다.

'관세학과 최혜담.'

세무대학 시절 그녀는 현호에게 방호식의 마니또 역할을 부탁했었다. 그 대가로 현호는 그녀를 찬대미에 끌어들일 수 있었다.

훗날 그녀는 미국의 거대 검색 업체로 변모할 벨리스의 창업자 중 한 사람으로, 현재는 LA에서 거주하고 있었다.

"자네가 론다 윤에게 필요한 게 있다면 보통 일은 아니겠군."

장명준은 고개를 끄덕인 뒤 자리에서 일어났다.

가방을 챙겨 든 그가 현호를 내려다보며 말했다.

"자네 얘기 새겨들을게. 그럼, 나중에 제대로 한잔하지."

"살펴 가세요."

포장마차를 빠져나가는 장명준의 뒷모습이 쓸쓸해 보였다.

그 딴에는 특무부에 인사이동을 함으로써 특무부를 자신의 손에 쥘 생각이었는데, 지금은 너무 멀어져 버렸고, 이렇듯 심부름만 하고 있었다.

그의 삶에 별이 될 기회였는지도 모르는 일이었는데…….

드르륵.

플라스틱 의자를 밀어낸 현호는 서류 봉투를 손에 쥐고 포장마차를 나왔다.

그리 멀지 않은 곳에 주차된 차에 다가가 조수석 문을 열고 탑승하자 송만호가 차를 출발시켰다. 차는 곧장 명동으로 향했다.

"미국에는 얼마나 머무르실 생각이십니까?"

송만호가 묻자 현호는 세금 체납자 명단을 꺼내 머릿속에 새기며 대답했다.

"특무부 발령 전에는 돌아올 겁니다."

"무슨 일 때문에 가는 건지 말씀해 주실 수 없는 겁니까?"

그 질문에 현호의 미간이 찌푸려졌다.

서류 봉투를 내려놓고 송만호의 옆모습을 눈에 담았다.

"속에 감추는 것 없어 좋긴 한데, 너무 많이 궁금해하시네요."

"죄송합니다. 저로서도 어쩔 수가 없습니다."

현호의 행동이 범주를 벗어나고 있기에 박거성이 걱정하고 있다.

"근데 어르신하고 명동 노진만이라는 분하고는 어떤 관계입니까?"

"젊은 시절부터 함께한 사이로 알고 있습니다."

"믿을 수 있는 분입니까?"

그 질문에 송만호가 잠시 뜸을 들이다가 대답했다.

"세상에 믿을 수 있는 사람은 없습니다."

차가 명동에 도착하자 현호가 내리기 위해서 문고리를 붙잡다가 잠시 멈칫하고 말했다.

"당분간은 저도 일을 벌이지 않을 겁니다. 그러니까 너무 신경 쓰지 마세요."

"알겠습니다."

탁.

차 문을 닫고 뒤돌아선 현호는 고개를 두리번거리다가 걸음을 옮겼다.

그러던 중 길가에 모인 한 무리의 사람이 빈 드럼통에 나무토막을 쑤셔 넣고 불을 피우는 모습을 볼 수 있었다.

"저도 불 좀 쐴게요."

사람들 틈에 들어간 현호는 손에 쥔 서류 봉투를 땔감이랍시고 던져 넣었다.

불씨가 아른아른 퍼져 오르는 모습을 잠시 지켜본 뒤에야 열기가 오른 두 손을 주머니에 꽂고 약속 장소로 향했다.

얼마 걷지 않아 새로 개점한 커피숍이 보였다.

안으로 들어가자 곧 장충도의 얼굴을 볼 수 있었다.

"현호야."

손을 든 장충도를 향해 현호가 다가갔다.

"무슨 할 얘기가 있으셔서 날 불렀을까."

현호는 맞은편에 앉으며 커피를 주문했다.

오늘 만남에서 장충도가 하고 싶은 얘기가 있다고 했다.

"너, 특무부 서장 아직 못 봤지?"

"예, 아직은."

누군지는 알고 있지만 그다지 중요한 인물은 아니었다.

아무래도 재정경제원에서 특무부를 관리하기 위해서는 특무부 서장을 컨트롤 가능한 인물로 둬야 했다. 그러니 특무부 서장 자리에 앉혀둘 이상적인 인물로는 야망이 없는 자가 적당한 것이다.

"서장님 한번 봐야지?"

"그래야죠."

그가 어떤 인물이든 이제 한솥밥을 먹을 테니 인사는 해야 한다.

"우리 특무부는 너도 알겠지만 재정경제원에서 고르고 골라서 뽑은 애들이야. 아마 이래저래 부딪칠 일이 많을 거야."

"뭐, 가서 잘해야죠."

그렇지만 신입이라고 고개 숙이고 들어갈 생각은 없었다.

강남세무서에서야 가능한 위아래를 지키며 살았지만 특무부는 다르다. 특무부는 구성원 상당수가 전국 세무서에서 능력만으로 차출된 이들이기 때문이다.

초기에는 강남세무서 조사관들로 시작된 특무과지만 특무부로 새 출범하면서 당시의 인원 대부분이 물갈이됐다.

그러니 별의별 놈들이 다 모여 있을 테고, 위계질서가 옅을 수밖에 없었다.

"근데 너 미국 간다며?"

장충도가 자신의 손목시계를 살피며 물었다.

"그냥 일 좀 보려고. 아는 선배도 만나고 말이야."

"무슨 옆 동네 놀러 가듯 얘길 하냐."

현호는 미소를 띠는 것으로 대답을 대신하고 커피 잔을 손에 쥐었다.

어딘지 모르게 장충도의 얼굴이 불안해 보였다.

현호는 사실 장충도에게 조금 미안한 마음을 가지고 있었다. 지난번 금진은행 건 때문에 장명준의 입장이 애매해졌으니까.

물론 장충도가 장명준의 특무부 입성을 막으려고 했던 것은 사실이나, 그다지 크게 생각지 않고 벌인 일이었다.

그저 결원이 생긴 특무부에 현호가 면접으로 강인한 인상을 남겨 특무부에 입성하는 것을 최선의 수로 생각했던 장충도였다.

그런데 그 일이 금진은행 건까지 거슬러 올라가고, 여러 사람의 입장이 조율되고, 그 와중에 자신의 큰 아버지인 장명준이 낭패를 겪었다.

말은 안 해도 장충도의 입장이 많이 난처했을 것이다.

"근데 오늘 왜 보자고 한 거야?"

현호는 질문과 함께 커피 잔을 입에 가져갔다. 그러던 중 현호의 얼굴이 커피숍 문을 열고 들어온 여자를 보고 굳어졌다.

"형."

싸늘하게 식은 현호의 시선이 닿자 장충도의 표정이 무거워졌다.

또각, 또각.

여자의 발걸음이 조심스러웠다. 가까이 온 그녀의 얼굴은 현호도 익히 알고 있는 이였다.

"오랜만이네."

그녀가 말했다.

현호는 잠시 주저하다가 자리에서 일어났다.

악수를 나누는 대신에 한숨을 내쉬며 그녀를 마주했다.

"오랜만이네요, 한유라 씨."

그녀는 현호가 중학생 시절 문구점 사건으로 도움을 주었던 한유라였다.

그 사건으로 인해 사실상 특무부가 존재할 수 있게 됐다.

하지만 현호에게 있어 그녀란 사람은 씁쓸한 기억으로 남아 있을 뿐이었다.

"앉으세요."

현호는 머뭇거리며 서 있는 그녀에게 앉을 것을 권유했다.

장충도의 옆자리에 그녀가 앉자 현호도 다시 자리에 앉았다.

'충도가 사귀는 여자가 한유라였다니.'

놀라긴 했지만 크게 의미를 둘 일은 아니었다.

"많이 놀랐지?"

현호를 바라보는 그녀의 시선이 계속 떨리고 있었다. 그러자 장충도가 그녀의 손을 꽉 잡으며 말했다.

"우리 결혼한다."

"…축하드려요."

현호는 지금 순간 자신이 할 수 있는 말을 건넸다.

장충도의 선택이고, 문구점 사건은 이미 다 지난 일이다.

한유라가 현호의 믿음을 배신하긴 했지만, 사실 배신이라고 하기에도 뭐 한 일이었다.

"유라가 너한테 꼭 그때 일을 사과하고 싶어 해서……."

"그때 일… 미안했어……."

한유라의 하얀 얼굴이 바르르 떨리고 있었다.

"결혼, 축하해요."

현호가 미소를 끄덕여 보였다. 그 때문인지, 그나마 한유라의 얼굴에 설핏 미소가 보였다.

*   *   *

커피숍을 나온 현호는 잠시 도로를 걸었다.

오후 5시밖에 안 됐는데 벌써 어두워지고 있었다.

'인연이란 게 참······.'

한유라와 장충도의 모습은 좋아 보였다.

과거의 악연을 한 꺼풀 벗겨 내놓고 보면 두 사람의 사이에 편견을 가질 이유가 없었다.

현호의 걸음은 인적이 드문 곳으로 향했다.

훗날의 번화한 명동 거리와 달리 아직까지는 허름한 건물이 많이 보였다.

계속된 발걸음이 건물들 사이를 지나 인적이 느껴지지 않는 공사 현장 앞에서 멈췄다.

비닐로 둘러진 공사 현장 안에는 건설 자재들이 여기저기에 쌓여 있었다.

현호가 그중 각목 하나를 손에 쥐고 심호흡을 내쉬고 외쳤다.

"빨리하고 가자."

그러자 입구에서 남자들이 들어오기 시작했다.

열 명 남짓한 인원이었다. 맨 마지막에 들어온 남자가 눈에 익었다.

"오랜만이네요, 문구점 사장님."

현호는 그 얼굴을 잊을 수가 없었다. 아직도 머릿속에 선명히 남아 있으니 말이다.

"내가 오늘 계 타는 날인가 보네. 한유라 고년에 이어서 너까지. 명동에서 니들을 다 만나고 말이야."

"감옥 간 거 아니었나?"

현호는 각목으로 자신의 구두코를 톡톡 두드리며 미소와 함께 속삭였다.

"덕분에 1년 살았지."

"하……."

"뭐가 웃기냐?"

"우리나라는 이래서 문제야. 10억이나 해먹었는데, 고작 1년이라니 말이야."

"좋은 나라지. 일단은… 좀 맞고 얘기할까?"

"오세요."

　　　　*　　　　*　　　　*

"후……."

땀에 젖은 이마를 쓸어내린 현호는 쓰러진 놈들을 뒤로하고 문구점 사장에게 다가갔다.

"오, 오지 마."

물러나려는 사장의 다리를 현호가 각목으로 내려쳤다.

"으아!"

둔탁한 음과 함께 자지러진 비명이 터져 나왔다.

순간 현호가 손을 뻗어 그 얼굴을 손바닥에 움켜쥐었다.

"그냥 가라고 하면 다 잊고 살 겁니까?"

"그, 그래. 다 잊을게, 다 잊으마."

"근데 어쩌지? 나 그 말 안 믿는데."

툭.

섬뜩한 말투와 달리 현호가 문구점 사장의 얼굴을 내려놓았다.

그대로 뒤돌아 공사장 입구를 빠져나오자 밖에 서 있던 남자 셋이 그 앞을 가로막았다.

가죽 장갑에 검은 양복을 입은 남자들이었다. 그리고 얼마 전 화투판에서 봤던 건달들이었다.

"정리 좀 부탁합니다."

현호의 말에 남자 둘이 공사장으로 들어가자, 남은 한 명이 현호를 안내했다.

"가시죠."

아무래도 명돈 큰손이라는 노진만의 수하들 같았다.

대기하고 있던 차에 오르자마자 현호는 눈을 감았다.

한유라에 이어 문구점 사장까지.

오늘은 뭔가 꼬여도 잔뜩 꼬인 날 같았다.

차가 멈추자 건물 앞에 서 있던 남자가 차 문을 열었다. 현호는 그를 따라 건물 안에 들어갔다.

도배조차 돼 있지 않은 스산한 공간에 지난번 봤던 노진만이 사채업자 명우식과 바둑을 두고 있었다.

그들 옆에는 식당 쟁반 위에 소주잔과 순대, 김치 조각이 올라와 있었고, 드럼통에서는 나뭇조각들이 타고 있었다.

"오늘 자네가 안 풀리는 날이라며?"

노진만이 웅얼거리듯이 물었다.

현호는 그의 옆에 있는 플라스틱 의자에 앉았다.

"죄송하지만, 먼저 목 좀 축이겠습니다."

현호는 그 말을 하고 쟁반에 뒤집어져 있는 잔을 돌려 술을 한 잔 따라 그대로 목으로 넘겼다.

순대와 김치 한 조각을 입에 욱여넣은 그는 다시 연거푸 술잔을 기울였다.

"하……."

속에서 뜨거운 기운이 올라오자 두 손가락으로 입술을 훔쳤다.

그러자 노진만이 바둑알을 매만지며 입을 열었다.

"우식아."

"예, 어르신."

명우식이 고개를 꿈틀대더니 옆에 놓인 종이봉투를 집어 현호에게 건넸다.

"이게 뭡니까?"

현호는 받아든 종이봉투를 의아한 얼굴로 바라봤다.

"저 문구점 새끼가 개코도 아니고 여긴 어떻게 왔겠냐?"

노진만의 얘기를 귀에 담으며 현호는 서류 봉투를 뒤적였다.

그 안에서 나온 건 사진이었는데 한유라와 문구점 사장이 함께 찍혀 있었다.

현호가 얼굴을 찌푸리고 있자 노진만이 끌끌 웃으며 말했다.

"사람 참 재밌지?"

"문구점 사장이 한유라를 협박한 건가요?"

"하여간 머리 돌아가는 건 비상해."

그 때문에 장충도가 문구점 사장에게 현호를 넘긴 것인가.

"이걸 저한테 왜 가르쳐 주시는 겁니까?"

현호는 종이봉투를 완전히 뒤집어 사진을 모두 꺼냈다.

"내가 빚지는 건 싫어서."

아무래도 화투 판돈을 얘기하는 모양이었다.

'젠장……'

현호는 또 다른 사진을 보며 얼굴을 찌푸렸다. 이번에는 장충도와 문구점 사장이 함께 식당을 나오는 사진이었다.

"이 정도면 빚 갚았지?"

노진만이 서늘한 눈웃음을 보이며 물었다.

현호는 드럼통에서 치솟는 불길 속에 사진을 던져 넣었다. 얼굴을 쓸어내리는 그에게 노진만이 다시 말했다.

"먹고 먹히는 세상이다. 뒤통수 맞는 것도 익숙해져야지."

"그게 다입니까?"

"뭐가?"

"빚 갚으려고 이 사실을 알렸다는 게."

"그렇지. 눈앞의 한 수만 보면 안 되지. 또 다른 수도 봐야지."

노진만이 흡족하게 미소 짓고 잔을 쥐었다.

현호가 잔을 채워주자 그가 한 잔 마시고 현호에게 자신의 잔을 내밀었다.

"이런 방법도 있다는 걸 알려주는 거야. 생각해 봐라. 네가 이 일 처리하려면 어떻게 했겠냐? 장명준 내쳐야 되고, 장충도 역시도 내쳐야 되고, 그러려면 또 오만 군데 돌아다니며 부탁했겠냐고."

"…무슨 말인지 잘 알겠습니다."

현호는 고개를 끄덕였다.

하지만 납득을 한 것은 아니었다. 주먹으로 해결하는 일은 한계가 있으며, 그건 일종의 반칙 같은 것이다.

상대가 먼저 도발하지 않는 한은 우선순위에 올리고 싶지 않은 방식이다.

"낮이 있으면 밤이 있는 법이다. 그게 세상이야."

"이만 일어나 보겠습니다."

현호가 자리에서 일어났다. 뒤돌아선 그를 붙잡는 사람은 없었다.

계단을 내려온 현호의 얼굴에 쓴 미소가 달라붙었다.

'영감탱이가 나를 아주 손안에 쥐려고 하네.'

장충도는 현호를 배신한 게 아니었다.

현호는 좀 전에 서류 봉투를 건네던 명우식과, 노진만의 모습에서 부조화를 포착했다.

저들은 거짓말을 하고 있었다.

'감히 나한테 장난을 쳐?'

＊　　　　＊　　　　＊

"근데 확실히 매듭을 짓는 것이 좋지 않을까요?"

명우식이 노진만의 눈치를 살피며 물었다.

"뭐가?"

"저대로 보내서 장충도에게 단도직입적으로 물어보면 어떻게 합니까?"

"어이구, 이 양반아… 저놈 눈 못 봤어? 지 혼자 결정하고 움직이는 놈이야. 의심이 싹트면 제 수족도 미련 없이 내칠 놈이라고. 설사 찾아가 물은들 그게 어떤 대답이라고 믿겠냐?"

"그런가요. 저는 잘 모르겠습니다."

명우식이 턱을 긁적이고 있자 노진만이 나직한 목소리로 등 뒤의 수하를 향해 말했다.

"거, 문구정 사장 돌려보내고, 론다 윤에게 전화해라. 얼굴 좀 보자고."

"예."

그 말을 끝으로 노진만이 수를 찾아 바둑알을 놓고 자리에서 일어났다.

반집 차, 승부였다.

＊　　　　＊　　　　＊

론다 윤은 먼저 양팔의 소매를 걷어 올렸다.

팔꿈치 바로 아래까지 걷어 올리고, 깍지 낀 두 손을 무릎 꼰 다리 위에 올리며, 테이블에 둘러앉아 있는 두 남자를 바라봤다. 물론 미소와 함께.

"살펴들 보세요."

그녀의 말에 남자들은 각자의 앞에 놓인 종이를 살폈다.

그 안에는 이번 일로 인해 그들이 받을 일종의 수수료 액수가 적혀 있었다.

액수는 충분히 만족할 수준이었기에 그들의 입가에 이내 미소가 피었다.

"최대한 협조하겠습니다."

그들이 종이를 내려놓으며 말하자, 론다 윤은 미소와 함께 깍지 낀 손을 풀고 자신 앞에 놓인 담배와 성냥갑을 향해 손을 뻗었다.

그녀는 먼저 담배를 입에 물었다. 그 다음으로 성냥갑에서 성냥 하나를 꺼내 불을 붙였다.

치익.

붉은 립스틱 자국이 새겨진 담배를 깊숙이 빨아들인 그녀는 성냥불을 끄지 않고 상체를 숙여 남자들이 내려놓은 종이를 자신 앞으로 끌고 왔다.

성냥불이 종이에 옮겨 붙자 그녀는 성냥불을 흔들어 껐다.

"뒷일은 걱정하지 마세요. 혹 잘못되더라도 별 탈 없을 테니까."

"뭐, 그거야 론다 윤이 알아서 하시겠죠. 그럼 저희는 이만 일어나보겠습니다."

"멀리 안 나가요."

"그럼."

론다 윤은 여전히 앉은 채 그들이 떠나는 뒷모습을 지켜봤다.

남자들이 사라지고서야 그녀는 다시 담배를 깊이 빨아들였다.

"후……."

재만 남은 종이를 바라보며 하얀 연기를 내뿜던 그녀가 투명 매니큐어를 바른 왼손 중지로 관자놀이를 꾹꾹 눌렀다.

'이 인간을 어떻게 해야 하나.'

론다 윤은 명동 큰손 노진만을 떠올렸다.

영감탱이가 바라는 것도 많고 심지어 그리는 것도 많았다.

그녀의 뒤에 회사가 버티고 있긴 해도, 한국에서 회사의 돈을 뿌리고 다닌다면 나중에 뒤탈이 있을 수가 있다. 그래서 일단은 명동 큰손 노진만에게 자금을 끌어다 쓴 다음에 추후에 회사에서 노진만에게 자금을 상환하기로 했었다.

그런데 지금 노진만이 욕심을 부리고 있었다.

자금 상환뿐 아니라, 일의 성공에 있어 자신의 참여도를 인정해 달라는 것이었다.

웃긴 점은 단순히 돈을 원한다면 그러려니 하겠는데, 노진만은 지금 무기 시장에 뛰어들겠다는 그림을 그리고 있었다.

'욕심도 많지.'

물론 대한민국 군대야 여기저기 돈만 쥐여 주면 캘 수 있는 노다지이니 분단국가라는 특이성을 고려하면 뒤늦게라도 뛰어들 만한 시장이다.

중동과 서방의 처치 곤란한 재래식 무기를 훈련 무기로 도입한다면 그 수익 역시 상상 그 이상이 될 테니까.

하지만 그만한 일을 하려면 돈이 전부가 아니다. 로비도 있어야겠지만, 무엇보다 인맥이 있어야 한다.

'그 양반은 돈밖에 몰라서 인맥은 크게 없는 것 같던데.'

강남 큰손 박거성이라는 남자라면 또 모르지만, 명동 큰손 노진만은 순전히 돈밖에 모르는 인물이다.

둘의 차이는 박거성은 미래를 위해 투자할 줄 안다는 것이고, 노진만은 그 투자금까지 아껴서 돈을 벌려 한다는 점이다.

70, 80년대에야 그 방식이 통했다. 그때야 결정권자 한 사람에게 붙으면 일이 수월했지만, 지금은 시대가 변하면서 이해관계가

끼어들고, 그 때문에 쉬운 일도 돌아가는 경우가 많아졌다.

박거성이라는 사람은 그 이해관계를 위해서 여기저기에 씨를 뿌려둔 모양이었지만,

'노진만은 글쎄……'

그러니 앞으로는 노진만보다는 박거성이 대세가 될 터.

그게 아니라면 노진만이 지금이라도 자신의 실수를 깨닫고 박거성을 따라잡으려면 방법은 하나뿐이다.

인맥을 가진 인재를 자신의 곁에 두어야 한다.

물론 그런 인재가 욕심 많은 늙은이 곁에 가겠는가.

"사지를 자르지 않고서야 말이지."

론다 윤은 담배를 재떨이에 밀어 넣고 자리에서 일어났다.

그녀는 나무만 쌓여 있는 벽난로의 곁에서 팔짱을 낀 채 잠시 서성거렸다.

'차현호……'

그를 강설희에게 보내는 게 정말 옳은 것일까.

강설희에게는 죽은 모친의 집안인 삼현그룹이 존재한다.

그렇다면 삼현그룹에 연락을 하는 게 정답이 아닐까.

물론 론다 윤은 그렇게 해보려고 했다.

하지만 현재 삼현그룹의 주인인 박 회장은 강설희를 신전그룹의 사람으로 규정하고 있었다.

그 때문에 얼마 전 론다 윤은 강설희라는 존재를 더 이상 삼현그룹과 연관을 짓지 말라는 경고도 받았다.

'왜일까.'

왜 삼현그룹은 그토록 강설희와의 사이에 선을 긋는 걸까. 쉽

게 이해할 수 없는 일이었다.

또각.

론다 윤의 걸음이 멈췄다.

그녀는 잠시지만 지난번 차현호가 서 있던 창가를 바라봤다.

그때 그 눈, 이상하리만치 기억에서 사라지지 않는다.

"하……."

론다 윤은 한숨을 길게 내쉬었다.

괜히 가슴이 답답하고 숨이 가빠왔다. 얼굴이 뜨겁게 달아오르자 서둘러 창문을 열었다.

찬바람이 불어왔다.

*　　　*　　　*

'4백이라.'

지난날, 문구점 사건에서 현호는 천오백만 원이라는 현금을 손에 넣었다.

하지만 옥상의 빈 공간에 숨겨놓았던 그 돈이 이제 4백 정도 남아 있었다.

그동안 이래저래 쓴 돈이 제법 됐다.

물론 이제는 박거성이 준 5억짜리 차명 계좌가 있지만 이 돈에 비할 바가 아니었다.

있을 때의 5억과 없을 때의 천오백은 큰 차이가 있었다.

이 천오백이 있었기에 그나마 현호가 찬대미를 위해서 움직이는 데 수월했다.

현호는 돈을 챙겨 옥상을 내려왔다. 그러고는 3백만 원을 식탁에 올려놓은 뒤, 오십만 원을 들고 미숙이의 방에 들어갔다.

현호가 벌컥 문을 열자 책상에 앉아 있던 그녀가 기겁을 하며 외쳤다.

"야! 노크하라고!"

하지만 하도 제 방에서 딴짓거리를 하기에, 얼마 전부터 아버지는 미숙이의 방문은 노크를 하지 말라는 엄명을 내렸다. 이제부터 불시점검을 하겠다는 얘기였다.

"어쩌냐, 난 아버지 편인걸."

"이씨! 너, 정말 죽을래?"

"옛다, 용돈이다."

현호가 그녀의 침대에 현금 50만 원을 던지고 나왔다. 그리고 제 방으로 가려는데 등 뒤에서 다시 미숙이의 방문이 열리고 그녀의 속삭임이 들려왔다.

"오빠……."

"왜?"

귀찮아서 슥 뒤돌아봤다. 그랬더니 그녀가,

"사랑해."

그러고는 문을 쾅 닫아버렸다.

현호의 얼굴이 그대로 찌푸려졌다. 왠지 속이 뒤집어졌다.

다시 뺏어야 하나 잠시 고민하다가 방으로 돌아왔다.

현호는 침대에 앉아 책상을 잠시 바라봤다.

'이제야… 여기까지 왔네.'

스물한 살.

회귀 후 어느덧 8년.

물론 그 시간을 떠나서 나이 마흔한 살의 노땅이 스물한 살의 청년이 됐다는 것만으로도 감개무량한 일이다.

아마 열세 살의 어린 소년이 아닌 지금 나이로 회귀를 했어도 충분히 만족스럽고 놀라웠을 것이다.

'그래…… 이제부터야.'

이제 정말 시작이다.

지금까지 여러 시행착오를 거쳤지만 이제 현호는 스스로의 앞날에 대한 준비가 끝났음을 확신할 수 있었다.

'좋았어!'

잠시 생각을 뒤로하고 현호가 자리에서 일어났다. 그대로 코트를 챙기고 집을 나섰다.

지난번 송만호의 조언대로 분가는 미국에 다녀온 뒤에, 가능한 미숙이의 고등학교 졸업 이후에 진행할 계획이었다.

"택시."

차에 오른 현호는 곧장 서초동으로 향했다.

그 사이 잠시 눈을 감았다.

'명우식과 노진만이라. 둘은 좀 지켜봐야겠어.'

모르고 당하는 것과 알고서 당하는 것은 분명한 차이가 있다.

혹은 박거성에게 슬쩍 귀띔을 해줘서, 그들 셋의 움직임을 지켜보는 것도 나쁘지 않을 것이다.

서초동에 도착하자, 택시에서 내린 현호는 걸음을 재촉했다.

황량한 빌딩 숲 사이로 도로변에 주차되어 있는 낯익은 차가 보였다.

탁.

조수석에 올라 탄 현호에게 곧바로 강태강이 서류 봉투를 건넸다.

"신전그룹 회장실 소속 양상준 비서. 강성환 회장의 뒤치다꺼리를 주로 하는 것 같더라고. 한 달 중 반은 제주도에서, 나머지 반은 신전그룹 서초동 사옥에 출근하고 있고, 거주지 역시 서초동 인근."

"수고하셨어요."

현호가 서류 봉투를 내려놓자 강태강이 물었다.

"근데 이 양반은 왜?"

"풀어야 될 일이 있어서요. 너무 오래 묵혀뒀네. 지금 어디 있어요?"

"저 앞 고깃집에서 회식 중이야. 식당 종업원에게 부탁해서 설사약 좀 먹였으니까 지금쯤 화장실에 있겠지."

"15분 내로 올게요."

현호가 바로 차에서 내렸다.

그는 갈색 코트를 펄럭이며 횡단보도를 건넜다.

식당에 들어서자마자 미간을 찌푸렸다.

'3단계.'

식당 내 모든 것이 현호의 눈에 들어온다.

사람들의 속삭임, 출렁출렁 넘치는 술잔, 둥실둥실 떠다니는 먼지, 고기가 익는 소리, 와자지껄 떠드는 신전의 인간들.

그리고 익숙한 향수.

현호는 향수의 흔적을 따라 그대로 화장실로 들어갔다.

철컥.

우선 화장실 출입문을 잠그고, 양변기 칸들을 열어 젖혔다.

덜컹, 덜컹, 덜컹.

마지막 하나 남은 칸에는 굳이 손을 댈 필요도 없었다.

확인하지 않아도 누가 있는지는 알 수 있었다.

양 비서의 흔적이 현호의 시야에 고스란히 전해지고 있었다.

그의 숨소리, 그의 향수, 그의 기척.

현호는 세면대 앞에 섰다. 그리고 물을 틀었다.

쏴아아.

물소리가 커지자 그대로 팔짱을 낀 채 그를 기다렸다.

현호의 손가락이 팔뚝 위에서 까딱, 까딱 움직이며 시간을 쟀다.

얼마나 지났을까.

철컥.

문이 열리는 소리가 나자 현호는 등을 돌려 세면대에서 손을 닦기 시작했다.

양 비서가 또각또각 구두 굽 소리를 내며 그의 곁에 다가왔다.

손을 씻기 위해 기다리는 그에게 현호는 나직이 물었다.

"혹시 그 얘기 들으셨습니까?"

낯선 남자의 느닷없는 질문이었지만 양 비서는 대수롭지 않게 생각하고 대답했다.

"무슨 얘기요?"

"93년도 대입학력고사에서 만점 받은 학생 얘기."

"흠… 글쎄요."

현호는 계속해 손을 닦으며 말했다.

"그때 그 학생 교통사고를 당했는데도 시험을 봤다고 하네요."

"아, 그래요?"

양 비서는 단답형으로 대답했다. 그리고 직감적으로 알 수 있었다. 눈앞의 인물이 차현호라는 것을.

'여긴 어떻게.'

양 비서의 목울대가 크게 출렁였다.

그날 양 비서는 차현호를 일부러 차로 받았다. 진우를 죽인 녀석이 잘되는 꼴을 도저히 볼 수가 없었다.

지극히 개인적으로 저지른 일이었다.

"그러고 보니 기억이 나네요. 뺑소니였다죠?"

양 비서가 모른 척하며 물었다.

"기억이 나십니까?"

현호는 양 비서의 말을 듣자 세면대의 수도꼭지를 잠갔다. 그러고는 옆에 걸려 있는 수건에 손을 천천히 닦았다.

양 비서는 계속 말했다.

"그때 범인을 못 잡은 걸로 알고 있는데."

"그랬다더군요. 근데 그 학생이 운전자를 봤답니다."

"봤다고요?"

시치미를 떼던 양 비서의 입술이 꽉 다물어졌다. 그러자 수건으로 손을 마저 닦은 현호가 뒤돌아봤다.

서로가 눈이 마주친 순간, 양 비서는 서둘러 등을 돌렸다. 그러고는 화장실 출입문을 향해 손을 뻗었다.

덜그럭, 덜그럭.

하지만 문은 열리지 않았다.

다음 순간, 현호는 그의 목깃을 붙잡았다. 그리고 힘껏 안으로 밀쳤다.

쾅!

양 비서가 벽에 부딪치고 쓰러졌다.

초췌한 얼굴의 양 비서가 입술을 바르르 떨었다.

"왜 그랬습니까?"

현호가 날이 잔뜩 선 눈으로 물었다.

"뭐가?"

양 비서는 침을 꼴깍 삼키면서도 자세를 다잡았다.

목깃을 다시 세우고, 풀어진 넥타이를 다시 매고, 현호를 똑바로 바라보며 다시 물었다.

"뭐가?"

"뭐긴 뭐야."

더 이상 얘기 따위는 필요 없었다.

현호의 왼손 잽을 맞은 순간 양 비서의 목이 뒤로 젖혀졌다. 이번에는 현호의 훅 한방에 양 비서가 양변기 칸에 날아가 박혔다.

현호는 그대로 양변기 칸막이의 문을 붙잡고 양 비서에게 발길질을 시작했다.

쾌직! 쾌직! 쾌직!

*   *   *

"하……."

"으으으……."

발길질이 멈춘 현호가 긴 한숨을 내쉬었다. 양 비서는 피투성이가 된 채 바들바들 떨고 있었다.

현호는 그를 향해 한마디를 던지고 뒤돌았다.

"퉁칩시다, 이 개새끼야."

철컥.

그 말을 남긴 뒤 화장실 문을 열고 나왔다. 마침 누군가 들어오려고 하자 현호가 말했다.

"누가 들어갔는지 안에 똥내 제대로 나네요. 이따 들어가세요."

그 말을 뒤로하고 코트 깃을 올리며 식당을 빠져나왔다.

횡단보도를 다시 건너간 현호는 강태강의 차를 타고 서초동을 벗어났다.

아주 후련한 얼굴로.

＊　　　　　＊　　　　　＊

"여기요."

론다 윤이 건넨 것은 비행기 표가 담긴 봉투였다.

봉투를 받아 든 현호의 입술이 꾹 다물어져 있었다.

론다 윤은 그 얼굴을 눈에 담으며 뒤돌아 선반으로 다가갔다.

"커피 드릴까요? 아니면……."

"손에 쥔 거 주세요."

론다 윤이 선반에서 집어 든 병은 위스키였다. 무료함을 달래기에는 좋은 술이었다.

"현호 씨 나이에 위스키 맛을 안단 말이에요?"

그녀가 짐짓 놀리듯 말하자 현호는 피식 웃었다.

'훗, 위스키뿐이겠어.'

술로 찌들었던 이전 삶의 간이 들으면 서러워 통곡할 소리였다. 하지만 더 이상은 그때처럼 취하고 싶지는 않았다.

물론 살아가며 잔뜩 취하고 싶은 날이 없겠냐마는, 더 이상은 몸을 가누지 못할 정도로 술에 빠져들 생각은 없었다.

"여기요."

현호는 그녀가 건넨 유리잔을 받아 들었다.

'훗.'

맞은편 소파에 앉은 그녀가 자신을 평가하듯 바라봤다.

현호는 지금 론다 윤이 무슨 생각을 하고 있는지는 궁금하지 않았다.

그저 이 공간을 눈에 담을 뿐이었다.

그녀의 숨소리와 바스락거리는 움직임 하나까지 지금 순간이 현호의 시야에 들어오고 있었다.

현호의 능력은 마치 촘촘하게 쳐진 거미줄 같았다.

다만 아직까지 론다 윤의 말과 행동에서 특별한 부조화는 느껴지지 않았다.

"처음에는 뉴욕시립대학에서 피아노를 전공했어요. 그랬는데 작년부터는 학교도 오지 않고 있어요."

론다 윤이 강설희에 대해서 얘기를 시작했다.

말의 요지는 강설희가 신전에 구속받고 있다는 것이었다.

더구나 여권마저 빼앗겨서 한국으로 오지도 못하고 미국에 발이 묶였다. 외가인 삼현그룹에 도움을 요청했지만 그마저도 외면 받았다.

"강설희 씨와는 무슨 관계인가요?"

현호가 유리잔을 흔들며 물었다.

달그락거리는 소리와 함께 유리잔 안의 얼음이 위스키와 뒤섞였다.

"사교계 파티에서 만났어요. 그날 파티에는 한국인은 나하고 강설희, 유일하게 둘밖에 없었거든요. 그때 절 바라보던 그 간절한 눈빛을 잊지 못하겠더라고요. 그 뒤로 종종 파티에서 만났어요. 그녀로서는 내가 유일한 탈출구나 다름없으니 오히려 나를 보기 위해서 파티를 찾아다닐 정도였어요."

"흠……."

론다 윤은 잠시 얘기를 멈추고 시름에 잠긴 현호의 얼굴을 바라봤다.

지금 그녀가 강설희를 도우려 하는 것은 일종의 투자였다.

삼현그룹에서 강설희를 외면하고 있다고는 해도, 그녀가 삼현가(家)의 사람이라는 건 바뀌지 않는 사실이다. 또한 그녀가 신전가(家)의 사람이라는 것도 바뀌지 않는 사실이다.

"처음에는 대수롭지 않게 생각했어요."

"생각보다 심각한 겁니까?"

현호의 이마가 기울어졌다.

'신전에서 도대체 왜 강설희를 감시하고 압박하는 걸까.'

결국 제 핏줄 아닌가.

'그녀의 자살과 관련 있는 건가.'

이전 삶에서 강설희는 스스로 생을 마감한다. 그 이유가 혹시 이것과 관련이 있는 건가.

"경호원들이 그녀를 대하는 행동은 도저히 자신들의 주인이나 고용주를 대하는 태도가 아니었어요. 심지어 어느 날은 강제로 차에 태우기도 하더군요."

"혹시 그 이유를 알아보셨습니까?"

현호가 묻자 론다 윤이 자세를 고쳐 앉았다. 그녀는 바른 자세로 현호를 마주하고 나직이 말했다.

"알아보기는 했어요."

"이유가 뭔데요?"

"글쎄요. 알아는 봤는데… 딱히 답이 안 나오네요."

"그런가요."

"아, 하나 확인해야 할 게 있는데……."

그녀의 늘어진 말꼬리 앞에서 현호는 유리잔을 한 번 흔들고 위스키를 그대로 마셨다. 그런 뒤에 술이 번들거리는 미소와 함께 물었다.

"뭐죠?"

"우리 은서 만난 거, 그쪽 계획이었나요? 아니면 우연이었나요?"

생각하지 못한 론다 윤의 질문에 현호는 잠시 그때를 곱씹다가 되물었다.

"그게 중요한가요?"

"나는 운을 믿는 사람이거든요."

"운이요?"

"전혀 생각지도 않았는데 인연이 엮이거나 그 인연의 도움을 받을 때가 있거든요. 그래서 궁금하네요. 당신에게 그 운이 있는지."

"글쎄요. 그런 운이 저한테 있을지 모르겠네요. 하지만 은서 씨를 만난 건 반반이었습니다."

최강한을 비롯한 찬대미 집행부가 미팅을 주선했지만 현호가 의도한 것은 아니니 반반 정도가 맞을 것이다.

"반반이라……. 의도한 것도, 우연인 것도 맞다?"

혼잣말을 속삭이는 그녀를 보며 현호는 유리잔을 내려놓았다.

"환경부장관, 국방부장관, 국회의원, 산업부장관까지……. 그쪽이 접근하는 인맥의 폭이 넓다는 거 알고 있습니다. 하지만 전에도 말했듯이 저하고는 상관없는 일입니다."

현호는 얘기를 멈추고 자리에서 일어났다.

그녀가 좀 전에 위스키를 꺼냈던 선반으로 다가가 그곳에 자신이 마신 빈 유리잔을 올려놓았다.

이내 창가로 걸음을 옮겨 흐릿한 구름을 잠시 바라보다가 뒤돌았다.

이마를 찌푸린 론다 윤이 그를 보고 있었다.

서로가 눈이 마주치자 현호가 미소 하나 없는 얼굴로 말했다.

"미리 얘기하는 겁니다. 저에 대해 아무것도 신경 쓸 것 없다는 걸. 그쪽이 뭘 하든 나와는 상관없는 거고, 그 일에 제가 끼어들 이유도 없습니다."

현호의 말에 그녀의 목이 흔들거렸다.

현호는 계속 말했다.

"뉴욕에 가서 강설희를 만날 겁니다. 그 사람의 얘기를 듣고, 어떻게 할지 결정할 겁니다."

"알겠어요."

론다 윤이 자리에서 일어났다.

현호가 자신에 대해서 너무도 잘 알고 있고, 심지어 로비를 하고 있는 상대방도 알고 있다는 것은 이제 부인할 수 없는 사실이 됐다.

'이 아이를 어떻게 해야 할까.'

아니다. 아이가 아니다.

저 눈.

"아."

현호가 순간 얼굴을 기울였다.

"왜요?"

질문한 그녀를 마주 본 현호가 그녀에게 한 발 다가왔다.

"저를 위스키 맛도 모르는 어린애로 계속 여기신다면 그쪽, 손해 보실 겁니다."

현호의 미소와 론다 윤의 시선이 얽혔다.

"그럼, 이만 가보겠습니다."

현호는 옷걸이에 걸린 자신의 코트를 손에 쥐었다. 그때 론다 윤이 다시 그에게 다가왔다.

"양 비서라는 남자는 제가 출국을 지연시켜 볼게요."

지난번 론다 윤은 신전그룹 회장실 소속의 양 비서라는 남자가 강설희를 관리하고 있다고 현호에게 알렸다.

양 비서는 매 분기마다 뉴욕에 가서 강설희의 동향을 체크하고, 그녀의 신상을 확인한다.

그리고 다가올 5월에 그가 다시 뉴욕에 갈 거라 현호에게 알렸다.

"아니요. 양 비서는 신경 쓰지 마세요."

"왜요? 가만두면 뉴욕에서 마주칠 텐데……."

"아마 그 사람, 당분간 뉴욕 못 갈 겁니다."

현호는 묘한 미소를 띠고 코트를 챙겨 입었다. 그런 그에게 론다 윤이 서둘러 메모지 한 장을 건넸다.

"이게 뭔가요?"

"강설희를 어린 시절에 잠시 맡아 키웠던 여자예요. 강설희 모친이 병환으로 죽기 전까지 한동안 곁에서 모셨다고 하네요."

"이 사람을 왜……."

"강설희 모친은 유언장을 남기지 않았어요. 한데 소문에 유언장이 있다는 말이 있어요. 그래서 제가 이 여자를 만나봤는데, 그저 모르쇠로 일관하네요."

"그래요?"

건네받은 메모지의 주소와 이름을 읽어 내려가던 현호는 순간 눈을 찌푸렸다.

'뭐야?'

아는 이름이다.

"왜요? 뭐 문제 있어요?"

"아니요."

"그럼 잘 다녀와요. 다녀와서 보죠."

"예."

현호는 그녀와 악수를 나누고 뒤돌아섰다.

떠나는 그의 뒷모습을 바라보는 론다 윤의 시선이 한참 동안 움직이지 않았다.

*　　　*　　　*

"신전그룹의 양 비서란 놈을 두들겨 팼단 말이야?"

송만호의 보고를 전해 들은 박거성이 고개를 절레절레 흔들었다. 물론 입가에는 웃음을 달고 있었다.

"크크크. 이놈, 이거 이제 본격적으로 움직이는구먼."

"괜찮겠습니까?"

쉿소리를 내며 웃는 그의 모습에 송만호가 우려 섞인 시선으로 물었다. 그러자 박거성이 숨을 크게 들이쉬며 웃음을 삼켰다.

"괜찮지 않을 건 뭐 있어. 양 비서란 놈이 현호를 친 게 사실이잖아?"

오래전부터 현호를 지켜봐 왔던 박거성이다.

과거 학력고사 당일에 벌어진 교통사고도 송만호가 이미 알아봐 둔 지 오래였다.

"왜?"

박거성의 말에도 여전히 송만호는 찝찝한 얼굴이다.

"신전그룹을 지금 건드는 게 맞냐, 이겁니다."

"너 요즘 말 많아졌다."

"걱정이 돼서 말씀드리는 겁니다."

"걱정은 무슨… 지랄 맞게. 뭐, 양 비서 혼자 한 일이라며?"

"그렇긴 하지만 아무래도 신전 강성환 회장이 가만히 있을까요? 아니면 이번에도 차현호 일에 나서실 겁니까?"

그 말에 박거성이 귀찮다는 듯이 손사래를 쳤다.

"뭘 나서? 지가 알아서 하겠지. 양 비서란 놈이 몇 대 맞았다고 징징 짤 놈이면 경찰서부터 갔을 거 아니야."

지난번 화안기업과는 다른 경우다.

양 비서란 놈도 떳떳하진 않으니 이대로 묻힐 공산이 크다. 물론 마음에서까지 묻겠냐마는.

"됐고, 그놈이나 데려와."

"예."

뒤돌아선 송만호가 문을 열어 밖에 있는 수하들을 불렀다.

그러자 잠시 뒤, 이마에 땀이 한가득 고인 명동 사채업자 명우식이 들어왔다.

명우식이 박거성을 보자마자 고개를 푹 숙였다.

"점마, 고개 들게 해."

"예."

그 말과 동시에 송만호의 주먹이 명우식의 배를 후려쳤다.

퍽!

"커헉!"

"아직도 숙이고 있네?"

"아, 아닙니다."

명우식이 서둘러 고개를 치켜들었다. 고통 때문에 이를 악문 채로 시선을 천장에 고정시켰다.

얼굴은 멀쩡해 보여도 이미 송만호에게 맞을 만큼 맞은 상태였다. 분명 갈비 몇 대는 부러졌을 것이다.

"이놈 자식, 오냐오냐 해줬더니만 은혜도 모르고."

박거성이 자리에서 일어나 명우식을 노려봤다. 손을 뻗자 송만호가 벽에 기대놓은 지팡이를 가져와 그의 손에 건넸다.

"이놈!"

박거성이 곧바로 지팡이를 휘둘렀다. 명우식이 지팡이에 어깨를 맞고 주저앉았다.

"이놈!"

지팡이를 휘두를 때마다 이놈 소리가 사무실을 뒤흔들었다.

"어, 어르신 살려주십시오!"

"이놈!"

"아! 아! 어르신!"

"이놈!"

한참 만에야 박거성이 숨을 토하고 송만호에게 지팡이를 건넸다.

송만호는 쓰러진 명우식과 이마의 땀을 훔쳐내는 박거성을 눈에 담았다.

'쓸데없는 짓을 해서…….'

강태강이 명동 큰손 노진만과 명우식이 벌인 일을 송만호에게 넌지시 귀띔했다.

얼마 전 현호가 명우식과 노진만을 따로 만나더라, 근데 알고 보니 명우식과 노진만이 현호를 함정에 빠뜨리려고 한 것이더라, 이유는 모르겠는데 아무래도 뭔가 수를 쓰는 것 같더라.

"어, 어르… 신."

신음을 토하는 명우식의 얼굴을 박거성이 무릎을 굽혀서 마주 봤다.

"왜 그랬어?"

"그, 그게."

"아직 덜 맞았네? 만호야."

박거성이 송만호를 향해 손을 뻗었다.

다시 지팡이가 다가오자 명우식이 바로 토해냈다.

"노, 노진만 어르신께서 차현호의 손발을 자른다고 했습니다."

"왜?"

"그, 그래야 말을 듣는다고."

"그게 다야?"

"그……."

"이놈!"

"어, 어르신을! 박태환 어르신을 이제 쉬게 만든다고… 하셨습니다."

"노진만이… 나를?"

"예."

땀에 젖은 명우식의 얼굴이 바르르 떨렸다. 그제야 박거성이 자리에서 일어났고, 송만호가 바로 물었다.

"노진만, 처리할까요?"

"흠……."

박거성의 시선이 다시 명우식에게 닿았다. 녀석이 화들짝 놀라 고개를 숙였다가 아까의 일이 생각이 났는지 다시 고개를 치켜들었다.

"너, 오늘 맞은 거 내색 안 할 자신 있어?"

박거성이 묻자 명우식이 잠시 주춤했다.

"내색 안 할 자신 있냐고!"

"무, 무슨 말씀이신지."

"인마, 시멘트 발라서 오징어 먹이로 던져줘라."

"자, 자신 있습니다! 자신 있습니다! 사, 살려주십시오!"

명우식이 박거성의 다리를 붙잡았다.

놈의 정수리를 잠시 내려 보던 박거성이 코를 찌푸리고 말했다.

"너, 노진만 곁에서 그 늙은 놈이 뭐 하는지 잘 지켜봐."

"예, 예!"

"머리 잘 굴려. 나 내년에 동해 가서 오징어 먹을 건데 오징어에서 네놈 냄새나면 안 되잖아? 안 그래?"

"그, 그럼요!"

몸을 웅크리고 바들바들 떠는 명우식의 모습을 뒤로하고 박거성이 다시 송만호를 바라봤다.

"차현호는?"

"지금쯤 뉴욕행 비행기에 타고 있을 겁니다."

"이놈 치워. 꼴 보기 싫다."

"예."

"가, 감사합니다! 살려주셔서 감사합니다!"

명우식이 절규에 가까운 외침이 사라지자 박거성이 전화기를 붙잡았다.

신호가 갔다.

뚜르르, 뚜르르.

―여보세요?

론다 윤의 목소리가 수화기 너머에서 들려왔다.

"얼마면 됩니까?"

작년 박거성은 론다 윤의 제안을 거절했었다.

어디서 양년이 들어와서는 돈을 꿔달라고 하는 거냐며 호통을 쳐서 쫓아내 버렸다. 그래서 그녀가 노진만을 찾아가 돈을 빌렸던 것이다.

그런데 현호, 이놈이 그녀와 잠시 손을 잡은 게 아닌가. 말로는 쓸모가 있는 여자라는데…….

'거참.'

더구나 그 여자가 그제 여길 찾아와서는 그의 돈을 쓰고 싶다는 게 아닌가.

―생각 정리되신 건가요?

"얼마든 얘기만 하시오. 근데 현호는 어쩔 건데?"

―어쩔 거라니요?

"그쪽이 차현호 눈독 들이고 있는 거 내가 모르는 줄 압니까?"

―품에서 놓기 싫으신가 보네요.

"그놈이 내가 안 놓는다고 가만히 있을 놈인가?"

―후훗… 그냥 지켜보려고요. 재밌잖아요? 차현호, 보통 사람 아닌 거 어르신도 아시잖아요.

"재밌다고?"

―어르신도 재밌어서 곁에 두신 거 아닌가?

"허!"

달칵.

박거성은 전화를 끊고 수화기를 내려놓았다.

'불 여시 같은 게, 말본새 하고는.'

왠지 느낌이 좋지 않은 여자다.

박거성의 얼굴에 미소와 그늘이 동시에 드리우고 있었다.

*   *   *

"저기."

비행기의 좁은 창 너머로 구름이 스쳐가자 현호가 손을 들었다. 승무원이 서둘러 다가왔다.

"뉴욕까지 얼마나 남았죠?"

"4시간 정도 남았습니다."

"알겠습니다. 고맙습니다."

"더 필요하신 게 있으신가요?"

"아니요."

승무원이 미소와 함께 물러나자 현호는 눈을 감고 좌석에 몸을 깊숙이 묻었다. 그러고는 잠시 동안 뒤척임이 이어졌다.

1등석 자리는 불편하지 않았지만 오히려 너무 아늑해서 탈이었다.

하나 도통 잠이 오질 않았다.

결국 잠이 들지 못한 현호는 한숨과 함께 고개를 돌렸다.

그러자 떨어져 있는 옆 좌석에 한 여자가 자고 있는 게 보였다.

사실 그녀 때문에 더 잠을 이루지 못하고 있었다.

"으흠……."

여자가 잠결에 뒤척였다. 그러자 잠든 그녀의 얼굴이 현호의 눈에 고스란히 들어왔다.

'한번은 볼 거라 생각했는데… 이런 데서 볼 줄이야.'

그녀에게서 애써 고개를 돌린 현호의 얼굴에 시름이 깊어만 갔다.

'이런 데서… 당신을 보게 될 줄이야.'

29장

노 브레이크

"마이 네임 이즈 민서현."

"왓?"

"마이 네임 이즈 민서현."

여자는 계속해 자신의 이름을 얘기하고 있었고, 보안 검색대 직원은 그녀의 발음을 제대로 알아듣지 못하고 있었다.

하지만 현호는 그녀를 돕지 않고 계속 지켜만 봤다. 물론 발 끝이 몇 번이나 꿈틀댔지만 참고 견뎠다.

'민서현.'

그녀는 현호의 이전 삶에서 아픔으로만 남은 사람이었다.

그가 아내를 만난 것은 세무사 자격증을 취득하기 위해 등록한 종로의 한 학원에서였다. 그리고 현호가 세무사 시험에 합격한 날, 둘이 하나가 되었다.

하지만 그 뒤는 어땠는가.

아내의 집안에 무시당하기 일쑤였고, 그 때문에 현호는 지독할 정도로 일에만 파고들었다.

물론 그 같은 자격지심은 얼마 가지 않았다.

그저 현호의 삶 자체가 일에 빠져들 수밖에 없는 삶이었을 뿐이었다.

"오케이!"

한참 만에야 보안 검색대 직원이 민서현을 통과시켰지만, 그녀의 얼굴이 홍당무처럼 변한 뒤였다.

현호가 알고 있는 그녀는 자존심이 센 여자다.

이역만리 타국에서 안 되는 발음에 손짓 발짓까지 동원했으니 얼마나 창피했을까. 한데 그녀의 시선이 왠지 현호에게 닿아 있었다. 그것도 아주 불만에 찬 시선이다.

'뭐지?'

현호는 대수롭지 않게 외면하고 보안 검색대 직원 앞에 섰다. 그러고는 미소와 함께 보안 검색대 직원에게 소지품과 여권을 내밀었다.

"오케이."

현호는 아무 말도 하지 않았는데 그녀는 흡족한 미소와 함께 현호를 통과시켰다. 그러자 검색대를 먼저 통과한 민서현이 입술을 꽉 깨문 채로 화를 삭이지 못해 가슴을 들썩였다.

자신은 손짓 발짓까지 했는데 왜 저 남자는 그냥 통과냐, 이거다.

하지만 어쩌겠는가. 그걸 따질 만큼의 언어 구사 능력이 그녀에게 없는 것을.

반면 입국 심사에서는 다행히 그녀도 그리 어렵지 않게 넘어간 듯했다.

물론 이번에도 현호는 무난하게 통과했다. 그가 게이트로 향하는데 그녀의 시선이 또 따라붙었다.

하지만 그 시선이 어떻든 현호는 그녀에게 죄책감과 미안함, 그리고 안쓰러움 같은 여러 복잡한 감정을 느끼고 있었다.

'후……'

어찌 됐든 이미 결론은 내려졌다.

그녀와 다시 만날 생각도 없고, 함께할 자신도 없었다.

이미 그녀와의 시간은 추억이 됐으며, 추억은 그 자체로 남았을 때 소중한 것이다.

다만 아영이가, 아영이에게 미안할 따름이었다.

게이트를 빠져나오자 현호는 익숙한 얼굴을 볼 수 있었다.

'장인어른……'

이들을 이곳에서 만난 것은 운명일까.

'아니, 우연이지.'

운명이라는 건 우연이란 단어에 고급스러운 포장을 더한 것뿐이다.

현호가 이런 생각과 함께 한숨을 내쉬고 걸음을 서두르는 때였다.

"차현호 씨!"

동양인 남성이 현호에게 다가왔다.

그 곁에는 건장한 체격의 미국인이 서 있었다. 미국인의 키는

190센티미터는 돼 보였고, 덩치는 씨름 천하장사와 견줄 정도였다.

"아, PA?"

현호가 언급한 단어는 미 방산 업체 중 하나인데, 론다 윤이 소속된 회사이기도 했다.

"뉴욕에 오신 걸 환영합니다."

"반갑습니다."

자신을 제프리라고 소개한 남자와 현호가 악수를 나눴다. 그 옆 미국인의 이름은 존으로 CIA 출신 경호원이라고 했다.

현호는 존과 제프리를 필두로 공항을 가로질렀다.

터미널로 나오니 롤스로이스사(社)의 고급 세단이 떡하니 버티고 있었다.

"택시 타고 가도 되는데."

"JFK 공항에서 동양인이 택시를 탄다는 것은 제 돈 좀 가져가십시오! 하는 겁니다. 하하하."

제프리의 웃음이 유쾌했다.

한데 문제는 차가 한 대가 아니었다. 무려 세 대가 서 있었고, 경호원 여섯이 더 있었다.

현호가 어깨를 으쓱 올리며 말했다.

"이런, 제가 꼭 귀빈이 된 것 같네요."

"귀빈이죠. 극진히 모시라는 PA 뉴욕 지사장의 엄명이 있었습니다."

"지사장이요?"

"예. 괜찮으시면 저녁 식사를 함께하고 싶다고 하시네요."

"좋습니다."

거절할 이유가 없었다.

"타시죠."

제프리가 차 문을 열어줬다.

하지만 차에 타려던 현호가 멈칫했다.

저 멀리서 민서현의 시선이 다시 느껴졌기 때문이다.

그녀는 아버지의 차에 오르고 있었다. 물론 현호 앞에 대기 중인 고급 세단과는 비교조차 할 수 없었다.

"저 사람 누구냐?"

아버지의 질문에 민서현은 괜스레 속이 쓰려서 아랫입술을 깨물었다.

"몰라."

"보통 사람이 아닌 것 같은데?"

"재수 없어. 같은 대한민국 사람이면서 도와줄 생각은 안 하고 뒤에서 구경만 하고 있고."

민서현은 지금 자존감에 상처를 입은 상태였다.

한국에서 그녀는 공주였다. 모두가 그녀를 공주로 받들었고, 남자들은 기꺼이 그녀의 하인이 되길 자처했다.

그런데 저 남자는 자신을 대수롭지 않은 시선으로 쳐다보는 것도 모자라서 계속 그녀를 주시했는데, 한 마디로 동물원에 온 것처럼 구경했다.

"거 참, 이상하네. 고작해야 20대 초반 같은데 저렇게 경호원에 둘러싸여 있을 정도면…… 참 내."

아버지는 그 모습이 믿기 힘들다는 얼굴이었다.

그건 비단 아버지뿐이 아니었다.

미국 사람들도 그 진기한 광경을 곁눈질하고 있었다.

"가요, 아빠."

그녀가 재촉하자 아버지가 마지못해 차를 출발했다. 그제야 그녀는 차창을 열어 뒤를 돌아봤다.

의문의 남자가 차에 타고 있었다.

'잘생기긴 잘생겼네.'

지금 순간 민서현에게 의문의 남자는 스쳐간 나쁜 기억일 뿐이었다.

하지만 지금 그녀의 생각이 이날 저녁 식사 자리에서 완전히 뒤바뀌고 만다는 것을, 이 순간 그녀는 상상도 하지 못했다.

＊　　　　＊　　　　＊

"부탁하신 거 여기 있습니다."

제프리는 서류 봉투 하나를 현호에게 건넸다.

현호가 봉투를 받아들자 그는 미소를 지으며 호텔 룸을 빠져나갔다.

홀로 남은 현호는 코트를 침대에 벗어두고 창가로 다가갔다.

"너무 부담스러운데……."

생각지도 못한 고급 호텔로 창가에서 보이는 뉴욕 도심의 전경이 환상적이었다.

짐을 대충 풀고, 현호는 침대에 앉았다. 아까의 봉투를 손에 쥔 그는 짧은 심호흡과 함께 봉투를 뒤집었다.

투둑.

침대 위에 쏟아진 것은 사진이었다.

'강설희······.'

그녀였다.

얼굴이 많이 여위어 있었다.

술에 취해 비틀거리는 사진도 있었고, 울고 있는 사진도 있었다. 맥없는 시선으로 허공을 바라보는 사진도 담겨 있었다.

한 장 한 장의 사진에서 그녀의 텅 빈 마음과 공허함이 전해지는 것 같았다.

'어떻게 할까.'

현호는 두 가지 일 때문에 뉴욕에 왔다.

강설희의 일과 최혜담의 일이었다.

강설희의 일은 그녀를 만나보고 결정할 것이다. 하지만 최혜담의 일은 무조건 진행해야 했다.

'벨리스.'

훗날 인터넷 세상을 지배할 검색 업체로 성장할 벨리스.

정확히는 2년 뒤인 1998년에 설립되지만, 이미 그들의 기술은 차곡차곡 구축이 되고 있었다.

그러니 지금 최혜담을 비롯한 벨리스의 설립자들을 만나서 투자를 비롯해 함께하기를 제안해야 했다.

현호가 기억하기로는 2016년을 기점으로 벨리스의 기업 가치가 400조에 달한다. 박거성과 손을 잡은 것에 비할 바가 아니란 얘기다.

"후······."

하지만 최혜담의 일은 정해진 역사. 그러니 바뀌지 않을 것이다.

또한 그녀는 현재 찬대미 소속이다. 반쯤은 이미 그 일이 해결됐다고 봐도 좋았다.

'하지만 강설희는……'

시간이 없었다. 지금 그녀의 상태는 불안했다. 자칫하면 그녀의 자살이 좀 더 이른 시일 내 일어날지도 모른다.

'우선 강설희부터.'

결정을 내린 현호는 두 손을 깍지 끼고 침대 앞에 놓인 TV를 켰다. 스포츠 중계방송이 나오고 있었다.

볼륨을 높이고, 리모컨을 내려놓은 현호는 이제 미간을 조금씩 찌푸리기 시작했다.

그 순간 시간이 멈추듯 TV 화면이 정지했다.

지금 순간 호텔 룸은 완연히 현호의 공간이 됐다.

이 안의 모든 것이 머릿속에 들어오고 특이점과 부조화가 튀어나왔다.

더 이상 능력의 단계를 구분하는 일은 의미가 없어졌다.

현호가 가는 길은 이제부터 무조건 자신의 능력을 최고치로 끌어 올려야만 했다.

그만큼 위험해지고 복잡해졌다. 또 그만큼 상대의 몸집도 커지고 있었다.

'윽!'

지끈거리며 두통이 밀려왔다.

방 안의 모든 것이 현호를 거쳐 가자 그에게 남은 것은 이마의 두통과 뜨거운 호흡이었다.

'대체 론다 윤은 나한테 뭘 보고 있는 거지?'

현호가 자리에서 일어났다.

TV에서는 다시 아나운서의 활기찬 목소리가 이어졌고, 현호의 걸음은 벽에 걸린 그림을 향했다.

그가 그림을 살짝 치켜들자 도청기가 나왔다. 전화기와 TV도 예외는 아니었다.

도청기를 모두 떼어내 한데 모아 물이 담긴 잔 속에 집어넣었다.

"후……."

장시간의 비행으로 인해 피곤함이 밀려왔다.

하지만 현호는 다시 코트를 챙기고 호텔을 빠져나왔다. 그러고는 곧장 강설희의 소재지로 향했다.

그녀는 현재 맨해튼 인근에서 지내고 있었다.

현호는 지금 미국이란 낯선 곳에 있었지만 그에게 있어 이곳이나 한국이나 다를 바 없었다. 그저 외국인들 사이를 거니는 지금 순간이 왠지 모르게 쓸쓸하게 느껴질 뿐이었다.

자신이 걷고 있는 길이, 걸어가려는 길이, 마치 크기를 알 수 없는 무색의 도화지 같았다.

제프리가 조사한 자료에 의하면 강설희는 이 시간에 카네기홀이나 미술관을 둘러보고 있을 것이다.

자료에는 혹 공연이 없거나 전시회가 재미가 없으면 그녀가 극장에서 홀로 영화를 볼지도 모른다고 덧붙여 있었다.

하지만 현호는 왠지 그녀가 미술관에 있을 것 같았다. 그래서 그는 먼저 센트럴파크의 풍경이 보이는 메트로폴리탄 미술관으로 향했다.

미술관에 도착했을 때, 현호는 굳이 미술관 안으로 들어갈 필요가 없었다.

미술관 앞의 분수대에는 추운 날씨였지만 햇볕이 좋아서 그런지 연인들이 여럿 있었다.

그 틈에서 강설희가 선글라스를 쓴 채로 책을 읽고 있었다.

현호가 미간을 찌푸리자 반대편 도로에서 그녀를 지켜보는 경호원들의 시선이 눈에 들어왔다.

그들은 차 안에서 강설희를 감시하고 있었다.

그녀가 그걸 모른다면 다행이겠지만, 그녀는 이미 알고 있고, 심지어 자신의 집안이 시킨 일이란 것도 알고 있다. 그러니 이 얼마나 안쓰러운 일이란 말인가.

현호는 그녀에게 다가가려다가 그저 멀리 떨어져 그녀를 지켜봤다. 그러다가 다시 미간을 찌푸려 순간의 기억 속으로 걸어 들어갔다.

모든 것이 멈춘 세상에서 강설희 옆에 앉았다. 현호는 그녀를 잠시 바라봤다.

'이런.'

선글라스 뒤에 감춰진 눈동자에는 눈물이 맺혀 있었다. 책에는 얼마나 많은 눈물이 떨어진 건지 눅눅하고 해져 있었다.

'무엇이 당신을 이렇게 힘들게 하는 거지?'

그녀에게 묻고 싶었지만, 현호는 찌푸린 미간을 폈다.

그 순간 그는 다시 그녀와 멀리 떨어진 분수대 옆으로 돌아와 있었다. 그는 그저 기억 속을 거닐었을 뿐, 움직인 적이 없기 때문이었다.

현호는 다시 일어나 곧장 반대편 도로에 건너갔다. 그러고는 그녀를 지켜보는 차의 곁으로 다가갔다.

그곳에는 마침 뉴욕 경찰들이 여럿 있었다. 그들은 도넛과 커피를 마시며 수다를 떨고 있었다.

현호는 미소와 함께 그들에게 다가갔다.

발음이야 자신 있었지만 원어민은 아니었기에 유창하지 않았다. 그래서 핵심만을 집어 얘기를 꺼냈다.

"선생님, 잠깐 실례합니다."

웃고 떠들던 뉴욕 경찰들이 잠시 멈춰 현호를 위아래로 훑었다. 물론 그들이 현호의 외모를 보고 적의를 품을 이유는 없었다.

그보다는 뉴욕에 온 이 낯설지만 환상적인 피지컬을 가진 동양인을 어떻게 도와줄지 생각하는 것이 우선이었다.

"무슨 일입니까?"

"다름이 아니라 저 차 안에 수상한 사람들이 있는 것 같습니다. 아까 창문이 열릴 때 우연히 보니까 여러 남자들이 있었고, 그들이 저기 분수대에 있는 여자를 지켜보고 있었습니다. 그리고… 총도 가지고 있었습니다."

"뭐라고요?"

그들의 시선이 번쩍였다. 의심은 없었다.

이 아름다운 동양인이 왜 자신들에게 거짓말을 하겠는가.

그들은 곧바로 총기를 빼들었다.

'어이쿠.'

현호가 총을 보자 한 발짝 물러났다.

총을 든 경찰 셋이 곧바로 검은색 차에 다가갔다.

경찰 둘이 총을 겨누고, 한 사람이 유리창을 퉁퉁 두드리자 한참 만에야 차창이 열렸다.

그 안에 강설희를 지켜보는 4명의 경호원이 있었다.

경찰들의 눈이 커졌다.

"차에서 나와! 당장 나와!"

그 소란과 함께 저 멀리서 지나가던 경찰차가 유턴해 달려오고 있었다.

현호는 그 모습을 눈에 담고 현장에서 조용히 빠져나왔다.

*　　　*　　　*

"반갑습니다."

현호는 엘린을 보자마자 놀라서 주춤했다.

젊디젊은, 현호와 비슷한 또래로 보이는 외국인 여성의 모습 때문이었다. 놀라운 건 그녀가 미 방산 업체 PA의 뉴욕 지사장이라는 점이다.

'이 여자도 황주혜 같은 타입인가 보군.'

천재.

현호는 엄밀히 따져 자신은 천재가 아니라고 생각했다.

하지만 황주혜는 다르다. 그리고 이 여자도.

"무척 젊으시네요."

그녀가 미소와 함께 말했다.

현호 역시도 당황한 마음을 추스르고 미소와 함께 말했다.

"그쪽이 할 말은 아닌 것 같군요."

"후훗."

그녀가 짧게 미소를 지으며 고개를 끄덕였다.

식당 내 많은 사람이 현호의 시야에 들어왔다.

"앉을까요."

두 사람은 악수를 나누고도 여전히 서 있는 상태였다.

"앉으세요."

엘린이 옅은 미소와 함께 빈자리를 가리키는 순간이었다.

찌푸린 현호의 눈에 창 너머에서 부조화가 튀어나왔다. 그것
은 엘린에게 겨누어진 총의 시선이었다.

'이런.'

생각할 겨를이 없다.

"실례합니다."

"예?"

짧은 말을 끝으로 현호가 엘린의 팔을 붙잡아 자신에게 잡아
당겼다.

순간의 강한 힘에 엘린이 현호의 품에 쓰러진 순간.

먼저 식사를 하고 있던 그녀의 경호원들이 일어선 순간.

탕!

총알이 그녀가 서 있던 자리를 꿰뚫고 지나갔다.

"으아!"

그녀 대신 총을 맞은 젊은 남자의 비명.

현호의 품속에서 영문을 몰라 당황하는 엘린의 숨소리.

차가운 시선으로 미간을 찌푸린 현호.

그리고 저 멀리서 이 상황을 지켜보고 있던 민서현의 모습까지.

현호의 뉴욕 생활은 이제 겨우 하루가 지나가고 있을 뿐이었다.

*　　　*　　　*

"오늘 정말 고마웠어요. 어떻게 말해야 할지……."

엘린의 얼굴이 붉게 물들어 있었다. 이는 현호에 대한 감정 때문이 아니었다. 아까의 상황에 놀라서 그녀의 심장이 진정되지 않았기 때문이었다.

"엘린, 나를 따라해 봐요."

현호는 그녀의 숨소리가 계속 어긋나는 것을 알고 있었기에 미소와 함께 그녀를 바라봤다.

"예? 뭐를요?"

"잠시만 실례."

현호는 엘린에게 다가가 그녀의 하얀 손을 조심히 붙잡았다. 흠칫 놀라 오므려진 그녀의 손을 펴서 자신의 가슴에 가져갔다. 그런 다음에 현호는 그 상태로 천천히 숨을 들이쉬었다.

'이 남자…….'

엘린은 느낄 수 있었다.

현호의 심장이 고요하게, 그리고 천천히 움직였다.

그 움직임은 마치 속삭임 같았다. 자신의 하얀 손에 그의 속삭임이 전해져 오는 기분이 들었다. 그리고 왠지 그에게 물들어 가는 기분이었다.

그를 따라 그녀의 심장도 조금씩 진정이 되고 있었다.

현호는 몇 차례 더 들숨과 날숨을 반복한 뒤, 그녀의 손을 가슴에서 떼고 소중한 것을 대하는 것처럼 조심스럽게 그녀의 무릎 위에 내려놓았다.

스윽.

그가 일어났다.

그는 티 테이블 맞은편 의자에 다시 앉는 대신에 미소와 함께 그녀에게 말했다.

"쉬세요. 내일 보죠."

그가 나가자 엘린은 그의 손길이 닿았던 자신의 손을 바라봤다. 너무도 따뜻해서, 그래서 떨렸다.

쿵쾅쿵쾅.

심장이 다시 뛰기 시작했다. 그리고 얼굴이 다시 붉어지기 시작했다.

더는 두려움도, 놀라움도 없는데…….

'왜… 일까.'

*　　　　*　　　　*

묵고 있는 호텔 룸으로 돌아온 현호는 침대에 걸터앉았다.

TV의 검은 화면에 그의 얼굴이 비쳤다. 미소 하나 없는 피곤한 얼굴이었다.

그리고 TV 하단에 메모지가 한 장 붙어 있었다.

무례한 행동을 사과드립니다. 안전을 위한 조치였을 뿐 다른 의도는 없었습니다. 더 이상 도청은 없을 겁니다.

그 말대로 더 이상 이곳에서 부조화는 느껴지지 않았다.

물론 현호가 도청기의 존재를 알고 있음을 내색하지 않고 지낼 수도 있었다.

어차피 혼자서 무슨 얘기를 떠들겠는가. 2016년처럼 스마트폰을 옆구리에 끼고 있는 것도 아닌데.

그럼에도 현호는 호텔 룸에 들어오자마자 도청기를 수거했고, 물이 담긴 잔에 넣어두는 친절까지 베풀었다.

'경고를 받아들인 것 같군.'

또다시 섣부른 짓을 하면 그대로 호텔을 떠날 생각이다.

'하, 피곤하네……'

현호는 눈을 감았다.

한참을 앉은 채로 있던 그가 그대로 침대에 등을 눕혔다.

'아무리 미국이라지만.'

저녁 식사 자리에 총알이 날아들 거라고는 상상도 하지 못했다. 현호도 총성이 울렸던 순간에는 심장이 두근거렸다.

지금 역시도 그 순간을 떠올리자 옅은 떨림이 전신으로 퍼지고 있었다.

'나도 죽을 수 있겠지.'

총에 맞으면 생각할 겨를도 없이 죽는다. 아무 일도 없었던 것처럼, 깨끗이 이 세상을 떠나는 것이다.

'어차피 여벌인 삶.'

삶에 미련은 없었다.

그냥 다 그만두고 부모님을 모시고 여행이나 다니는 것도 나쁘지 않을 거란 생각을 해봤다.

하지만 또다시 후회할 걸 알면서도 부모님에 대한 생각을 행동으로 옮기는 것은 결코 쉬운 일이 아니었다.

'조금… 천천히 갈까.'

이런 생각은 지금까지 몇 번이나 했었다. 그런데 그것이 생각처럼 쉽지가 않다.

일이 벌어지면 정신없이 시간이 스쳐갔다.

오히려 기억 속에 머무는 순간만이 정상적인 시간의 흐름처럼 느껴질 정도였다.

생각의 끝에서 현호는 다시 일어나 코트를 챙겨 들었다.

'강설희……'

지금 순간, 그녀가 보고 싶다.

기억 속의 슬픈 얼굴이 아닌, 보다 성숙해진 지금의 미소가 보고 싶었다. 하지만 현호는 문고리를 붙잡은 채 멈춰야 했다.

'박진숙……'

그 아이의 얼굴이, 모습이 현호의 눈앞에 서 있었다.

기억이란 놈이 마치 그의 행동을 멈추게 하려는 듯 선명한 그 아이의 모습을 문 앞에 세워둔 것이다.

자신을 바라보는 우수에 젖은 눈동자에 현호는 갈등해야 했다.

"미안."

그 한마디를 하고 현호는 어금니를 꽉 여문 채 문고리를 잡아 당겼다.

"택시!"

호텔을 나와 곧바로 택시를 붙잡은 현호는 브루클린으로 향했다. 오늘 그곳에서 사교계 파티가 있으며, 강설희가 참석한다.

제프리의 정보에 의하면 그녀는 가능한 한 뉴욕의 모든 사교계 파티에 참석을 하는 것 같았다.

현호는 그 이유를 어렴풋이 알 것 같았다.

그녀가 파티를 즐겨서가 아니다.

그녀는 지금 비명을 지르며 사교계 파티에 참석하고 있었다.

그녀의 마음은 아버지 강성환에게 자신은 결코 굴하지 않는다고 발악할 것이고, 그녀의 눈은 자신을 구원해 줄 사람을 찾아 분주할 것이다.

하지만 그녀가 방문하는 어느 파티에서도 더 이상 론다 윤의 모습은 없다.

'론다 윤.'

현호는 뉴욕에 와서 엘린을 만나고 한 가지를 확실히 깨달았다.

론다 윤은 강설희를 도와줄 여력이 충분했다. 그런데 그러지 않고 현호에게 대신 도움을 청했다.

이유는 여러 가지가 있겠지만, 그 속내가 그리 깨끗해 보이진 않는다.

'이유야 곧 알게 되겠지.'

현호는 론다 윤에 관한 생각을 뒤로하고 다시 강설희를 떠올렸다.

파티에서 갈팡질팡하고 있을 그녀를 생각하니 현호의 얼굴이 절로 찌푸려졌다.

"땡큐."

택시에서 내린 현호는 눈앞의 건물을 올려다봤다.

2층부터 4층까지의 한쪽 면이 전부 통유리로 된 건물이었다. 그 안에 있는 이들의 화려한 모습과 분위기가 밖으로까지 전해졌다.

고급 차들이 쉴 새 없이 건물 입구에서 멈췄고, 그때마다 건장한 경호원들이 그들의 초대장을 확인하고 건물 안으로 안내했다.

현호는 잠시 그 모습을 지켜보다가 건물로 향했다.

경호원들이 현호를 막아서려는 순간, 그는 눈을 부릅떴다.

'윽!'

곧바로 머리에 두통이 밀려왔지만 현호는 자신의 온 힘을 끌어 올리고 있었다.

그러자 현호를 막아서려던 경호원들이 동작을 멈췄다.

그들은 지금 순간 한남대교에서 조세은이 경험한 것처럼 기억의 마법에 걸려 버렸다.

현호는 그들을 지나쳐 파티장으로 들어갔다.

＊　　　　＊　　　　＊

"후훗."

강설희는 미소 띤 입술 사이로 샴페인을 머금었다.

그녀의 하얀 목이 샴페인을 넘길 때마다 백인 남성은 간드러진 웃음을 보였다.

"당신처럼 아름다운 동양인은 처음 보는 것 같군요."

남자는 최근 유명세를 얻은 배우로 잘생긴 얼굴과 부드러운 매너를 가지고 있었다. 하지만 그 눈이 무엇을 갈구하고 있는지는 강설희도 잘 알고 있었다.

"모든 여자에게 그런 말을 하고 다니나요?"

그녀가 묻자 남자는 오른손 검지를 그녀의 눈앞에서 까딱까딱 움직였다. 그건 마치 시곗바늘처럼 그녀의 눈동자를 흔들었다.

그리고 남자는 그녀의 하얀 목에 입술이 닿을 듯 말 듯 가까이 다가와 속삭였다.

"내 목소리와 내 미소는 오로지 당신에게만."

"후훗, 어쩌죠? 난 관심 없네요. 오늘 즐거웠어요."

강설희는 남자에게서 휙 등을 돌렸다.

그녀가 입고 있는 검은색 드레스가 남자의 무릎을 사르륵 쓸어내며 멀어지자 남자는 아쉬움에 입맛을 다셨다.

'하……'

강설희는 서둘러 파티에서 빠져나왔다.

생각대로 건물 밖에는 그녀를 감시하는 이들이 없었다.

오전에 그들이 뉴욕 경찰에게 끌려가는 것을 그녀 역시도 지켜봤었다.

'무슨 일이었을까.'

궁금증이 살짝 들지만 상관없었다. 지금 순간은 자유니까.

'도망칠까.'

문득 그런 생각이 들자 강설희는 걸음을 멈췄다.

하지만 이내 자신이 할 수 있는 일은 뾰족한 구두코를 살짝 내미는 것이 전부라는 걸 깨달을 수 있었다.

여권도 없고, 도움을 청할 친구도 없었다.

아니, 친구는 있다.

하다못해 뉴욕시립대학의 동기도 있었다.

하지만 그녀가 그들을 찾아가면, 그들은 더 이상 친구가 아니게 된다.

몇몇은 신전에 협조할 테고, 몇몇은 신전에 굴복당한다.

친구를 찾아갔는데, 친구가 아니게 되는 것이다.

참 아이러니한 일이었다.

"훗……."

강설희는 피식 웃었다. 그 웃음 띤 얼굴에 눈물이 주르륵 흘렀다.

'이건 눈물이 아니야.'

체념일 뿐이다.

강설희는 괜스레 비틀비틀 움직이며 앞으로 나아갔다.

술을 많이 마신 것은 아니었는데, 이런 자신의 행동이 왠지 우습고 재밌다.

"하하하!"

두 팔까지 벌리며, 마치 외줄을 타듯 도로를 걷고 있는 그녀의 모습을 현호는 착잡한 심정으로 지켜봤다.

그는 맞은편 도로에서 강설희를 지켜보며 천천히 걸었다.

그녀가 멈추면 그도 잠시 멈추고, 그녀가 움직이면 그도 다시 걸었다.

'저러다가 다치면 어쩌려고.'

항상 그렇지만 그런 우려들은 꼭 들어맞는 편이었다.

얼마 지나지 않아 그녀의 뒤에 남자들이 따라붙는 게 보였다. 그들은 건달들 같았다.

하긴 배고픈 사자들 사이에 어리고 순진한 가젤 한 마리가 뛰어놀고 있는데 구경만 하고 있을 사자들이 어디 있겠는가.

그들은 입맛을 쩝쩝 다시며 그녀와 적당히 간격을 두고 뒤를 쫓고 있었다.

'지금이다.'

그녀가 잠시 가게에 들어간 순간 현호는 도로를 가로질렀다. 차들이 달리고 있었지만 상관없었다.

"저 여자 끝내주는데?"

"오늘 제대로 놀 수 있겠어."

"휘이! 내가 먼저 찜……."

픽!

백인 남성은 갑자기 날아온 주먹에 날아가야 했다.

*   *   *

"하… 하……."

얼굴에 흐르는 것이 땀인지 피인지 분간이 되질 않는다.

쓰러진 건달들은 신음을 토했고, 현호는 그들을 바라보며 제 입술에 튄 피를 닦아냈다.

'하……. 지치네.'

건달들을 내버려 둔 채 다시 골목을 빠져나온 현호가 강설희의 뒤를 쫓았다.

미간을 찌푸리고, 그녀의 흔적을 뒤따라갔다.

'이쪽인가.'

그녀에게는 향이 났다.

종류를 알 것 같은, 혹은 모를 것 같은 향이다.

코를 자극하는 그것을 따라가면 그녀가 나타날 게 확실했다.

다행히 그녀는 저 멀리서 택시를 잡고 있었다.

현호는 그녀가 택시에 타는 것을 보고서야 뒤쫓는 걸 멈췄다. 이내 택시가 그녀를 태우고 그의 곁을 스쳐 갔다.

그 순간이나마 현호는 그 시간을 붙잡고 그녀를 눈에 담을 수 있었다.

＊　　　　＊　　　　＊

"아……."

다음 날 눈을 뜬 현호는 겨우 침대에서 일어날 수 있었다. 온몸에 납덩이라도 달고 있는 기분이었다.

그나마 간신히 몸을 일으켜 블라인드를 걷어냈다.

"후……."

옷걸이를 보니 코트는 피가 묻어 있고, 손등은 이리저리 까지고 상처나 있었다.

어젯밤은 피곤으로 인해 능력을 쓰는 데 한계가 있었다.

만약 건달들이 총이라도 내밀었으면 진짜 마지막일지도 모를 일이었다.

똑똑.

마침 노크 소리가 들렸다.

"들어와요."

잠시 뒤 제프리가 들어왔다.

"차 대기시켜 놨습니다. 그리고 여기 옷."

"고맙습니다."

제프리가 새로운 코트까지 놓고 나가자 현호는 곧바로 욕실로 들어갔다.

뜨거운 물이 그의 전신을 훑고 수챗구멍으로 흘러갔다. 피곤이, 긴장이, 잡생각이, 물과 함께 그 속으로 모두 빨려 들어가는 기분이 들었다.

한 시간 뒤 현호는 한결 개운해진 몸으로 호텔 룸을 빠져나왔다.

호텔 입구에는 제프리의 말처럼 현호를 위해 준비된 차가 대기하고 있었다.

오늘 그는 최혜담을 만날 예정이었다.

물론 최혜담에게도 연락을 해둔 터였다.

하지만 그녀가 있는 보스턴으로 가려면 비행기를 타야 했다.

다행히 PA는 현호가 미국에 체류하는 기간 동안의 모든 경비를 부담한다고 했기에 비행기를 타는데 있어 문제는 없었다.

"굿모닝 써!"

현호가 차에 오르자 존이 유쾌하게 아침 인사를 건넸다.

존의 건장한 덩치 때문에 운전대가 무척 작아보였다.

"공항까지만 부탁드려요."

"노, 하버드까지 함께하라는 엘린의 명이 있었습니다."

현호가 잠시 고민하고 있자 존이 말을 덧붙였다.

"당신의 안전을 위한 것이니 엘린의 호의를 거절하지 마세요. 부탁입니다."

"오케이."

공항에 도착한 현호는 존을 대동하고 게이트로 향했다.

그때였다.

"저기."

굳이 뒤돌아보지 않았음에도 현호는 자신을 부른 이가 누구인지 알 수 있었다.

"무슨 일이시죠?"

애써 태연한 표정으로 뒤돌아선 현호의 눈동자에 민서현의 얼굴이 비쳤다.

"저 기억 못 하시겠어요?"

"글쎄요."

현호는 그녀와 대화가 이어지길 원치 않았다. 그렇기에 어서 대화를 끝내야 했다.

하지만 그녀는 그럴 생각이 전혀 없어 보였다.

"어제 우리 같이 비행기 타고 왔는데요, 그쪽 앞에서 저 엄청 창피당했었고……. 설마하니, 기억 못 한다고 하시는 건 아니시죠?"

민서현은 그가 기억하지 못하면 기억을 나게 해주겠다는 얼굴이었다.

단단히 꾹 다물어진 입술과 눈웃음이 그녀의 고집을 여실히 보여주고 있었다.

"아, 기억나네요. 근데 무슨 일로."

"먼 이국땅까지 왔는데, 같은 한국 사람이잖아요. 그래서……"

"뉴욕에 한국 사람 많더군요. 저기도 많이 있네요."

현호는 그녀의 말을 자르고 저 멀리 보이는 동양인 관광객들을 가리켰다.

"그거야……."

그녀가 반박을 하려는 틈을 타 현호가 재빨리 뒤돌았다.

이 이상 그녀와 대화를 잇기도, 자신의 모습을 그녀의 기억에 각인시킬 마음도 없었다.

물론 이렇게 떠나는 게 내키지는 않지만 민서현을 누구보다 잘 아는 그로서는 이게 최선의 선택이었다.

'존, 갑시다.'

현호는 물끄러미 자신을 보는 존에게 눈짓을 하고 걸음을 서둘렀다.

"저기요!"

민서현이 다시 쫓아왔지만 존이 그녀를 막아섰다. 그 덕에 현호는 홀가분히 게이트로 들어설 수 있었다.

하지만 얼마 못 가 현호는 그녀를 또다시 마주쳐야 했다.

"어머, 또 보내요? 이런 우연이 또 있네… 후훗."

현호가 탄 비행기의 옆자리에 그녀가 앉은 것이다.

"보스턴에는 무슨 일로?"

민서현이 물었다. 눈빛이 아까와 달리 싸늘하다. 아마 그가 자신을 무시했다고 여기는 듯했다.

하지만 현호는 대꾸 없이 그녀에게서 시선을 피했다.

'이런.'

저 눈은 민서현의 고집이 발동했을 때의 눈이다.

'또다시 이렇게 만나게 될 줄이야.'

하지만 더 큰 문제는 지금 현호가 온전히 민서현만을 신경 쓸 수가 없다는 점이었다. 아까부터 계속해 느껴지는 누군가의 불쾌한 시선 때문이었다.

'이런… 이런.'

왠지 험난한 비행이 될 것 같은 예감에 사로잡힌 현호였다.

*　　　　*　　　　*

"이쪽은 MIT에 재학 중인 브린, 이쪽은 레이, 그리고 이쪽은 세르게이."

최혜담은 현호에게 세 명의 남자를 소개했다.

현호는 앞으로 세상을 흔들게 될 그들 한 명, 한 명과 눈을 맞추고 악수를 나눴다.

벨리스가 어떤 회사인가.

이들이 만들 세상은 또 어떤 세상인가.

지금 이 순간 현호는 자신도 역사의 한 페이지에 이름이 남겨질 거라는 것을 예감할 수 있었다.

"이야, 현호 너는 어떻게 더 잘생겨졌어?"

최혜담과 오랜만에 악수를 나누며 현호는 미소를 보였다.

"뭐, 새삼스럽게. 후훗."

현호가 넉살 좋게 웃어넘기자 최혜담이 그의 어깨를 툭 두드리고 마주 웃었다.

그러던 그녀가 힐끗 옆을 곁눈질하며 현호에게 속삭여 물었다.

"근데 저 여자 누구야?"

아까부터 현호를 노려보는 여자가 있었다. 여자의 얼굴이 꼬고 앉은 다리처럼 잔뜩 꼬여 있었다.

"모르는 사람이에요. 자, 가요."

현호는 이번에도 민서현을 무시했다. 그녀는 이제 대놓고 현호를 쳐다보고 있었다.

오히려 그 시선에 존이 난처해할 정도였다.

그나마 뉴욕에서 보스턴까지 1시간도 채 걸리지 않았기에, 그 시간 동안 현호는 억지로 잠을 청해야 했다.

최혜담과 브린 일행이 공항을 먼저 벗어났다.

현호와 존은 PA의 보스턴 지사에서 미리 준비해 둔 차량을 잠시 기다렸다가 도착한 차에 탑승했다.

출발하기에 앞서 안전띠를 매며 현호가 나직이 말했다.

"존, 저 뒤에 회색 셔츠 입은 남자 보이나요?"

"예."

"기억해 두고 계세요."

그 말에 존은 백미러를 유심히 보며 눈을 가늘게 뜨고 고개를 끄덕였다.

"알겠습니다."

현호는 비행기 안에서 자신을 향한 남자의 시선을 분명히 의식하고 있었다.

"출발하죠."

존의 차는 최혜담이 알려준 주소지로 향했다.

그곳은 보스턴 외곽에 있는 주택가였다.

끼익, 탁.

차에서 내린 현호의 눈에 차 한 대가 들어갈 크기의 주차장에써 붙인 '벨리스'라는 상호가 제일 먼저 들어왔다.

"어때?"

먼저 도착한 최혜담은 제 허리춤에 두 손을 올린 채로 의기양양하게 현호를 바라봤다.

"끝내주는데요?"

"훗. 끝내주긴, 오히려 초라하지. 그래도 보기엔 이래도 의욕은 넘쳐."

최혜담은 겸손한 모습을 보였지만 현호의 눈에 이 주차장은 결코 초라해 보이지 않았다.

벨리스라 써 붙인 상호도 절대 하찮아 보이지 않았다.

물론 현호야 그들의 가치를 알고 있었기에 그럴 수도 있다.

하지만 그런 이유를 떠나서 이 작은 주차장에서도 패기 넘치게 꿈을 펼칠 수 있는 이들의 젊음이, 그리고 이들의 나라가 부러웠다.

"들어가자. 보여줄게."

최혜담이 현호의 팔을 잡아끌었다.

주차장으로 들어간 현호는 브린과 레이가 컴퓨터 앞에 앉아 있는 것을 볼 수 있었다.

현호의 눈에는 구석기 시대의 유물과도 같은 저 사양의 컴퓨터였다.

사실 한국에도 슬슬 컴퓨터의 시대가 도래하는 때였다. 물론 컴퓨터야 80년대 초반부터 관공서에 보급되기는 했지만 대부분은 기존의 방식을 고수해 왔다.

하지만 이제부터는 컴퓨터를 통하지 않고는 일이 되질 않을 것이다. 컴퓨터가 절대적인 시대가 오는 것이다.

"이걸로 웹 검색의 우선순위를 부여하는 건가요?"

현호는 최혜담과 브린, 레이의 대화를 듣던 중에 컴퓨터 화면을 보며 물었다. 프로그램 코드라 불리는 것이 빼곡히 채워진 단색의 화면이었다.

"예. 방대한 양의 정보에서 우리가 원하는 정보를 빠르고, 편리하게 찾을 수 있게 되는 겁니다."

브린이 자신감이 넘치는 목소리로 말했다.

"올 8월부터는 투자자도 찾아다닐 거야."

최혜담이 미소와 함께 설명을 덧붙였다. 그러자 현호가 대뜸 말을 꺼냈다.

"제가 투자하죠."

"뭐?"

그 말에 최혜담뿐 아니라 모두가 놀라서 눈을 크게 떴다.

현호는 자신을 비춘 그들의 눈동자를 보며 다시 한 번 얘기했다.

"얼마면 됩니까?"

*   *   *

존이 통화를 끝내고 와서 현호를 향해 고개를 끄덕였다.

현호는 지금 존을 통해 엘린에게 돈을 융통해 달라고 부탁을 했고, 엘린은 흔쾌히 받아들였다.

그 금액이 자그마치 300만 달러.

물론 한국에 돌아가면 바로 상환하겠다고 약속했다.

또한 현호는 최혜담에게 내년 하반기에도 벨리스에 700만 달러의 추가 지원을 약속했다. 그때는 한국에 IMF가 불어닥칠 시기다.

도합 1,000만 달러.

환율 천원을 기준으로 100억이었다.

최혜담은 도저히 믿기지 않는다는 시선으로 현호를 바라봤지만, 존이 PA 사의 수표에 300만 달러를 적어서 건네자 이 현실을 받아들일 수밖에 없었다.

"이거… 쓸 수 있는 건가요?"

수표를 손에 쥔 브린과 레이가 넋이 나간 얼굴로 속삭였다. 존은 시원한 미소와 함께 그들에게 말했다.

"지금 당장에라도 은행 가서 교환하시면 됩니다."

"세상에……."

"현호야, 너 이거 다시 한 번 생각해 봐."

그나마 최혜담이 서둘러 냉정을 찾고 현호에게 신중히 고려할 것을 제안했다.

브린과 레이는 혹여나 현호의 마음이 바뀔까 조마조마한 얼굴이었다.

하지만 현호에게는 고민할 의미가 없는 일이었다.

"아니요. 저는 누나, 아니, 최혜담이란 사람을 믿습니다."

"…그럼 뭘 원하니? 우리는 아직 주식도 없고… 그렇다고 뭘 해줄 게……."

"아니요. 지금은 아무 조건도 필요 없어요."

"필요… 없다고?"

"전 지금 최혜담과 벨리스에 투자한 겁니다. 투자금은 사업이 성공했을 때 돌려받는 거죠. 그전까지는 아무것도 아닌 겁니다."

"현호야……."

누군들 이 상황을 쉽게 받아들일까.

300만 달러라니.

그 돈을 아무 조건 없이 던지듯 주는 이 남자는 뭐란 말인가.

"아, 너 밥 안 먹었지?"

"그러네요."

최혜담이 정신을 차리고 분주히 움직였다.

브린과 레이는 존과 함께 서둘러 은행을 가고 최혜담은 잔뜩 상기된 얼굴로 부엌으로 향했다.

이제 주차장에는 현호와 세르게이, 두 사람이 남았다.

"당신, 놀라운 사람이군요."

내내 조용히 있던 세르게이가 담배를 입에 물며 말했다. 주차장을 천천히 둘러보던 현호가 책상에 손을 얹으며 그를 쳐다보고 물었다.

"그쪽은 무슨 일을 합니까?"

"나는 디자이너입니다. 물론 보시다시피 우리 일이 시작 단계라 아직 제가 할 일은 그렇게 많지 않지만."

후우.

담배 연기를 뿜은 세르게이는 턱수염과 짙은 갈색 머리가 인상적인 남자였다.

현호는 앞에 놓인 의자를 돌려서 그와 마주 앉았다. 현호가 그런 자세로 앉아 자신을 빤히 쳐다보자 세르게이가 머뭇거리며 미소를 보이다가 시선을 돌렸다. 그때, 현호가 입을 열었다.

"세르게이."

"예?"

"당신… 누구야?"

현호의 시선이 싸늘하게 변했다.

"그게 무슨……."

순간 현호가 오른손을 뻗었다. 세르게이가 입고 있는 두툼한 점퍼 속으로 손이 들어가자 순간 세르게이가 현호의 손을 꽉 붙잡았다.

퍽!

현호의 왼손 주먹에 세르게이의 얼굴이 뒤로 젖혀졌다.

그 틈에 자유로워진 현호의 오른손이 점퍼 속에 깊숙이 들어갔다가 나왔다.

그 손에는 총이 들려 있었다.

현호가 다시 물었다.

"너, 누구야?"

입술이 찢어진 세르게이가 묵묵히 현호를 노려봤다.

*　　　*　　　*

미 방산 업체 PA는 탈세를 위해 스위스와 조세 피난처에 돈을 빼돌렸다.

그러던 중에 작년 PA의 회계사가 미 국세청(IRS)에 이 사실을 제보했다. 탈세액과 과징금을 합치면 자그마치 20억 달러에 가까운 거액의 범죄 행위였다.

대한민국 기업의 탈세 규모와는 비교할 수 없는 액수였다.

IRS는 즉각 제보자에게 자료를 건네받아 PA를 압박했고, PA는 16억 달러의 세금을 내는 것으로 IRS와 합의했다.

그런데 문제는 올해 초 제보자가 원인을 알 수 없는 화재 사고로 사망했다는 것이다.

미 FBI는 그 사고와 PA와의 연관성 조사에 착수했고, 조사 진행 중에 PA가 MIT 대학의 프로그램 연구 동아리에 50만 달러의 자금을 지원한 것을 우연히 알게 됐다.

해당 연구 동아리는 미 국세청(IRS)의 통계 프로그램을 수주해 개발하는 중이었다.

이에 뭔가 낌새를 눈치챈 FBI는 해당 연구 동아리에 소속된 MIT 학생들을 밀착 조사하고 있었다. 그리고 FBI 요원 세르게이는 브린과 레이를 지켜보는 중이었다.

"그래서 비행기에서부터 날 감시했던 겁니까?"

현호의 질문에 세르게이가 고개를 추켜들었다. 순간 당황한 시선이다.

"그걸 어떻게 알았습니까?"

"그럼 어제의 총격은 FBI와 관련이 있습니까?"

대꾸 없이 현호가 다시 묻자, 세르게이는 마른세수를 하며 대답했다.

"아닙니다. 그건 우리도 조사 중이에요."

현호는 의자에서 일어났다. 생각의 연장 속에서 손에 쥔 총기를 살폈다. 살상 무기의 묵직한 힘이 느껴졌다.

"그 총도 PA의 계열사에서 만든 거죠. 꽤 가볍고 좋습니다."

세르게이가 체념한 듯 미소와 함께 말했다.

현호는 총알을 분리하는 방법을 물어본 후 그대로 따라 한 뒤에 빈총을 건네주며 물었다.

"통계 프로그램에 PA가 뭔가를 했다고 보는 겁니까?"

"아직 확실한 것은 알 수 없습니다."

세르게이가 빈총을 받아들며 얼굴을 가로저었다.

"그럼 당장에라도 PA 관계자를 수사하면 되지 뭐가 문제입니까?"

"PA를 건드는 건 쉬운 일이 아닙니다. 상원과 하원의원 3분의 1이 PA의 입김에……."

세르게이는 더 이상은 얘기할 수 없다는 듯이 입을 다물었다.

놀라운 이야기였다.

그렇지만 현호의 눈빛은 차분했다.

"나한테 얘기한 건 무슨 의미입니까?"

정체를 들켰기로서니 모든 걸 얘기할 필요는 없었다.

그럼에도 불구하고 세르게이는 현호에게 해줄 수 있는 그 이상의 것을 얘기했다. 미 국세청의 프로그램 수주까지 굳이 얘기할 필요는 없었는데 말이다.

"당신에게 협조를 제안하는 겁니다."

"협조?"

"PA가 조만간 당신에게 제안을 할 겁니다."

"그건 또 무슨 소리입니까?"

"PA가 이유 없이 당신의 미국 체류를 지원해 주고 있다고 생각하는 겁니까? PA는 당신이 IRS에 파견되기를 원하고 있어요."

"예?"

현호의 눈이 커졌다.

'미 국세청에 파견이라니?'

더 얘기가 이어지려는 찰나, 현호가 자신의 입술 위에 나직이 손가락을 포개고 자리에서 일어났다.

이어 소란스러운 소리와 함께 주차장 문이 열리고 은행을 다녀온 존과 브린 일행이 함께 들어왔다. 브린 일행은 아까보다 한층 상기된 얼굴이었다.

그들은 곧장 현호에게 다가와 포옹을 했다.

"땡큐, 땡큐! 오, 지저스!"

　　　　*　　　　　*　　　　　*

　세르게이는 현호의 눈치를 보지 않고 자연스럽게 행동했다. 브린 일행과 농담을 하고, 최혜담과 일상적인 대화를 나누는 그 모습을 보며 현호는 피식 웃을 수밖에 없었다.

　'저 양반, 일부러 나한테 들킨 거구만.'

　어쩌면 비행기에서부터 달라붙었던 불쾌한 시선도 일부로 티를 낸 것일지도 모른다.

　하지만 미 국세청의 파견이라니.

　'PA가 정말 내게 그런 제안을 할까?'

　파견이 불가능한 것은 아니다.

　세무 공무원이 출세 가도를 타게 되면 미 국세청으로의 파견은 흔히 있어온 일이었다.

　그렇다면 PA가 정말 원하는 것은 무엇일까.

　세르게이가 한 얘기의 요점은 IRS가 MIT 대학 동아리에 자신들의 통계 프로그램을 수주했고, PA가 해당 동아리에 지원을 해주고 있다는 얘기였다. 그리고 FBI는 통계 프로그램에 PA가 무슨 짓을 하고 있다고 추측하고 있다.

　그럼 PA가 현호에게 미 국세청 파견을 제안하는 것은, 그 프로그램을 직접 운용 혹은 접근하기 위해서라는 결론이 나온다.

　하지만 굳이 그렇게 번거롭게 해야 할 이유가 있을까.

　그저 미 국세청의 직원 한 명을 매수하면 될 일이 아닌가.

　어쩌면 FBI가 잘못 알고 있거나, 그게 아니라면 이 일의 초점을 잘못 잡고 있는지도 모른다.

"여기."

존이 다가와 커피 잔을 건넸다.

"정말 맛있는 식사였습니다. 안 그래요?"

"예. 맛있었습니다."

최혜담의 요리는 일품이었다. 존은 그녀의 오므라이스에 무척 흡족한 얼굴이었다.

"근데 무슨 생각을 그렇게 하고 있습니까?"

"아무것도 아닙니다. 아, 어제 총격범은 어떻게 됐습니까?"

"찾고 있는 중입니다."

"그렇군요."

현호는 고개를 끄덕이고 커피를 마셨다.

내일은 최혜담이 자신이 공부하고 있는 하버드를 구경시켜 준다고 했기에 현호는 일단 인근의 숙소로 돌아갈 생각이었다.

애초 현호는 최혜담을 잠시 만나고 오늘 안에 강설희의 일을 해결하려고 했다.

어찌 됐든 그녀가 우선 순위였으니까.

하지만 상황이 이러니 뉴욕에 돌아가는 것을 보류해야 할 필요가 있었다.

'강설희가 신경 쓰이는데.'

다행이라면 어제 본 그녀의 모습은 판단력이 아직은 온전하다는 점이었다. 그리고 오늘이면 그녀의 경호원들도 다시 제자리를 찾았을 테고.

"이제 숙소로 갈까요?"

"알겠습니다. 먼저 차에 가 있겠습니다."

존이 고개를 끄덕이고, 최혜담과 가볍게 작별 인사를 하고 먼저 차로 내려갔다.

현호가 싱크대에 커피 잔을 놓으려는데, 곁에 다가온 세르게이가 재빨리 물었다.

"우리의 제안, 생각해 봤습니까?"

"예, 생각했습니다."

"그럼……"

"전 이 일에 관여할 생각이 없습니다."

"예?"

예상치 못한 대답이었는지 세르게이의 눈썹이 가파르게 꺾였다.

"이유가 뭡니까?"

"나와는 상관없는 일이니까요."

현호는 그 말을 끝으로 등을 돌렸다.

*　　　　*　　　　*

'이런.'

호텔에 들어선 현호는 어이가 없어서 헛웃음을 뱉었다.

"또 보네요?"

민서현이다.

PA가 예약해 둔 호텔의 로비에서 그녀와 마주친 것이다.

'왜 자꾸만 마주치는 거지?'

현호가 그런 생각을 하고 있는 사이, 그녀가 가까이 다가와 그의 눈을 빤히 마주 보고 말했다.

"이상한 일이네요. 자꾸만 마주치네."

"우연일 뿐입니다. 그럼 실례."

"저기."

어쩔 수 없이 현호가 다시 걸음을 멈췄다.

자신을 바라보는 민서현의 시선에 숨이 가빠왔다.

그녀는 말했다.

"우연이 아니에요."

"무슨 소리를……."

"이건… 운명인 것 같아요."

현호는 잠시 아무 말도 할 수 없었다. 입술은 침묵했고, 눈은 사색에 들어갔다.

최소한 민서현의 눈에는 그렇게 보였을 것이다.

지금 순간 현호는 그녀와의 추억과 결혼 생활을 빠르게 돌아보고 왔다. 그 안에서 확인을 하고 온 것이다. 이 여자가 다시 자신의 운명이 돼야 할 이유가 있는지.

결론을 내린 끝에 그는 말했다.

"글쎄요. 운명의 상대는… 제 아내로 충분한 것 같습니다."

"결혼… 하셨다고요?"

"그럼 이만."

현호가 그 한마디를 끝으로 엘리베이터에 올라타자, 놀란 민서현은 넋을 놓고 그를 바라봤다.

"괜찮습니까?"

엘리베이터 문이 닫히자 존이 물었다.

현호의 눈시울이 붉게 변하고 있었기 때문이다.

"괜찮습니다. 매듭을… 매듭을 풀었을 뿐입니다."

꽤 오랫동안 얽힌 채로 놓아둔 매듭이었다.

*   *   *

FBI 뉴욕 지부장 릭 카터가 회의실에 들어섰다.

먼저와 있던 요원들은 서류를 체크하는 중이었다. 그 때문에 종잇장 넘기는 소리가 회의실을 가득 채웠다.

카터는 회의 테이블에 앉으며 손에 쥔 커피를 내려놓고 넥타이를 고쳐 맸다. 그는 어딘지 모르게 느슨해 보이는 행동 뒤로 무표정한 시선을 들어 테이블에 둘러앉은 직원들을 바라봤다.

"새로운 정보는?"

그의 질문과 동시에 금발의 여성이 안경을 들썩이며 서류를 손에 집었다.

"오전에 현장 요원이 보스턴에서 미스터 차와 접촉했습니다."

미스터 차는 차현호를 특정한 이들만의 명칭이다.

"얘기는 했나?"

카터가 깍지 낀 두 손을 테이블에 올리며 물었다.

"미스터 차가 우리의 제안을 거절했습니다."

지금 차현호에게 접촉한다는 것은 리스크가 커질 수밖에 없는 일이었다.

그렇지만 FBI로서는 도박을 할 수밖에 없었다.

미 대선이 얼마 남지 않았기 때문이다.

"…예상대로군."

카터가 속삭이며 말하자 이번에는 긴 머리의 흑인 여성이 얘기를 이었다.

"이틀 후에 한 번 더 미스터 차와 접촉할 계획입니다."

"만약 이번에도 거절하면?"

"제거해야 합니다."

"제보자의 신뢰도는?"

"90퍼센트입니다."

제보자는 차현호를 미 국세청에 파견하기 위해서 PA가 물밑 작업을 벌이고 있다고 했다. 하지만 아직까지는 차현호라는 인물과 PA와의 관계에 신뢰가 형성되지 않은 시기였다.

그렇기에 FBI는 먼저 차현호에게 접근을 하는 강수를 뒀다. PA와 차현호 사이에 신뢰도가 쌓이기 전에 우선 접근해서 차현호와의 관계를 선점하려는 계획이었다.

물론 대선이 코앞에 다가온 것도 이유 중 하나다.

PA는 이번에 공화당의 후보를 대통령으로 만들려 하고 있고, FBI로서는 현 대통령인 민주당의 빌이 연임하기를 원하고 있다.

"이건 미스터 차에 관한 자료인가?"

카터는 자신 옆에 놓인 자료들을 바라봤다.

"예. 지난번 자료에 이어 추가 자료입니다. 그리고 예상치 않은 관계들이 확인되어, 계속 조사하고 있는 중입니다."

카터는 이내 자료에서 시선을 뗐다. 자료는 나중에 살펴보면 될 일.

"독이 든 먹이가 뭔지 알려줬으니, PA가 준 먹이에 섣불리 입을 대지는 않겠지."

그래서 차현호에게 핵심 부분을 알려줬다.

PA의 계획대로라면 차현호라는 존재가 미 국세청(IRS)에 파견을 와야 한다. 하지만 차현호가 파견을 거절한다면, PA로서는 계획의 전면 수정이 불가피하다.

물론 FBI로서도 계획의 수정이 달가울 것은 없다. 상황이 컨트롤 가능하려면 PA의 계획을 알고 있어야 하기 때문이다.

계획의 변경이 일어나면 그만큼 그걸 또 알아내기 위한 시간과 돈이 든다.

그렇기에 FBI가 바라는 최종 목표는 차현호가 PA의 제안을 받아들이는 것이다.

단, 일은 자신들과 함께하길 원하고 있었다.

그래서 우선은 차현호가 PA를 의심하게 만드는 것에 주력하고 있는 것이다.

"한 가지 특이점이 있습니다."

"뭐지?"

회의를 끝내려던 카터가 금발의 여성을 다시 바라봤다.

"미스터 차가 300만 달러를 벨리스에 투자했습니다. 미스터 차는 그 때문에 PA의 엘린에게 300만 달러를 융통했습니다."

카터의 눈주름이 찌푸려졌다.

"미스터 차가 그만한 돈을 쓸 능력이 되는 건가?"

"아닙니다. 조사한 바에 의하면 한국에서의 삶은 중산층에 공무원일 뿐입니다. 다만, 그와 친분을 가진 사람이 많은 편입니다."

"그들의 힘을 빌린다는 건가."

"흔히 인맥 문화라고 일컫는 것인데, 이는 동양인의 특성입니다."

"혹여 PA와 모종의 거래가 이미 이뤄진 건 아닌가?"

"포착된 건 없습니다. 제보자도 그 부분에서는 아닐 거라고 했습니다."

"300만 달러… 벨리스……. 좋아, 벨리스에 대해서도 좀 더 알아봐. 그리고 제보자 하고 내가 좀 만나봐야겠어."

"예, 알겠습니다. 미스터 차한테는 요원을 붙일까요?"

"아마 눈치챌 거야. 그냥 내버려 둬."

"예."

"그럼, 다들 수고하도록."

카터가 먼저 자리에서 일어났다.

회의실을 나가던 그가 화이트보드에 붙여져 있는 차현호의 사진을 보고 걸음을 멈췄다. 그의 눈은 차현호의 옆에 붙여져 있는 여자의 사진으로 옮겨졌다.

"미스 강은?"

카터의 질문에 누군가 바로 대답했다.

"이번 일과 연관성을 찾을 수 없습니다. 다만, 미스터 차가 무슨 이유에서인지 미스 강을 주시하고 있습니다."

"흠……. 로맨스인가."

"예?"

카터의 혼잣말에 금발 여성이 반응했다.

하지만 카터는 고개를 가로젓고 회의실을 빠져나갔다.

＊　　　＊　　　＊

끼익.

묵직한 체형의 남자가 차에 올라타자 차체가 내려앉는 느낌이었다.

남자는 잠시 숨을 고르다가 손에 든 서류 봉투를 옆에 앉아 있는 여성에게 건넸다.

엘린, PA의 뉴욕 지사장.

"한국의 국세청장에게 차현호의 파견을 제안했습니다."

"그래서요?"

엘린이 서류 봉투를 받으며 물었다.

남자는 긴 다리를 꼬고 앉은 그녀의 모습을 슬쩍 곁눈질 한 뒤에 입맛을 다시며 고개를 끄덕였다.

"긍정적으로 고려해 본다고 했습니다."

"꼭 성공해야 합니다."

"알겠습니다. 근데 프로그램은 어떻게 됐습니까?"

"통계 프로그램은 다음 주 중에 완성될 겁니다."

"그럼."

짧은 대화를 끝으로 남자는 곧바로 차에서 내렸다.

탁.

차 문이 다시 닫히자 엘린은 그에게 받은 서류 봉투를 살폈다.

봉투 속에는 이번 일에 써먹을 만한 인물들에 대한 신상이 담겨 있었다. 미 행정부에 파견 근무 중인 한국 공무원들에 대한 자료들이었다.

"차현호는?"

서류를 살피며 엘린이 묻자 운전석에서 바로 대답이 들려왔다.

"오늘은 보스턴에서 묵는다고 합니다."

"통계 프로그램이 다음 주에 완성될 거야. 차현호를 하루라도 빨리 미국에 묶어둬야 해요."

"알겠습니다."

대답을 들은 엘린은 여러 장의 서류 중에서 하나를 손에 집었다.

'민대호······. 딸이 하나 있네?'

민서현.

엘린 자신과 비슷한 나이 대였다.

엘린은 민대호의 서류만 따로 뺐다. 그녀는 지금 민대호를 차현호와 함께 써먹을 인물로 정했다.

"이 사람에 대해 좀 더 알아봐요."

엘린은 민대호의 서류를 조수석에 건네고 쓸모없어진 서류 봉투를 한쪽으로 치웠다.

'민대호와 차현호.'

두 사람에 대한 생각을 이어가며 그녀는 눈을 감았다.

*   *   *

하얀 입김이 나오는 쌀쌀한 날씨였다.

옥수수 알맹이가 든 봉지를 손에 쥔 카터가 공원으로 들어섰다.

추위 속에도 공원은 사람들로 붐볐다. 행사가 있는 모양이었다.

카터는 광장 한편의 벤치에 앉아 장갑을 벗고 옥수수 알맹이를 흩뿌렸다. 그러자 비둘기들이 날아와 옥수수 알맹이를 부리로 쪼아 먹기 시작했다.

잠시 뒤에 한 남자가 카터의 옆자리에 앉아 신문을 펼쳤다. 그는 현재 차현호의 통역 및 가이드를 맡고 있는 제프리라는 남성이었다.

"엘린이 차현호와 함께 민대호라는 남자를 선택했습니다."

"민대호?"

카터는 표정 변화 없이 제프리의 얘기를 들으며 손에 쥔 옥수수 알맹이를 비둘기 무리에 흩뿌렸다.

"완성된 통계 프로그램은 다음 주 중 국세청에 보급될 겁니다."

"디데이는?"

"아직 그것까지는."

"그걸 알아야 합니다."

"이봐요, 나도 지금 목숨 걸고 하고 있습니다!"

"그러니까 이번 일이 더 성공해야죠. 그래야 안전할 것 아닙니까? 디데이를 알아야 합니다."

"후……. 계속 알아보겠습니다."

"통계 프로그램은 어떻게 운용되고, 작동했을 때 예상되는 피해 범위는 어느 정도입니까?"

"통계 프로그램은 해킹 코드가 심어져 있습니다. 작동 방식은 차현호가 미 국세청에 파견된 후, 발급받은 개인 코드로 컴퓨터에 로그인 시 작동됩니다. 작동과 동시에 네트워크에 연결된 국세청 내의 모든 컴퓨터가 감염되고 시스템이 다운 됩니다."

"피해 액수는?"

"기본적으로 전산이 모두 엉망이 될 겁니다. 물론 그전에 대략 30억 달러의 세금이 국외로 빠져나갈 겁니다."

"그걸 차현호가 덮어쓴다는 거군."

"엘린은 똑똑한 여자입니다. 그녀는 PA의 세금 탈세가 국세청에 발각된 이유를, PA가 오히려 너무 숨겼기 때문이라고 생각하고 있습니다."

"그래서 이번에는 아예 차현호라는 인물에게 혐의를 뒤집어 씌워서 공개적으로 드러내겠다 이거군."

"맞습니다. 거기에 민대호라는 인물을 끼어 넣어서 그럴듯한 스토리를 만드는 거죠."

"민대호와 차현호의 합작품이다?"

"예. 그 뒤에 둘만 죽이면 사건은 미궁에 빠지는 거니까……. 여기 민대호에 관한 자료입니다."

제프리가 옥수수 봉지 곁에 플로피디스크를 내려놓았다. 카터는 봉지와 함께 플로피디스크를 주머니에 챙겼다.

"근데 한 가지 궁금한 게 있습니다."

"뭡니까?"

일어서려던 카터가 주춤하고 다시 앉았다.

"어떻게 차현호가 엘린에게 날아올 총알을 막을 거라는 걸 알았습니까?"

제프리는 의구심 속에서 계속 말했다.

"그것 때문에 엘린은 차현호를 이 일의 최종 적임자로 결정했습니다. 차현호가 자신을 도와준 것을 역으로 이용해서, 앞으로 그녀가 그에게 하는 행동들이 어떤 의도가 아닌 그 일에 대한 호의로 여기게끔 됐으니까요."

"그건… 일이 끝나면 알려드리죠."

"하……."

내키지 않는지 제프리가 한숨을 내쉬었다.

카터는 더 이상 지체하지 않고 자리에서 일어났다.

그가 일어나자 지켜보고 있던 FBI 요원들이 빠르게 공원에서 철수했다.

*   *   *

비가 쏟아지고 있었다.

하늘은 어두웠고 창밖의 풍경은 적막하고 공허함만 가득했다.

현호는 침대에 걸터앉아 하염없이 창밖만 바라봤다.

갑자기 아무것도 하고 싶지가 않았다.

몸은 나른하고, 감정은 식어갔다.

이대로 더 있다가는 침대에 녹아들어 영영 일어나지 못할 것만 같았다.

서둘러 침대에서 일어난 그는 냉장고를 열었다. 다행히 버번위스키 미니 병이 있었다.

세 개를 챙겨 단숨에 하나를 비우고, 다시 침대에 걸터앉으며 하나를 땄다.

그리고 나머지 하나는 침대에 아무렇게나 던져 놨다.

"후……."

비 오는 날은 담배가 제격이다.

'…이런.'

머리를 긁적이던 현호가 코트를 챙겼다.

갑자기 떠오른 담배의 유혹을 제어할 수가 없었다.

이게 다 비 탓이다.

혹여나 민서현을 마주칠까 걱정이 됐지만 다행히 로비를 가로질러 나올 때까지도 그녀와 마주치지 않았다.

현호는 호텔 직원이 알려준 근처의 슈퍼마켓으로 향했다. 문을 열고 들어가자 옅은 풍경 소리가 울렸다.

"담배 한 갑……."

계산대에서 습관적으로 한국말을 뱉은 현호가 피식 웃으며 다시 영어로 말하려는 때였다.

"한국 분이슈?"

"아, 한인이십니까?"

흰머리의 가게 주인이 푸근한 미소를 끄덕였다.

"관광객이슈?"

"예. 어제 미국에 왔습니다."

"한국은 요즘 어떻슈?"

손님이 현호밖에 없어서인지 가게 주인이 계속 말을 붙였다.

현호도 이역만리 타국에서 만난 한국인의 존재에 그다지 귀찮아하지 않고 대화를 이어갔다.

"여기."

대화가 끝나자 가게 주인이 담배를 내밀었다. 그런데 현호는 잠시 담배를 보다가 애꿎은 미소만 찌푸렸다.

"왜 그러슈?"

"사실 담배를 안 태운 지 좀 됐습니다. 그런데 비가 오니까 생각이 나서 사러 온 거거든요."

"어이구, 그럼 안 되지."

가게 주인이 피식 웃으며 담배를 치웠다. 하지만 현호는 애써 꺼낸 지갑을 그냥 넣기가 뭐 했다.

현호는 계산대를 둘러보다가 문득 손가락을 내밀었다.

"이거 복권인가요?"

"아, 파워볼이라고 확률이 8천만 분의 1인 복권인데, 뭐, 재미 삼아 사는 거지. 운이잖슈? 근데 이게 당첨자가 없으면 당첨금이 이월되는데, 이번에 당첨되면 자그마치 3천억이라우. 어떻게 한 장 사보겠슈?"

가게 주인의 얘기에 현호는 10달러짜리 지폐를 건넸다.

문득, 운을 믿는다던 론다 윤의 말이 떠올랐다.

거스름돈과 함께 손에 쥔 복권을 보고 피식 웃던 현호가 지갑과 복권을 주머니에 넣는 순간이었다.

딸랑딸랑 소리와 함께 문이 열리고 복면을 쓴 남자가 들어왔다. 그는 다짜고짜 총을 겨누고 외쳤다.

"돈 무브……."

픽!

그저 강도에게는 재수가 없는 날이었을 뿐이다.

이게 다 비 탓이다.

*　　　　*　　　　*

"여러모로 고마워."

"고맙기는. 열심히 해, 나중에 다 뽑아 먹을 거니까."

"후훗."

현호는 꾸밈없는 최혜담의 모습이 보기 좋았다. 가벼운 농담에도 그녀는 풋풋한 미소를 보였다.

소중한 친우가 이 먼 나라까지 와서 그녀에게 거액의 선물을 남겼으니 그녀의 기분을 알 만했다.

그 덕에 현호는 오늘 하루 그녀와 브린 일행의 극진한 안내를 받으며 하버드를 돌아볼 수 있었다.

딱히 눈에 띄는 미행이나 감시도 없었기에 신경 쓸 일 없이 제대로 된 관광을 할 수 있었다. 다 함께 쇼핑을 하고, 점심을 먹고, 가볍게 맥주를 곁들이며 대화를 나눴다.

브린 일행은 유쾌한 사람들이었다. 농담을 할 줄 알고 일을 즐길 줄 아는 청년들이었다. 거기에다가 현호의 투자로 인해 그들에게는 여유까지 생겼다.

현호는 대화 중에 앞으로 그들이 만들게 될 미래의 몇 가지를 언뜻언뜻 내비치고는 했다.

모바일 서비스, 지도 서비스, 동영상 서비스 등등.

이미 그는 보고, 듣고, 경험한 벨리스의 서비스였기에 쉽게 알아들을 수 있었다.

특히 현호는 앞으로 필수가 될 스마트폰에 대해서도 언뜻 미래의 지식을 내비쳤다. 컴퓨터와 전화기가 합쳐질 날이 올 거라는 말에 그들은 처음에는 박장대소를 했다.

그렇지만 이내 자신들이 추구할 꿈이 사람들의 생활 깊숙이 침투해 세상을 바꿀 수 있다는 가능성을 깨닫고는 꽤 진지하게 현호의 이야기를 받아들였다.

그로 인해 그들에게 있어 한국에서 온 차현호라는 사람은 열린 생각을 가지고 있고, 유쾌하며, 자신들과 같은 미래를 보는, 그렇지만 굉장한 영향력이 있는 사람으로 비치는 계기가 됐다.

벨리스와 진지한 관계를 고려하고 있는 현호로서는 나쁘지 않은 시작이었다.

그렇게 현호는 이들의 배웅을 받고 비행기에 오를 준비를 하고 있었다.

"그럼, 또 연락해."

"잘 있어요. 몸 건강하고."

현호는 최혜담과 가볍게 포옹을 나누며 후일의 만남을 기약했다. 마지막으로는 브린 일행과 악수를 나누는 것을 끝으로 현호는 뉴욕행 비행기에 탑승했다.

좌석에 앉기 전, 현호의 곁에 바싹 다가온 존이 그의 귓가에 대고 속삭였다.

"뉴욕에 도착하면 엘린이 함께 식사를 하자고 제안했습니다."

"그러죠."

현호는 흔쾌히 대답을 하고 고개를 끄덕였다.

딱히 거부할 이유가 없었다.

엘린과는 아직까지 제대로 된 자리를 갖지 못했다.

그럼에도 그녀는 현호에게 300만 달러라는 거금을 융통해 줬다. 그러니 함께 식사를 하면서 대화를 나눌 필요가 있었다.

물론 FBI 요원 세르게이의 얘기가 여전히 머릿속에서 맴도는 것은 사실이었지만, 그것이 엘린을 피해야 되는 이유가 될 수는 없었다.

뉴욕에 도착하니 공항에 제프리가 마중을 나와 있었다.

그의 차를 타고 호텔로 돌아온 현호는 엘린과의 약속된 저녁 식사 시간이 오기까지 자신의 호텔 룸에서 나오지 않았다.

똑똑.

시간이 되자 존은 현호가 묵고 있는 룸에 노크를 했다.

그러자 잠시 뒤에 현호가 나왔다. 그는 정장 차림에 넥타이를 매고 있었다. 한데 그 모습이 마치 경호원의 차림새 같아 보였다.

"나 어떻습니까?"

현호가 미소와 함께 묻자 존이 엄지를 척 내밀었다.

"멋있습니다."

"후훗."

호텔 밖은 비가 내리고 있었다. JFK 공항을 벗어날 때부터 하늘이 흐린 듯싶었는데 그 예상대로였다.

"타시죠."

존이 뒷좌석 문을 열었다.

그러자 잠시 비를 바라보고 있던 현호가 차에 올라탔다.

*   *   *

─미스터 차가 호텔을 떠났습니다.

차현호의 차가 호텔을 빠져나가자 FBI 뉴욕 지부 상황실이 분주해졌다.

현재 2개의 팀이 엘린과 차현호의 저녁 식사 장소를 집중 마크하고 있었다.

최소 30억 달러, 자칫 수백 억 달러의 피해로 확산될 수도 있는 예고된 범죄이니만큼 FBI로서도 이 작전에 공을 들이고 있었다.

"1팀 대기."

무전기를 손에 쥔 FBI 뉴욕 지부장 릭 카터가 나직이 속삭였다.

1팀은 현재 매디슨가에 위치한 레스토랑 안에서 대기하고 있다. 그곳은 지금 엘린을 비롯한 방산 업체 PA의 주요 인사들과 경호원들이 차현호가 오길 기다리고 있었다.

"2팀 대기."

현재 2팀은 레스토랑 밖에서 유사시를 대비하고 있다.

엘린과 차현호의 대화 내용에 따라서 잘하면 오늘 안에 게임의 판도가 바뀔 수도 있는 일이었다. 그러니 다들 신중하고 또 조심해야 했다.

카터는 미간을 찌푸린 채로 무전기를 다시 움켜쥐었다. 이번에는 채널을 모두 오픈해 1, 2팀 전원이 듣게 했다.

"모두 알다시피 차현호는 반경 50미터 이내에서 벌어지는 상황을 순간적으로 판단하는 능력이 있는 것 같다. 그러니 다들 각별히 조심하도록."

믿기 힘든 얘기지만 이미 FBI는 차현호가 한국에서 론다 윤을 접촉한 순간부터 지켜보고 있었다.

그래서 낸 결론이 차현호에게는 미상(未詳)의 능력이 있다는 것이었다.

이 보고는 현재 FBI 수뇌부까지 올라갔고, 여전히 논란이 되고 있는 내용이었다.

―미스터 차가 도착했습니다.

2팀에서 무전이 왔다.

카터는 평소 스스로가 연륜과 경험을 가졌음을 자신했다. 하지만 그런 그가 왠지 모를 긴장을 느끼기 시작했다.

*　　　*　　　*

"오늘은 창가에서 멀리 떨어진 자리니 안심하세요."

엘린이 가벼운 농담과 함께 현호에게 자리에 앉을 것을 권유했다.

현호 역시 차분한 미소로 자리에 앉았다. 미국에 온 지 사흘 만에 그녀와 제대로 마주하는 자리였다.

"보스턴 여행은 즐거웠나요?"

엘린의 질문을 받은 현호는 레스토랑 전경을 눈에 담으며 대답했다.

"덕분에 즐거웠습니다. 300만 달러는 한국으로 돌아가기 전까지 처리해 드리겠습니다."

"천천히 해도 괜찮습니다."

엘린은 돈 따위는 아무래도 상관없다는 듯 그를 향해 눈웃음을 보였다. 그녀가 식전 와인을 음미하고 다시 얘기를 꺼냈다.

"벨리스에 투자한 것은 어떤 이유 때문인가요?"

주차장을 사무실로 쓰고 있는 그들에게 거액을 투자한 현호다.

"존에게 듣기로는 주차장에 잡동사니만 가득한 곳이라던데요? 백 달러면 그 안의 잡동사니를 다 사고도 남을 거라더군요, 후훗."

엘린이 농담과 함께 잔잔히 웃었다. 현호도 함께 웃다가 이유를 설명했다.

"벨리스의 최혜담이라는 친구와 인연이 있습니다. 물론, 벨리스의 성장 가능성을 높이 평가했고요."

"하긴, 이제 세상은 네트워크로 통할 테니까요. 나는 머지않아 쇼핑도 집에서 할 수 있다고 봐요."

"음……. 정말 그렇게 생각하십니까?"

엘린의 말에 현호가 눈썹을 찌푸리고 물었다.

"물론이죠."

그녀가 당연하다는 듯 고개를 끄덕였다.

'대단한 여자네.'

현호는 그녀의 선견지명에 내심 탄복할 수밖에 없었다.

천재란 이런 것일까.

그들에게는 다른 사람이 보지 못하는 것을 볼 수 있는 능력이 있는 것일까.

"론다 윤이 말하길, 당신에게 꽤 많은 친구가 있다고 하던데요?"

"예. 필요할 때 도움을 주고받을 수 있는 친구들입니다."

굳이 숨길 필요가 없는 얘기였다.

현호의 대답에 엘린은 입에 머금은 와인을 삼켰다.

그녀의 하얀 목이 와인을 삼키는 사이 애피타이저 요리가 나왔다.

바게트 빵 위에 중하 새우와 버섯, 방울토마토가 올라가 있는 요리였다.

본격적으로 식사를 시작하면서 현호는 넥타이를 가볍게 풀고 엘린과 대화를 나눴다. 엘린은 시종일관 입가에 미소를 띠며 현호의 얘기에 호응했고, 그녀 자신의 생각과 일에 관한 얘기도 꺼냈다.

물론 현호로서는 모든 대화를 알아듣기는 벅찼지만, 그 때문에 이따금 손짓이 오고가니 오히려 대화의 흐름이 한층 유연해질 수 있었다.

하지만 PA가 방산 업체라는 점에서 그녀가 꺼내는 얘기들은 조심스러울 수밖에 없었다.

수십조 원의 무기 거래, 그 이면에서 벌어지는 로비와 전략은 소리 없는 전쟁이나 다름없다.

그녀가 이 전쟁에서 이기기 위해 누구를 만나고, 또 어떤 일을 하는지는 현호로서도 짐작하기가 어려웠다.

분명한 것은 그녀가 사는 세상은 현호가 사는 세상과 다르다는 점이다. 아무리 미래를 알고, 다시 삶을 산다는 이점이 있다고 해도, 그것은 쉽게 접근할 수 없는 세상이었다.

그렇지만 과정이야 어찌 됐든 현호는 지금 그녀의 앞에 앉아 있었다.

"전쟁에 대해서 어떻게 생각하세요?"

어느 순간 엘린이 미소를 멈추고 현호에게 물었다.

"전쟁이요?"

"예."

갑자기 전쟁이라니. 뭐라고 대답해야 할까.

현호는 잠시 생각하다가 와인을 머금어 입술을 축인 후에 얘기를 이었다.

"방산 업체의 입장에서 본다면 좋을 수도 있고, 나쁠 수도 있다는 생각이 드네요."

현호는 이전 삶에서 인터넷에 떠도는 음모론을 본 적이 있었다. 그저 심심풀이 이야깃거리였다. 아무튼 그 내용이 세계 주요 방산 업체들이 나라간 갈등을 유도해 중동 전쟁을 일으킨다는 얘기였다.

물론 직접 보지를 못했으니 현호로서는 재밌는 음모론에 불과했다.

"좋다는 건 이해하겠는데, 나쁘다는 건 무슨 얘기죠?"

엘린이 그 부분을 집어 물었다.

"사업이라는 것은 장기적으로 봤을 때 꾸준한 성장을 해야 좋은 거니까요. 전쟁으로 단기간에 수익을 창출하는 것보다는 계속된 신형 무기 발전을 비롯해 낡은 무기의 교체와 보수 등으로 안전하게 사업을 성장하는 게 좋지 않을까요? 물론, 엘린도 그렇게 생각하겠지만."

"훗."

엘린은 흡족한 미소를 지었다. 현호를 바라보는 시선에는 신뢰와 만족이 가득했다.

새하얀 얼굴과 푸른 눈을 가진 그녀의 모습은 누구라도 눈길을 돌릴 수밖에 없는 외모였다.

"지난번에는 정말 고마웠어요."

엘린은 다시 첫날의 일을 꺼냈다.

현호가 미소 띤 얼굴을 가로젓자 그녀가 조심스럽게 제안을 꺼냈다.

"한국에서는 은혜를 갚는다는 말이 있다더군요."

"그게 무슨 얘기입니까?"

현호가 얼굴을 기울이자 엘린이 다시 미소를 보이며 말했다.

"세무 공무원이라고 들었어요."

"예."

"미국에서 일해 볼 생각이 없나요?"

"미국에서요?"

"예."

"진심인가요? 너무 갑작스러운 제안이네요."

"진심입니다."

"흠……."

현호의 얼굴에서 미소가 사라졌다. 그러자 엘린이 이해하지 못하겠다는 얼굴로 물었다.

"왜요? 좋은 제안 아닌가요? 전 당신에게 도움이 될 거라고 보는 걸요. 원하면 한국에서 했던 일, 그대로 할 수 있게 해드리죠. 미 국세청에서 일할 수도 있어요. 예를 들어 파견 같은 형태로."

"훗, 괜찮습니다. 저는 한국에서 해야 할 일이 많습니다."

"아……."

엘린의 눈동자가 흔들린다. 그녀가 다시 설득했다.

"신중히 생각해 보세요."

"흠……. 미국이라."

현호가 턱 끝을 쓸어내리며 생각에 잠겼다.

다시 눈을 떴을 때, 그가 갑자기 일어나 그녀의 귓가에 바싹 고개를 내밀었다.

*   *   *

"1팀, 지금 미스터 차가 뭐라고 한 거야?"

─두 사람이 바싹 붙어서 얘기를 하는 바람에 확인할 수 없었습니다.

"젠장!"

—치직, 미스터 차가 레스토랑을 빠져나갑니다.

카터는 이마를 긁적였다. 괜스레 목을 쓸어내리며 생각에 잠겼다.

'귓속말로 무슨 얘기를 한 걸까.'

혹, 차현호가 FBI가 접촉해 왔다는 사실을 엘린에게 알린 걸까.

'실수였나.'

일반적으로 두 개의 선택지가 있다면 그중 하나의 선택지를 택하기 위해서는 보상의 우위와 감당해야 할 리스크의 정도를 비교해야 한다.

FBI는 이미 차현호에게 방산 업체 PA는 살인과 범죄를 서슴없이 벌일 수 있는 존재라는 인식을 심었다. 또한 FBI가 이 건을 수사하고 있음도 알렸다.

그런 상황에서 차현호가 PA의 손을 잡을 이유가 없다. PA가 제시하는 보상이 클지는 몰라도 불확실한 반면, FBI와 적이 됐을 때의 리스크는 분명하고 크기 때문이다.

그럼에도 차현호가 엘린에게 얘기를 했다면,

'그렇다면 작전은 실패다.'

결정적 증거가 없는 한은 FBI는 혐의만으로 PA를 엮어 넣을 수가 없다.

이 일로 오히려 역풍을 맞을 수도 있다.

모든 계산이 끝났을 때, 카터가 다시 무전기를 손에 쥐고 상황실을 박차고 나갔다.

"1팀, 2팀, 지금부터 차현호를 확보한다. 그가 무슨 얘기를 했는지 당장 알아야겠어!"

*　　　*　　　*

뒷좌석에 앉아 있던 현호가 갑자기 차에서 내렸다.

탁.

그가 미간을 찌푸린 채로 레스토랑 주변을 둘러봤다. 사방에서 숨죽이고 있는 시선들이 그의 눈동자에 붙잡혔다.

현호는 다시 차에 올라탔다. 이번에는 조수석에 탄 그가 빗방울을 털어내며 말했다.

"제프리, 출발해요."

"예? 아직 존이 오지 않았는데요?"

현호는 제프리와 할 말이 있으니 존에게 잠시 커피와 도넛을 사다 달라고 부탁했었다.

"당신이 FBI의 제보자라는 것을 엘린이 알면 가만히 있을까요?"

"뭐, 뭐라고요?"

제프리가 당황하자 현호는 곧바로 상체를 숙여 운전석에 앉은 그의 옷깃 사이로 손을 밀어 넣었다. 그러자 얇은 구리 막과 전선이 손에 쥐어졌다.

"도청기."

현호는 제프리의 눈앞에서 전선을 흔들었다. 이어 단숨에 전선을 끊어버리고 차창을 열어 비가 쏟아지는 밖으로 던졌다.

"어떻게 할까요? 다시 레스토랑으로 들어가서 엘린을 만날까요?"

그 한마디에 제프리가 마른침을 꿀꺽 삼킨 순간, 현호가 다시 외쳤다.

"밟아!"

차가 출발했다.

제프리의 옆모습이 바르르 떨리고 있었다. 정체가 들켰다는 말은 곧 죽음이다.

현호는 그런 제프리를 눈에 담으면서도 전방을 주시했다.

쏟아지는 빗속에서 자동차 와이퍼가 부지런히 움직이고 있었다.

"속도 올려요."

"…예."

그 사이 현호는 신고 있는 자신의 구두를 벗었다. 그런 다음 레스토랑에서 챙겨온 나이프로 구두 굽을 힘껏 벌리자 그 안에서 빛이 반짝거리는 작은 칩이 나왔다.

위치 추적 칩이었다.

현호는 그걸 챙긴 다음에 몸을 돌려, 뒷좌석에 챙겨온 상자에서 새로운 구두를 꺼냈다.

최혜담과 쇼핑을 하며 구두와 옷을 새로 산 현호였다.

새 구두를 신고 칩을 양복 안주머니에 챙긴 현호가 다시 제프리를 향해 말했다.

"쓸데없는 생각하지 말아요. 내가 원하는 곳에 나를 내려주면 당신에 대한 건 잊어버릴 겁니다."

"아, 알겠습니다."

제프리가 침을 꿀꺽 삼켰다.

그의 목젖이 꿈틀거리는 모습을 보면서 현호는 다시 미간을 찌푸렸다. 뒤에서 쫓아오는 FBI의 시선이 분명히 느껴졌다.

"밟아요."

"빠, 빨간불인데……."

"밟아!"

현호의 외침에 제프리가 두 눈을 질끈 감고 엑셀을 밟았다. 그 순간 그의 눈에는 도로에 있는 차들의 움직임과 이동 방향이 마치 한 줄기 빛처럼 새겨졌다.

빠앙!

제프리의 차는 속력을 줄이지 않았고, 교차로에 진입하기 직전, 신호등이 파란불로 바뀌었다.

"하… 하!"

제프리가 크게 숨을 토했다. 하지만 이제 시작일 뿐이다.

"계속 밟아요."

현호의 명령에 제프리는 온 신경을 집중해 운전을 했다.

"그, 근데… 내가 FBI의 제보자라는 건, 어떻게 알았습니까?"

제프리가 물었다.

현호가 눈치챌 정도라면 엘린도 눈치채지 않았을까 하는 우려에서였다.

"식당에서 엘린에게 총격이 있었을 때, 당신의 시선이 순간적으로 창밖을 향하더군요. 총격이 있기 직전에 말이죠."

"내가 그랬다고요?"

아마 무의식에서였을 것이다.

물론 그뿐 아니라 제프리의 몸에 달라붙어 있는 도청기라는, 눈에 띄는 부조화만으로도 현호는 이미 눈치를 채고 있었다.

단지 그가 왜 이런 짓을 하고 있나 생각할 뿐이었는데, 어제 세르게이를 만나고서야 PA가 현호에게 제안을 할 것이란 사실을 FBI에 알린 이가 제프리라는 것을 유추할 수 있었다.

"근데 어디로 갑니까?"

"메트로폴리탄 미술관."

론다 윤은 강설희의 스케줄과 주변 상황 등을 미리 조사를 해 뒀었다. 그리고 현호가 뉴욕에 온 첫날 제프리에게서 그 자료를 건네받았다.

자료에 의하면 강설희의 금요일 스케줄은 무조건 메트로폴리탄 미술관이다. 그래서 엘린과의 저녁 식사 장소도 가까운 매디슨 가로 정한 것이다.

강설희는 금요일 저녁 시간에 미술관에 들어가 폐관 시간까지 있다가 나온다. 그리고 금요일의 메트로폴리탄 미술관은 오후 9시에 폐관한다.

'지금이 8시 40분.'

메트로폴리탄 미술관은 폐관 15분 전에 문을 닫는다고 하니 곧 그녀가 나올 시간이다.

현호는 호텔 직원에게 미리 알아봤던 미술관에 대한 정보와 현재 시간의 타이밍을 체크하고 있었다.

만약 강설희가 나와 있지 않으면 계획은 실패한다.

그녀가 조금만 일찍 떠났어도 계획은 실패한다.

그녀가 보이지 않아도 계획은 실패한다.

"미술관입니다!"

제프리가 외쳤다. 마침 차가 메트로폴리탄 미술관 앞에서 신호에 멈췄다.

"제프리, 두 블록만 더 가서 멈추세요. FBI가 도착하면 곧바로 내가 86스트리트 지하철역으로 갔다고 얘기해요."

"예?"

현호는 빠르게 주변을 살폈다.

신호에 멈춘 차, 부지런히 움직이는 와이퍼, 쏟아지는 비. 사람들은 우산을 펼쳐 들고 있었고, 지금 현호는 강설희를 찾고 있었다.

"꼭 그렇게 말해야 합니다. 그리고……."

현호는 뒷좌석의 우산을 챙기고 다시 제프리를 바라봤다. 그와 눈이 마주치자 미소를 짓고 말했다.

"안심하세요. 엘린에게 당신에 대해 얘기할 생각 없습니다. 그럼."

차 문을 열었다. 그 순간 한 무리의 일행이 차량들 사이로 도로를 가로질러 지나갔다.

현호의 몸이 그들 사이로 빠르게 숨어들었다. 그 때문에 겨우 뒤를 쫓아온 FBI도 현호가 차에서 내렸는지 알 수 없었다.

신호가 바뀌고 제프리의 차가 멀어지자 현호는 온 신경을 다시 집중했다.

그 순간 비가 멈추고 현호가 지닌 모든 감각이 사방으로 뻗어나갔다. 그리고 마침내 분수대 곁에서 검은색 우산을 들고 있는 그녀의 흔적을 쫓을 수 있었다.

*　　　　*　　　　*

'쌀쌀하네.'

뉴욕의 1월은 춥다. 거기에 비까지 오고 있었다.

지금 강설희는 우산 속에서 세상의 시선을 피해 숨어 있는 중이었다.

물론 그런다고 숨을 수 있겠냐마는, 그래도 비가 오는 날이니만큼 우산 속은 그런대로 숨 쉴 만했다.

더구나 비 오는 날은 경호원들의 시선이 분산될 수밖에 없었다. 지금 그들은 우산을 쓴 채로 적당한 간격을 두고 그녀를 지켜보고 있었다.

'오늘 도망칠까?'

문득 그런 생각이 들었다.

그녀가 일정한 시간에 미술관을 가고, 음악회를 가는 것은 단순화된 루트를 만들기 위한 의도적인 행동이었다. 그렇게 저들이 익숙해질 즘에 어느 순간 루트를 벗어나 사라질 생각을 하고 있었다. 사교계 파티를 들락거리는 이유 또한 그들을 안심시켜 주기 위한 연막이었다.

'오늘……'

하지만 강설희는 그 같은 생각을 멈췄다.

그저 다닥다닥 이를 부딪치며 추위를 견뎌야 했다.

그녀가 도망치려 했으면 엊그제 도망칠 수 있었다. 경호원들이 뉴욕 경찰에 붙잡혔으니까.

하지만 용기가 나지 않았다. 계획은 거창했는데, 막상 일이 벌어질 생각을 하니 두려웠다.

그녀란 사람은 겨우 한 발자국밖에 못 내미는 사람이었던 것이다.

'아니야. 나는… 나는……'

그래. 기다리고 있는 것이다.

그가 올 거라는 걸 알기에 기다리고 있는 것이다.

만약 그녀가 사라지면 그가 와도 찾지 못할 테니까.

그 같은 생각 속에 강설희의 볼에 눈물이 흘러내렸다. 그녀는 눈물을 닦아내려 손을 들었다.

'하……'

파르르 숨을 토하고 볼에 흐른 눈물을 닦았지만 눈물방울이 그녀의 가는 손끝에 달라붙어서 봉긋 솟아 있었다.

강설희는 우산 밖으로 손을 내밀었다. 비가 눈물을 데리고 사라질 수 있도록.

그때였다.

탁.

그녀의 손목을 누군가 붙잡았다.

"가요."

그러고는 그가 갑자기 나타나 그녀를 데리고 움직였다.

강설희는 영문을 몰라서 그 손을 거부하려 했지만, 그 순간 그녀의 가슴이 두근거리기 시작했다.

'이 손.'

불현듯 제주도에서 그 사람의 손을 맞잡고 숨 가쁘게 달렸던 그때의 기억이 떠올랐다.

'그 사람의 손.'

강설희는 넋을 잃고 걸었다. 그에게 붙잡힌 손목은 덜렁거렸고, 그녀의 눈은 이것이 꿈인지 현실인지 알기 위해 노력하고 있었다.

횡단보도 앞에 사람들이 모여들었다.

강설희는 고개를 들어 자신의 손목을 잡고 있는 그를 확인하고 싶었다. 하지만 그의 옆모습은 우산에 가려져 있었다.

그 대신 주변을 돌아봤다.

예상대로 경호원들이 그녀를 향해 서둘러 다가오고 있었다.

신호가 바뀌는 찰나, 강설희는 다시 그를 보기 위해 고개를 돌렸다. 그러자 그가 우산 사이에서 얼굴을 나타내며 말했다.

"우산 버려요. 그리고… 뛰어요!"

그 말대로 우산을 버렸다. 그의 손이 그녀를 잡고 뛰기 시작했다.

"영애가 도망친다!"

뒤에서 경호원들의 외침이 들렸다.

하지만 두렵지 않았다.

강설희는 지금 순간 눈물을 머금은 미소를 보이고 있었다. 자신을 세상 밖으로 이끄는 넓은 등을 보고 있었다.

두 사람은 86스트리트 지하철로 향했다.

숨을 몰아쉬는 그녀가 걱정이 되는지 달리던 그가 돌아봤다.

하지만 그때마다 그녀는 미소를 보였고, 그도 힘내라며 미소를 보였다.

"하… 하… 하."

지하철 계단을 내려가기 직전, 현호는 빠르게 주변을 눈에 담았다.

FBI 요원들과 강설희의 경호원들이 달려오고 있었다.

강설희의 경호원들이 좀 더 빨랐다.

현호는 다시 강설희를 바라보고 고개를 끄덕였다.

두 사람은 정신없이 지하철을 내려갔지만 금요일의 지하철 통로는 사람들로 붐볐다. 두 사람의 걸음이 잠시 느려졌다.

"저기 있다!"

뒤쫓아 온 강설희의 경호원들이 정신없이 고개를 기웃거리다가 두 사람을 발견했다.

여전히 지하철 통로는 사람들로 붐볐다.

마침내 경호원들 중 하나가 둘에게 바싹 쫓아왔다. 이대로는 붙잡힐 것 같았다.

"잠시 기다려요."

현호는 코너에 강설희를 세우고 손을 잠시 놓았다.

그녀가 순간 불안한 눈을 했지만 지금은 어떤 말도 할 수 없었다. 그저 미소로 안심시켜 주고 사람들 틈으로 들어가 헤쳐 온 길을 다시 돌아갔다.

"젠장, 영애가 안 보인다."

정신없이 헤매던 경호원이 무전기를 쥐고 외치는 순간.

퍽!

갑자기 모습을 나타낸 현호가 경호원을 공격했다.

순식간에 무릎을 찍히고 턱을 가격당해 비틀거린 경호원의 가슴팍에 현호가 자신의 위치 추적 칩을 꽂아 넣었다. 워낙 순식간에서 벌어진 일이라서 주변에 있는 사람들은 눈치챌 수도 없었다.

뿐만 아니라 두 사람의 옷차림이 똑같았다. 현호가 최혜담과 쇼핑하며 산 옷은 강설희의 경호원들과 똑같은 색과 디자인의 옷이었기 때문이었다.

현호는 다시 빠르게 강설희에게 되돌아갔다.

멀리서는 FBI가 눈에 불을 켜고 뒤쫓아 왔다. 그들의 눈에는 똑같은 옷차림의 동양인이 여럿 보일 것이다.

"젠장! 차현호 추적 신호 잡아!"

카터가 쏟아지는 사람들을 눈에 담으며 무전기를 잡고 외쳤다. 그는 지금 패닉 상태였다.

그리고 또다시 밀려오는 사람들의 파도.

그런데 강설희가 보이지 않는다. 현호는 조바심이 들었다.

"현호 씨!"

그제야 현호는 강설희를 볼 수 있었다.

그녀가 저 앞에서 문이 열린 지하철을 두고 그를 기다리고 있었다. 둘 사이에 거리가 있었지만 현호가 외쳤다.

"먼저 타요!"

그 외침에 이어 그녀가 망설이다가 지하철에 올라탔다. 그때였다.

"이야!"

갑자기 주먹이 날아왔다.

현호는 재빨리 반격했다.

경호원의 정강이, 가슴, 턱, 귀를 순식간에 가격하고 지하철을 향해 달려갔다.

문이 닫히기 직전, 마침내 현호가 지하철에 올라탔다.

"하… 하… 하……."

뒤이어 또 다른 경호원들의 도착해 정신없이 고개를 두리번거리며 지하철이 다시 열리기를 학수고대하고 있었다. 하지만 그들에게 그런 기적은 허용되지 않는다.

끼익, 치.

지하철이 출발했다.

"하……."

현호는 긴 숨을 뱉으며 지하철 문에 등을 기댔다.

왠지 울컥하고 눈물이 흘렀다. 겨우 등을 떼고 몇 발자국 걸었다.

고개를 옆으로 돌리니 지하철 칸막이 창을 통해 저 앞칸에 있는, 그리고 그를 향해 다가오는 그녀가 보였다.

두 사람은 마치 운명처럼 서로를 향해 가까이 갔다.

칸막이 앞에서 잠시 멈추고 그녀를 바라봤다.

강설희가 눈물을 흘리고 있었다. 두 볼에는 눈물이 뚝뚝 떨어졌다.

현호가 칸막이 문을 열었다. 그도 가슴이 떨려서, 슬픔이 울컥해서 못난 얼굴이 되어서야 그녀 앞에 섰다.

마침내 그녀가 그를 마주 보고 말했다.

"오랜… 만이네요."

하얀 볼에 흐른 눈물이 그녀의 꾹 다문 입술 사이로 스며들었다. 부드러운 턱 선을 타고 흘러 뚝뚝 떨어졌다.

현호는 미소와 함께 그녀의 얼굴에 조심히 손을 가져갔다. 그의 손이 눈물을 닦아주고 그의 떨리는 목소리가 말했다.

"미안해요. 내가… 좀 늦었네."

『세무사 차현호』 6권에 계속…

이제부터 전자책은

이젠북

www.ezenbook.co.kr

❀ 새로운 세계가 열린다! ❀

김재한『성운을 먹는 자』　철백『대무사』
니콜로『마왕의 게임』　가프『궁극의 쉐프』
이경영『그라니트:용들의 땅』　문용신『절대호위』
탁목조『일곱 번째 달의 무르무르』　천지무천『변혁 1990』
강성곤『메이저리거』　SOKIN『코더 이용호』

이름만 들어도 황홀할 정도의 별들의 향연!
이들의 "유료연재"가 시작됩니다!

검색창에 **이젠북**을 쳐보세요! ▼

초대형 24시 만화방

신간 100%, 샤워실, 흡연실, 수면실(침대석), 커플석, 세탁기 완비

■ 강북 노원역점 ■

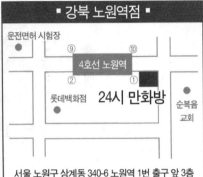

서울 노원구 상계동 340-6 노원역 1번 출구 앞 3층
02) 951-8324 (화용빌딩 3층)

■ 일산 정발산역점 ■

경찰서 ●   정발산역 ●

제2 공영주차장 ●   롯데백화점 ●

24시 만화방

E	C	A
	라페스타	
F	D	B

라페스타 E동 건너편 먹자골목 내 객잔건물 5층
031) 914-1957

■ 일산 화정역점 ■

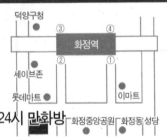

경기도 고양시 덕양구 화정동 984번지 서일빌딩 7층
031) 979-4874 (서일사우나 건물 7층)

■ 부천 역곡역점 ■

역곡역(가톨릭대)

● CGV

역곡남부역 사거리

24시 만화방   ● 홈플러스

● 삼성 디지털프라자

역곡남부역 기업은행 건물 3층
032) 665-5525

■ 부평역점 ■

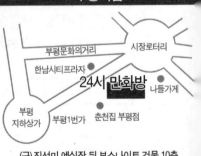

(구)진선미 예식장 뒤 보스나이트 건물 10층
032) 522-2871

paráclito

빠라끌리또

FUSION FANTASTIC STORY

가프 장편소설

막장 비리 검사가
최고의 검사로 거듭나기까지!
그에겐 비밀스러운 친구가 있었다.

『빠라끌리또』

운명의 동반자가 된 '빠라끌리또'가 던진 한마디.

–밍글라바(안녕하세요)!

그 한마디는 막장 비리 검사, 송승우의
모든 것을 통째로 리뉴얼시켜 버렸다.

빠라끌리또=Helper, 협력자, 성령.

Book Publishing CHUNGEORAM

유행이 아닌 자유추구 –
WWW.chungeoram.com

검자 新무협 판타지 소설
FANTASTIC ORIENTAL HEROES

목탁

해적으로 바다를 누비던 청년,
절해고도에 표류해… 절대고수를 만나다!

"목탁은 중생을 구제하는
좋은 이름일세."

더 이상 조무래기 해적은 없다!
거칠지만 다정하고, 가슴속 뜨거운 것을 품은

목탁의 호호탕탕 강호행에
무림이 요동친다!

사락함대 장편소설

FUSION FANTASTIC STORY

2016년 대한민국을 뒤흔들 거대한 폭풍이 온다!

『법보다 주먹!』

깡으로, 악으로 밤의 세계를 살아가던 박동철.
그는 어느 날 싱크홀에 빠진다.

정신을 차린 박동철의 시야에 들어온 건 고등학교 교실.
그리고 그에게 걸려온 의문의 ARS는 그를 새로운 인생으로 이끄는데……

빈익빈 부익부가 팽배한 세상, 썩어버린 세상을 타파하라!

법이 안 된다면 주먹으로!
대한민국을 뒤바꿀 검사 박동철의 전설이 시작된다!

Book Publishing CHUNGEORAM

유행이 아닌 자유추구 -
WWW.chungeoram.com

연기의 신

FUSION FANTASTIC STORY

서산화 장편소설

GOD OF ACTING

PRODUCTION

DIRECTOR

CAMERA

DATE　　SCENE　　TAKE

무대, 영화, 방송…
모든 '연기'의 중심에 서다!

『연기의 신』

목소리를 잃고 마임 배우로 활동하던 이도원은
계획된 살인 사건에 휘말려 비참한 죽음을 맞이한다.
그런 그에게 주어진 특별한 기회, 타임 슬립.

"저는 당신의 가면 속 심연을 끌어내는 배우입니다."

이제 그의 연기가 관객을 지배한다!
20년 전으로 되돌아가 완전한 배우로서의
삶을 꿈꾸는 이도원의 일대기!

Book Publishing CHUNGEORAM

유행이 아닌 자유추구~
WWW.chungeoram.com